叩叩

周国平 著

湖南文艺出版社
博集天卷

每个孩子都不一样,

你所能做的是爱这个不一样,

理解这个不一样,

让这个不一样成为价值。

目 录

前言 001

第一章　他一定要来这个世界，
　　　　闯过一关又一关

男孩叩门 009
满月有一劫 016
阳光男孩 025
姐弟俩 032
上天的恩宠 038

第二章　我们一大一小在地上爬，
　　　　边爬边学狗叫

晨曲 045
挣脱怀抱 052
大吊车 058
小狗狗大狗狗 064
公园的记忆 071
不工作又何妨 077
"叩叩自己……" 086

1

第三章　他对玩具不太感兴趣，
　　　　最擅长的是想象力的游戏

语言的贝壳　095
趣味和真言　103
小戏精　111
小交际家　118
"妈妈爱，叩乖乖"　125
想象力的游戏　132
搞笑的老爸　140

第四章　他温和友善，
　　　　也非常男子气

来自神秘之国　151
小男子汉　157
小暖男　164
小绅士　169
旅行掠影　176
渴望友谊　185
野蛮女友　192

**第五章　幼儿园里要命的纪律，
　　　　把所有的喜欢全消解了**

初上幼儿园　199
槐柏树　205
告别幼儿园　212
可爱，可爱　218

**第六章　他不能忍受无趣，
　　　　我的责任是和他一起共创有趣**

奶粉和哲学　227
幽默和诗　234
共创有趣　241
故意气老爸　250
快乐的俄狄浦斯　258
情话连篇　263
相映成趣　270

第七章　他的理想是成为很有名的画家，开十个画廊

叩叩的梦　279

圣诞老人　288

画蜗牛　299

兴趣和毅力　310

生死之忧　316

个性和见解　327

黑米和男爵　335

第八章　教育让一个聪明孩子如此痛苦，一定是出了问题

世上为什么要有学校　345

语文课　353

校园孤独　363

转校　372

教育之惑　380

守护和祝福　387

前 言

我的女儿叫啾啾,儿子叫叩叩。我写过一本书,书名《宝贝,宝贝》,记录了啾啾的童年。现在这本书,记录的是叩叩的童年,就用主人公的名字做书名吧。

在我此生的经历中,最大的幸运是上天给了我一双可爱的儿女。奇妙的是两个孩子性格迥异,相映成趣。啾啾是一个小淑女,内向,安静,时常有点儿忧郁。叩叩是一个十足的阳光男孩,欢快,乐于交往,充满正能量。可是,在看得见的性格下面,其实都潜藏着相反的因素。我们没有料到,这个小淑女内心燃烧着烈火,后来会成长为一个个性鲜明的前卫艺术家。我们也没有料到,这个阳光男孩如此不能适应今天的教育体制,成长的道路格外艰难。

叩叩

　　叩叩的性格真是阳光灿烂，本书主要篇幅记叙了他小时候的种种生动、好玩、可爱的表现，我相信谁读了都会开颜一笑。他的童年，入学之前也是明亮快乐的，入学之后就开始乌云密布。一个阳光男孩，何以会有如此艰难的童年？这个尖锐的问号始终刺痛着我的心。本书靠后部分对此进行了思考，我希望与关注教育的读者朋友共同探讨。

　　最期待这本书的是叩叩自己。

　　《宝贝，宝贝》出版时，他三岁，电视台做了一些访谈节目，该书的主人公啾啾自己颇为淡漠，而他是这些节目最热心的观众，每播必看。有一回，他正看着，突然问："怎么只说姐姐，不说我呀？"电视里展示啾啾小时候的画，他见了，嘱咐我说："把我的画也拿到电视上去。"他如此羡慕姐姐，从那个时候起，我就知道，我是一定会给他写一本书的。

　　他八岁时，有一天，他和两个邻居孩子在我家里疯玩，小朋友走后，他问我："爸爸，你什么时候写我？"我一愣，说："其实我一直在写。"我是指我一直在日记里记录他的言行。他露出惊喜的神情，说："西西说她要买一本，让你签名。"西西是那两个邻居孩子之一。他这么看重这件事，我决定认真对待。他画画很棒，我和他商量，我们俩合作，我写书，用他的画做插图，尽快出版。他听了喜出望外，问："要不要签名？"我出书后有时举办签名售书活动，他知道，所以这样问。我回答："当然要签，到时候我俩一人一张桌子，到你那里签了，再到我这里签。"他惭愧地说："我签得太慢。"我说："是呀，我这里都签完了，你那里还排着长队。"他大笑不止，又问："出书后钱多吗？我想给自己买个iPhone6。"我笑了，说稿费两人平分，应该够的吧。他马上想到的是签名和稿费，啾啾在旁听见，讥笑他看重名和利，但我知道他实在是一派天真。

我答应立即动手，然而，杂事羁绊，写写停停，一拖再拖，我让宝贝失望了。他十一岁时，有一回说起此事，我就和他拉钩，保证明年一定写完。一边拉钩，他一边苦笑着说："这话可信的可能性，我认为只有百分之一，所以你不要再说。"他妈妈当时录了像，铁证如山，而我的确又失约了。现在，在他十四岁的时候，我终于完成了这件早就应该做的事。我把这本童年记录赠给已是少年的他，希望他喜欢，并且原谅爸爸的拖延。

经常有读者向我表示，从《宝贝，宝贝》中看到了我是怎样教育女孩的，既然我又有了一个儿子，就很想知道我是怎样教育男孩的。可是，世上哪里有统一的教育男孩或教育女孩的方法呢？每一个男孩都是他自己，每一个女孩都是她自己，和别的男

叩叩

孩或女孩都不一样。你所能做的是爱这个不一样，理解这个不一样，让这个不一样成为价值。对父母来说，每一个孩子都是来自陌生国度的客人，你对这个客人是全然无知的，必须细心体察，慢慢了解，寻找最适合他或她成长的方式。

当然，我有了一双儿女，就会有比较，对男孩和女孩的不同会有感受。但是，我不能断定这种不同具有普遍性，所能谈的仅是我自己的经验，主要有三点。第一，在男孩的成长中，父亲的陪伴特别重要。叩叩小时候，我是他的主要玩伴。男童是战士，喜欢玩打仗之类的游戏，这是人生战斗的预演，有助于培养男子气，而这类游戏和母亲是玩不起来的。第二，男孩好动，自制力弱，如何既不压抑好动的天性，又逐渐培养和增强自制力，是男孩教育中的难点。自由和规则都必要，困难在于把握好两者的度。在这方面，我承认我做得并不好，偏于自由而疏于规则。第三，男孩生长节奏慢，心智成熟晚，对此要有充分的认识和足够的耐心，不可急于求成。事实上，男孩远比女孩难于适应现行教育体制，往往在小学和初中阶段成绩差，要到高中阶段才后来居上。我认为现在中考分流的政策有极大弊端，会使相当数量天赋优异的男孩失去深造的机会。

我是一个在爱上很投入，在教育上不太用心思的家长，从来不曾有计划地培养孩子。我不刻意培养。我小时候，谁培养我了？我对教育认真思考过，也熟悉各种教育理论，但我决不机械地把这些思考和理论套用到自己孩子的教育上。在我看来，在孩子的教育上，最重要的是两点：一是给孩子一个好的家庭环境，其特点是宽松、平等、互爱、心情舒畅；二是父母自己必须有好的心态，不焦虑，不盲从社会潮流。我相信，熏陶是最有效的教育，孩子自会受我的影响。如果这个影响没有明显的结果，我也顺其自然，让孩子顺应自己的禀赋生长吧。心灵的生长有广阔得多的空间，父母不能也不应该为之设定范围。在我的孩子身上，我最欣赏的正是他们和我的不一样。现在啾啾已经让我看到了她的精彩的不一样，将来叩叩一定也会如此，我对此坚信不疑。

周国平

2021 年 10 月

第一章

他一定要来这个世界，
闯过一关又一关

叩叩语录

你看那照片上没有我,

那时候我在天上飞,

后来飞到你们家来了。

男孩叩门

一个新生命的到来，似乎冥冥中自有安排。他才不管你们避孕呢，注定是这个时辰，他该来就来。他始终在表达自己，一次又一次地制止你们的放弃决定。

一个男孩在叩门。

他打定主意，坚定不移，叩了一遍又一遍。

他在叩世界之门，在叩人世间一个小小的家的门。

某一个凌晨，门被叩开，他来到了这个世界，来到了我们这个小小的家。

所以，他的爸爸妈妈给他起名叫——叩叩。

发音也好听，后来他自己决定，用Coco做他的英文名。

叩叩来到这个世界，可说是一波三折，充满惊险。但他又好像身怀绝技，总能化凶为吉。

红这次的怀孕，纯属意外。确知怀孕后，我们面临一个抉择：要不要生下来？若干亲近的朋友知道了，发表意见。好玩

叩叩

的是，两位女友都兴奋，力主生下来，两位男友都理智，主张不要，理由是我年事已高，精力有限，应该专心于事业。我欣赏女人的反应，她们多么贴近生命。我才不认为自己年事已高呢，我的身体渴望再次亲密接触小生命，至于事业，就让它给小生命让路吧。

真正的难题是一胎化的计划生育政策。我们已经有一个八岁的女儿啾啾，生二胎就是超生，会招来一系列麻烦。所以，到底要不要这个孩子，我心里是矛盾的。红的顾虑更大，她将直接承受超生的后果，倾向于不要。

确知怀孕后第十天，红去医院开了堕胎药，准备第二天服用。当天夜晚，我接到一个电话，事情发生了戏剧性的变化。围棋九段夫妇铸久和乃伟是我们的好友，那天他俩恰好在北京，铸久便给我打电话。我告诉他，红怀孕了，已决定不要，明天早晨开始服药。他听罢沉吟，说应该要，和在他身旁的乃伟商量，乃伟的第一反应是"给我们"。他们想马上来我家，此时已晚上11时，太晚了，商定明天上午9时来。搁下电话，我向红转述，叮嘱她先别吃药。她说，真把孩子生下来，怎么舍得给人呢。

第二天上午，铸久、乃伟准时到达。夜里他们商量了很久，设想了各种方式,他们真想要这个孩子。乃伟当然也想到,真生了下来,红可能会舍不得。午餐时,东东也来了。三位好友都坚决主张把孩子生下来,也都明白主要难关是计划生育政策,因此,必须找到一个方法规避这个政策,合法地把孩子生下来。围绕这个话题,大家讨论了几乎一天。东东在法国长大,是法国国籍,提议去法国生,她可以办妥签证和出生后让中国使馆给孩子护照。这个办法的最大好处是,孩子有合法身份,将来还可以选择法国国籍。乃伟很可爱,说到时候她也去法国住,给红做饭。

讨论有了一个暂时的结果。事实上,无论是去法国生,还是把孩子给九段夫妇,后来都没有实行。可是,如果不是九段夫妇闻讯赶来,及时阻止红服药,就不会有叩叩了。他们是叩叩生命中最早的贵人,在他还是一个多月的胚胎的时候,为他争取到了生存的机会。

红肚子里的这个小胚胎,好像听懂了我们的谈话。前些天,红打算堕胎,妊娠反应很强烈,反苦水,低烧,烦躁不安,而在这次谈话之后,症状全消失了。我对红说,这是小生命自己在表态。

红心里仍不踏实。三天后,她与医生约定,去做人流手术。她一早就去了医院,我起床时她已不在家。一会儿,她从医院打

叩叩

电话来，是又喜又恼的声音。她说，做了B超，孩子已有4厘米长，并且已有胎芽，长得真快，医生不相信才一个多月。她让医生听一听胎音，医生说这么早哪儿会有，一听竟然有。这使她犹豫了，问我怎么办。

我说："还犹豫什么呀，快回家吧，这是天意，上帝的法律高于人类的法律，给小生命放行。"

其实红也很高兴，回家后对我说："这孩子命真硬，多少人为他求情，不管用，他就自己挺身而出了。"

当天，我在日记里写道："一个新生命的到来，似乎冥冥中自有安排。他才不管你们避孕呢，注定是这个时辰，他该来就来。他始终在表达自己，一次又一次地制止你们的放弃决定。这样一个有力量的新生命，我们当然没有理由再犹豫，理应高高兴兴地迎接他的到来。从现在开始，要为此做好一切准备，甘于承受任何代价。"

可是，红仍在犹豫。一旦决定留下，困难就很具体了，她感到压力巨大。计生政策的"达摩克里斯之剑"，会始终悬在头顶。用出国生的办法规避，仍是麻烦多多。其实我心里也充满不安，很能理解她的心情。

某日，她去上班，从单位来电话说，她想去附近一所医院检查，能做就做了。我说："好吧，你承受不了这么大压力，那就做了吧。"一会儿，她从医院来电话，转述医生的话，胎儿10周了，不能再做人流，很危险，会大出血，还是留下吧，或者以后做引产。她叹息：这孩子真有主意。

是的，这孩子真有主意，一直是他自己在做决定。他一定要来这个世界，闯过一关又一关，现在闯过最后一关，终于踏上了通往世界之门的坦途。

在这以后，红安心地做起了孕妇，定期去医院检查。胎儿的生长情况非常好，心跳有力，各项指标皆达标。怀孕37周时，她的肚子超大，肚皮绷得紧紧的，油亮油亮的，像一只大蛋。医生说，1月2日满38周，可以在这一天手术。红决定晚一天生，农历是11月15日，谐声为"要要要我"，正合小东西的势头，非要来这个世界不可。

1月2日，红住进医院，我和啾啾陪住，父女俩勉强挤在一张小沙发床上过夜。入院后做B超，胎儿已入盆。因为头胎是剖宫产，医生决定仍做剖宫产，安排产妇次日上午7时30分进手术室。大约深夜2时，我发现红起床了，立即也起床，她说宫缩厉害。深夜3时多，破水了。我叫来护士，护士叫来担架车，推她去手术室了。

叩叩

这个名叫叩叩的男孩,一如既往地自作主张,不但一定要来这个世界,而且一定要按照他自己选定的时间来。

我向一切神明祈祷,愿母子皆平安。

手术大约是凌晨5时之后开始的。后半夜我没有再睡,啾啾也在凌晨起床,我们俩穿好衣服,严阵以待。接近7时,听见护士喊,1171的孩子来了。我们到走廊上,护士抱着一个婴儿,给我们看一眼,马上抱到护士室的内间去了。半个多小时后,红被推回了病房。接着,叩叩也被送到了房间里。

叩叩体重3680克,身高50厘米。一头黑发,顶部的头发相当长。脸蛋饱满,红彤彤的。破水时,他已自己朝外挤,头顶被挤得尖尖的,实际上自然分娩已进行了一半。

窗外,细雨迷蒙,城市正在开始新的一天的忙碌。

我给朋友们发短信:"2007年1月3日凌晨6时35分,一个新生命诞生了。上帝把他寄养在我们家,使我们幸运地成了他的父母,我们深深地感恩。"

查房的时间到了,家属被驱逐。我带啾啾到医院对面的永和豆浆吃早点。仍下着雨,我们在那里捱时间。友人赵小华找到了我们,她说,她去了医院,知道已生,一块石头落地。原来,她母亲和她的一个朋友都算过，1月3日这一天出生，上午8时到11时不吉利，清晨有出息，下午富贵。那么，叩叩是自己避开了不吉利，不理睬富贵，选择了有出息。

再回到医院，叩叩在沉睡，一个调皮的护士替他梳了一个小背头，头顶的头发整齐地竖立着。

满月有一劫

这次的教训终生难忘。我想告诉家长们，你孩子生病的时候：第一，不要轻易让孩子住院；第二，如果确有必要住院，一定要选择医风正、口碑好的医院。

婴儿从遥远的天国来，当然要倒时差。开始的日子，往往白天沉睡，夜晚常醒。然后，时差倒好了，夜晚睡得多，白天常醒了。醒的时候，他很安静，睁着一对黑亮的大眼睛，看人，看亮光。对他说话，他会定定地望着你，不时咧嘴一笑，发出一声欢快的呼应，眼里闪烁两朵小小的火花。

养一个男孩，和养女孩真不同。红说，他不停地要吃，吃了就拉，全是这些事。啾啾评论：新陈代谢快，像爸爸一样。他胃口太好，红母乳充足，仍不能满足他，每天要加好几次奶粉。拿着奶瓶给他喂奶粉液，看他的小腮帮一鼓一鼓，用力吮吸，我觉得是莫大的享受。

他长得漂亮，常被人误认作女孩。可是，一旦他发声，误会立即消除。他有一种气势，嗓音偏粗哑，饿时，肚里有气体要突围时，欲大便时，便后不及时清理时，他都会有力地喊叫，如同小动物咆哮。红评论：男人的确更有动物性。

总之，满月之前，宝贝一直很健康。

岂料就在满月的时候，宝贝遭遇一劫。写不写这段经历，我是犹豫的。我想忘记它。然而，我又想让正在养育幼儿的父母们记取我的教训，因此决定写。

那些日子，北京流感肆虐，我们全家，包括保姆和来帮忙的亲戚，都感染上了，一时间家里乌云密布。叩叩原是一个多么健康的孩子，他出生的那家医院给他打的是满分。在全家感冒的环境里，他抗了很久，终于抗不住了。症状主要是咳嗽，喉咙里有痰，呼吸不畅，有时咳嗽会有声嘶力竭的拖长音，精神和食欲不振，不过基本不发烧。新生儿患呼吸道疾病是常事，但他咳嗽的痛苦样子令我们心焦，我们决定去医院。

这天下午，先去了天坛医院。天坛医院儿科有很好的医风，从不小病大治。那位女医生给叩叩听诊、验血，说没有大问题，排除肺炎。就诊时，叩叩一直在睡觉，时而发出平时那种很有气势的呐喊声。

在这同时，经人介绍，我曾打电话向 C 医院一个女医生 W 咨询，她听了叙述，立即断定是新生儿肺炎，必须立即住院。

叩叩

　　两家医院，诊断截然相反，听谁的？女医生W没有见到病人就下断言，我无法相信。可是，孩子才一个月，器官没有发育好，病情的发展难以预料，实在放心不下。晚上，我们忧心忡忡，带叩叩奔往C医院。我的想法是，多看一家医院，毕竟更放心，只要不是肺炎，就绝不住院。哪里知道，一踏进C医院，事情就不是我们自己可以支配的了。

　　门诊值班的是一个年轻的女医生。她让我们分两路，一路带叩叩去拍胸片，一路去办住院手续。我惊问："胸片还没有出来，如果不是肺炎，也要住院？"她回答："都哮喘了，怎么不是肺炎？"拍片的结果是：左下肺纹理增重、模糊。按照我的理解，这是气管炎，但女医生说是支气管肺炎。

　　在医生带领下，红把叩叩送进了监护室。我们被与叩叩隔绝了。坐在医生值班间，听见监护室传来宝贝大哭的声音。两个年轻的女医生向我们谈话，主要意思是病情很严重，发生心衰的可能非常大，治疗时间会很长，至少两周，一个月也说不定。然后，让我在病重通知书上签字。我多么愚蠢，竟然签了。

　　年轻的女医生，我们见到的全是年轻的女医生！她们全都无情地强调病情的严重，而且全都没有一句宽慰的话！

　　红的感受：那些女医生在向我们说着可怕的前景时，都有一种快感，仿佛在享受她们的权力，她们脑中完全没有这个孩子，她们的脑子马上就会去想别的事情。红说得准确。

叩叩被留在了 C 医院儿科的监护室里。

离开医院，回头望，看见医院的红墙大楼。我猛然意识到，在这座和我从来没有关系的建筑物里，我的宝贝正躺在其中某一间屋子里，经受着人生的第一场苦难。

宝贝那黑亮的眼珠始终在凝望着我，我在归途的车里失声痛哭。红泪水长流。啾啾不停地抹眼泪。

回到家，我准备锁门，红坚决不让，哭喊道："叩叩还没有回来！"

医院规定，孩子住院期间，父母不能探视。红恳求让她每天给孩子喂一次母乳，被断然拒绝。

小叩叩，我的小叩叩，就这样被生生地与父母隔绝了。

自从他出生以来，我们不曾分离过。每日每夜，我守着他，抱着他，兴致勃勃地对他说话，而他会久久望着我的眼睛，常常绽出笑的火花，有时候还笑出了声。当他困倦不安时，我抱着他唱那支不朽的摇篮曲，他会马上安静下来，信任地沉入梦乡。现在，他被剥夺了亲人的关爱，独自留在那所冰冷的建筑物里，许

叩叩

多天里吃不到妈妈的奶,看不到他最喜欢看的爸爸妈妈的脸庞,听不到他最喜欢听的爸爸妈妈的声音。许多天里,包围着他的是陌生的脸和声音,施加在他身上的必定是粗暴的过度治疗,我不敢想象他的小小心灵里的恐惧和绝望,他遭受的挫伤会留下怎样的阴影啊。

多么好的孩子,为何遭此劫难!我们接受如此不人道的处置,是否对他犯了罪?身边没有一个亲人,这么冷酷的环境,难道不是最不利于康复吗?

连续几天,我和红都是以泪洗面,一次又一次痛哭。

法源寺,我们一家三口烧香,求佛保佑留在医院里的无比可爱的小宝宝。

在啾啾引领下,我在大雄宝殿前烧香,在几座不同的殿里进香,并且每次都跪下磕三个头,求佛保佑叩叩。生平第一回,我拜佛如佛在,成了一个遵守仪式的信徒。

有卧佛的法堂从来是关闭的,今天开放了,红在那里捐了钱。她的眼睛已经哭肿,此时心情似乎好了一些,脸上有了笑容。

啾啾为弟弟买了一个莲花形蜡烛,回家后点燃,供在佛像前。她安慰我说:"叩叩不会有事的,算命的说他将来有出息,怎么会有事呢。"多么善良的孩子,她小小的年纪,自己承担的已经太多。

查医书了解到,新生儿肺炎的主要症状是口吐白沫、呛奶、口周发青、呼吸浅促。其中,叩叩仅有轻微呼吸浅促,其余症状都没有。医书还说,肺炎必有发热和白细胞增多的症状,叩叩也没有。肺炎在透视中显现为白色影像,而叩叩只是纹理增重。打电话向儿研所一位医生请教,他明确说,纹理增重是支气管炎。

我基本可以断定,叩叩不是肺炎,而是感冒引起的支气管炎。和女医生 W 见面,讲我的这个看法,她竟然说,新生儿的呼吸道就这么长,肺和支气管哪儿有什么界限。我向她提两点要求,均遭否定。我要求新生儿用药必须慎重,可用可不用的就不用,她强调治疗必须有力度。我要求尽早出院,让孩子回到亲情的环境中,她强调疗程很长,必须有足够的思想准备。

好友于奇懂医,她父亲生前是天坛医院儿科主任。她听说了情况,十分震惊,连连说不理解,现在的医院怎么成这样了。她说,她父亲治病,首先看孩子的精神表现,孩子病重肯定会有精神特征,轻易不会让孩子住院,孩子住院是有风险的。

一位朋友有一个比叩叩大半岁的男孩,她告诉红,她的孩子在新生儿期间两次发烧,都没有住院。

叩叩

我无比后悔。我们真是太沉不住气了。

夜夜失眠，想叩叩，想他的可爱和可怜。可爱是他自己的，可怜是我们造成的。

从医院传来的消息，如同一把把刀子，插在我的心上。据说因为孩子拒绝吃奶，奶瓶喂奶改成了插管鼻饲；据说因为孩子有点儿闹，给用了镇静剂；据说为了防止心衰，加强了心脏药物；据说解除危险警报至少需要五天……

很清楚，因为过度治疗，孩子的病不但没有减轻，而且在加重。

再三交涉，第四天晚上，终于同意我们去医院看一眼孩子。监护病房里有一张孤零零的小床，我无法相信小床上的病儿是叩叩，与住院前已判若两人。他闭着眼，眼皮略肿，罩在氧气罩下的小脸蛋明显瘦了，脸色灰里带紫，鼻中插着鼻饲的管子，手腕上插着打点滴的针头，小手松松的，整个人了无生气。一面墙上是监测仪，测量呼吸、心率、血氧饱和度的导线也都连接到他的小身体上。

我强迫自己给这个全身插满管子、粘满导线的没有生气的小身体拍了两张照片，相机里前面几张照片是入院当日拍的，非常精神，形成鲜明对照。当然，完全剥夺生命自然的活动，强加各种摧残性的治疗，一个健康人也会被治成重病人。

这么好的孩子选择我做父亲，我严重失职。撒手把他交给这些冷酷的白大褂支配，是我永远的悔。我无法克制我的愤怒，决心冲破一切阻挠，把孩子救出虎口。

面对我的愤怒和决绝，C医院同意孩子转院。

次日上午，我们把叩叩转往儿研所。三天四夜的非人治疗，已经破坏了他的自然抵抗力，我们必须谨慎，叫了急救车，途中继续给孩子吸氧。在儿研所安顿下来，宝贝终于回到了爸爸妈妈身边。

医生的诊断是毛细支气管炎。没有拍片，不用验血，根据多痰、咳嗽、气喘的症状就可以判断。治疗主要用雾化、点滴给营养液和平喘药。氧气瓶放在一旁，必要时用管子给一点儿氧，彻底摆脱了氧气罩。至于鼻饲，去它的，用小勺给宝贝喂水，他多么爱喝呀，逐渐换成用奶瓶喂水和喂奶，因鼻饲暂时休克的吮吸和吞咽功能慢慢恢复了。当然，监测心率等等的那一套仪器也不需要了，因为所谓心衰纯属子虚乌有。

在儿研所，宝贝一天一个样。刚转院时，他哭不出来，连哭的力量也没有，现在他的哭声又重新嘹亮了。他的脸蛋又是胖嘟嘟的、粉红的了，又开始发出那熟悉的气势十足的吼声了。那个

叩叩

健康的小男婴回来了，第四天，我们带他出院。

叩叩这次生病，共住院八天，前四天在C医院备受摧残，后四天在儿研所迅速康复。

结账的结果也不出所料，同样三天四夜，C医院的医疗费用比儿研所多出一倍。看明细账，费用中竟然有动脉穿刺一项。想到宝贝受的苦，我心痛如割。

后来知道，C医院拉病人住院、在病人身上过度治疗是出了名的。一位老干部告诉我，那里拼命拉老干部住院，然后毫无必要地做心脏搭桥之类的手术，她有两个朋友就是在那里被治死的。我亲眼看到，那里的儿科病房，除监护室外几乎全都空着，这就可以明白，那些女医生为何逮着一个病人就不由分说急吼吼地要让住院了。

这次的教训终生难忘。我想告诉家长们，你孩子生病的时候：第一，不要轻易让孩子住院；第二，如果确有必要住院，一定要选择医风正、口碑好的医院。

阳光男孩

以前把他捂在怀里,他只能看见一些破碎的物象,世界对他是关闭的,现在世界向他敞开了。

雨过天晴,乌云消退,叩叩明朗的天性显现了出来,一个多么阳光的男孩。

红在给他哺乳,我走近,他发现了,仍含着乳头,眼睛盯着我。我对他说话,他眼中开放出两朵笑,越来越盛开,暂时松开乳头,嘴里发出一声欢呼。他就这样,一边吃乳,一边应答我,眼睛始终看着我,始终在笑。

襁褓里的叩叩,小脸蛋充满灵气,眼中常含着笑。他的笑难以形容,仿佛一种内在的祥和喜悦的光,由里向外透在脸上。即使睡着时,他的脸上也常是透着笑的。他的笑容,对亲人是会心的、喜悦的,对陌生人是探究的、友好的。我带他外出,经常有行人驻足看他,夸他漂亮、活灵、可爱,他都以笑相迎。我听见两位老人评论他的笑容,一人说这孩子善良,另一人说这孩子有

叩叩

人缘。

有一天，歌唱家郑绪岚来家里，她一进门，看见我怀里的叩叩，发现他正在对她笑，立刻被迷住了，赞叹不已。一会儿，冷静下来了，她评论道："这孩子不笑的时候也在笑。"说得对，叩叩眼中有一种常驻的笑意。可是，倘若你误读了这笑，伸手要抱他，他就立刻扭过头去了。因此，一个女友盯着他问："你是装笑，是不是？"我替他回答："你装一个试试看，不用时间长，只装一小时。"

夜晚，妈妈在哄叩叩睡觉，他也大声哄自己，使得妈妈不得不加大音量。于是，母子俩齐声唱催眠曲，这催眠曲铿锵如进行曲，高亢如咏叹调。

事实上，叩叩最不喜欢的事情就是睡觉。他真是精力超常，几个月大的孩子，经常是夜晚过了十一点仍不肯睡，早晨七点就醒来，白天睡得也不多。世界太有趣了，他舍不得睡，一双黑亮的眼睛睁得圆圆的，兴致勃勃地看周围的一切。

某晚十点半，我走进卧室，红正在哄他睡觉，她已疲惫不堪，小家伙一见我，马上精神起来。我抱起他，在走廊和厅里走动，他在我怀里出声地笑，笑个不停，没有什么特别的原因，只是因为可以不睡觉了。我也跟着他笑，没有什么特别的原因，只是因为我的宝贝这样快乐。回到卧室，他仍然笑了又笑，把已经入睡的红吵醒了，她疑惑地望着我俩，而我俩心照不宣，笑声此起彼伏。

叩叩的小身体充满活力，无论抱在手上，还是放在童椅里，小身体一刻不停地向四周转动，寻找并试图冲向他感兴趣的一切。经常出现的情景是，他伸出一根手指，向某人或某方向一指，大喊一声，气势非凡。他的尖叫更是一绝，拖长声音，分贝极高，与《铁皮鼓》里的那个小男孩有一拼。他使我相信，格拉斯描写那个小男孩的尖叫声震碎了窗玻璃和玻璃器皿，并非毫无根据的夸张。

自从他来到这个家，家里就布满了他的声音，整天听见他声如洪钟，响彻整套住宅。高兴的时候，他不停地唱调调，或者举起双手欢呼，一脸陶醉。他不停地吆喝，发布命令，指挥我们带他冲向他看中的地方或东西。

那些日子里，我几乎天天抱着叩叩去近旁的陶然亭公园，这是我的享受。他的小脑袋暖暖的，散发着婴儿特有的浓郁香味，令我陶醉。他也喜欢我抱，我抱他时，心思全在他身上，边走边跟他说话，他不觉得单调。

叩叩

有一天，在公园里，近岸的湖上有野鸭，为了方便他看，我就托着他的屁股，让他背靠我，脸朝外，他目不转睛地盯着野鸭看，高兴极了。我就这样抱着他在公园里转，指给他看各样东西，他瞪大眼睛，一路上兴致勃勃地看树、花、云彩、人群，眼睛和脸蛋都放光。从此以后，这成了我抱他的固定姿势，我名之为宝贝看世界。以前把他搂在怀里，他只能看见一些破碎的物象，世界对他是关闭的，现在世界向他敞开了。他超爱这个姿势，我偶尔忘记了，面朝里抱他，他就挣扎抗议，示意我纠正。坐在我的胳臂上，他一副快乐自在的样子，身体前倾，小手欢快地挥舞，左顾右望，用脑袋的转动指挥我去他想去的地方。

在家里的时候，我也是这样抱他，嘴里会不由自主地喊起号令："蓬叭叭蓬，蓬叭叭蓬……"父子俩和着节奏在屋子里雄壮地行进，情景十分可笑。更可笑的是，这号令很快变成了："笨爸爸笨，笨爸爸笨……"啾啾对此印象深刻，许多年后，还经常模仿给叩叩听，姐弟俩一致认为，当年这个笨爸爸对自己的定位无比准确。

在父母的怀抱里，孩子是婴儿，学会自己走路了，婴儿就变成了幼儿。在这两者之间，学步车是一个过渡。九个月时，叩叩开始用学步车，他喜欢驾着它冲向各个房间和各个角落。我最喜欢看他半坐半蹲在学步车里,向上伸着一根食指,威风凛凛地巡视各个屋子。他的一大乐趣,是驾着学步车,到我的屋门口,朝里探看,看见我,就立刻扭身飞跑,逗我去追他。我从工作室回到家已是傍晚。经常的情形是,听见我的脚步声,啾啾来开门,朝我又跳又欢呼,叩叩驾着学步车,飞快地冲向我,也是又跳又欢呼。这景象让我心花怒放。

靠学步车摆脱了父母的怀抱,然后,到摆脱学步车的时候了。一开始是热衷于练习自己扶着小凳子或别的支撑物站起来,成功率越来越大,越来越熟练。每次站起来后,他真是由衷地高兴,望着我们,笑得那么灿烂,领受我们的夸奖。快满周岁时,他站立和走路已经相当好了,有时还能转弯和转身。他真是乐在其中,知道自己在挑战自己的能力,每次成功后,站定在那里,晃动一条腿,或者扭动屁股跳舞,一副自得的样子。

一大篮玩具放在客厅里,叩叩难得去动一下。他的兴奋点在厨房,厨房里的餐具和卫生用具,是他最喜欢的玩具。

看见阿姨炒菜,他迷上了锅铲和长勺,举在手里挥舞。看见阿姨扫地,他迷上了扫帚和撮箕,一见到就伸手叫唤。不会走路时,他指挥我抱他进厨房,然后,一手抓扫帚,另一手抓撮箕,我抱着这个全副武装的"清洁工"满屋子转悠。会用学步车了,

叩叩

他就驾着学步车,两只手分别握住扫帚和撮箕的长柄,拖着这两样东西满屋子奔忙。当然,他认为他是在扫地,是在和大人一样工作。

有一回,阿姨带他去公园,他看见工人提着大扫帚扫落叶,就大喊大叫,要拿大扫帚。在他眼里,扫地是最有趣的事,并且是他的权利,不让他做,真是岂有此理。

红的解释:他喜欢大人的劳动工具,是因为这些东西是生活中经常用的,而通常的儿童玩具与生活没有联系,在他眼里是没有生命的。

一周岁那天,叩叩得到的生日礼物是一套崭新的扫帚和撮箕。

小男孩会有一些特别的趣事。

他躺在小童车里,红突然发现,童车前方小几上,那个用来放奶瓶的圆凹里,有满满一汪晶莹的水。这是他的杰作,他尿了,正好注入其中。更多的时候,他的尿越过小几,射向车外。不是小男孩,哪儿有这般绝技?

一家人泡温泉,红带他进女更衣室。看见这么多裸体和乳房,他震惊了,糊涂了,跟在一对乳房后面走了起来,红赶紧把他叫住。

在湖广会馆用餐，一个美丽姑娘上楼，他看见了，紧跟在后面，非常熟练地一步一阶走楼梯。那个姑娘进厕所洗手，红也带他去洗手，然后让他自己抽擦手纸，他给那个姑娘也抽了一张。绅士还是情种？

姐弟俩

在一个家庭里,在一个人的成长中,兄弟姐妹的作用是父母绝对替代不了的。一个家庭只有一个孩子,一个人没有兄弟姐妹,亲情是不完整的。

红怀叩叩时,啾啾八岁。知道妈妈有了孕,她不免嫉妒,一再问:"你还爱我吗?"遇事就考验妈妈,晚上喝牛奶,自己不端杯子,一定要妈妈端着,责问:"难道你现在不愿意碰我了吗?"

不过,她表示,如果妈妈生一个小妹妹,她可以接受。我问如果是小弟弟呢,她说送人。见过小男孩的淘气,她怕。她认定妈妈怀的是女孩,给小妹妹起名叫喳喳。她有一个长卷发玩具娃娃,是她最宠爱的玩具,也命名为喳喳,成为妈妈肚子里的小生命的代表。她总是把它带在身边,当起了它的姐姐。如果怀的是男孩,叫什么名字呢?她说就叫无名氏吧。

确知红怀的是男孩之后,她有些失望。我安慰她说:"没关系,送给阿良爸爸吧。"阿良是她的教父。她说:"妈妈会舍不得的。"我说:"那就每年放在阿良爸爸那里六个月。"她说:"喂奶的时候还是要和妈妈在一起的。"接着说:"每年放在阿良爸爸那里三个月吧。"马上又减到了一个月、一天。她其实也舍不得。她原先怕男孩太闹,现在她说,看我,是男孩也不会闹的。她调整得极快,已经站在弟弟的立场上了。她抱起那个名叫喳喳的玩具娃娃,不无遗憾地说:"你落选了。"

不过,对于妈妈肚子里的小弟弟,她的心情仍是矛盾的。有一回,聊起她小时候的事,我说,我从她身上看到,孩子三岁是诗人,五岁是哲学家。红说,以后在叩叩身上不知会看到什么。她说:"三岁是淘气包,五岁是混世魔王。"还有一回,她对着妈妈的大肚子说:"叩叩啊,你住的是二手房。"可是,圣诞节许愿,她告诉妈妈,她向圣诞老人要的礼物是一个健康、聪明、活泼、可爱的叩叩。

叩叩生下来了,啾啾真是喜欢这个弟弟,由衷地为这个弟弟自豪,说她的圣诞节许愿百分之百实现了。我们俩每天去医院探望,在家里,在路途上,她情不自禁地和我谈叩叩,说:"我不是想他,是想谈他,因为他值得谈。"她用一句话形容叩叩:那个圆头圆脑的家伙。叩叩离开出生的医院,回到家里,她给他画了一张奖状,中间四个大字:最棒宝贝。这是叩叩生平得到的第一张奖状。

叩叩

啾啾很幽默。有一回，我感觉胸痛，一只手抱着叩叩，另一只手揉压胸部，她看见了，问我在干什么，我如实以告。她一笑，说："我还以为你在摸有没有奶呢。"然后问："你知道叩叩最想什么？"她自己回答："最想自己有奶，想吃就能吃。"我们都笑了，一起想象这个理想的情景：孩子出生时都带着特别的乳房，断奶时自动脱落。

她偶尔也会小吃醋，但表达仍是幽默。我抱着叩叩，唤他心肝，她纠正："心肝二号。"我便改唤："心肝二号，宝贝一号。"她又纠正："宝贝二号。"我哄叩叩，时常重复说一些甜言蜜语，她在一旁嘲笑说："瞧这个语言单调的家伙。"

没有叩叩的时候，她是中心，现在我们的注意力和精力主要放在了叩叩身上，她难免有失落之感。但是，她很懂事，很克制自己。我们忙叩叩，顾不上她，她就自己照顾自己，早晨自己准备早点，晚上自己铺被子。她还主动帮妈妈做事，收拾房间等。有一天晚上，我看见她坐在沙发上发呆，问她怎么了，她说在想还需要做什么。我端详她，发现她的神情里多了一份成熟，感到既欣慰又心疼。

我对啾啾说："爸爸妈妈能够给你的最好的东西是什么？是这个弟弟，以后你在这个世界上不会孤单，有一个最亲的亲人。"她脸上掠过一丝笑容，轻轻点了点头。

啾啾真心喜欢这个弟弟，放学回家，第一件事就是跑到他跟前，逗他，跟他玩。她很会逗弟弟，花样不断翻新，在他面前扮夸张的表情，做各种别出心裁的怪动作，或者自编自唱自跳，做各种表演，经常累得汗流浃背，而叩叩也总是投桃报李，发出一连串响亮的笑声。大人有事时，总是她守在叩叩旁边，跟他说话，给他拿玩具，替他整理环境。她善良、细心，绝对是一个好姐姐。看着姐弟俩其乐融融的情景，我心中充满喜悦和感动。

每天姐姐放学回来，是叩叩最开心的时候。他知道姐姐好玩，因此也喜欢去撩姐姐。如果我在家，就和姐弟俩一起玩，玩得最多的是捉迷藏。我抱着他，他用身体的扭动指挥我去找姐姐，我们俩都身体前倾，一副鬼鬼祟祟的样子。找到姐姐了，他激动万分，在我怀里又笑又叫又跳，然后立即转身，取慌忙逃跑的姿势，紧张又兴奋，笑喊得几乎透不过气来。就这样撩了就逃，逃了又撩，不断重复，三个人乐此不疲。

叩叩七个月的时候会叫妈妈和爸爸，会叫姐姐稍晚一些，但是，一旦会叫了，每天说得最多的词是姐姐，从早到晚叫姐姐叫个不停。他看见姐姐就兴奋，一叫一长串，而且变着调儿叫，从温言细语到大喊大叫，应有尽有。把他放在姐姐旁边，他会爬到姐姐身上，和她偎依在一起，一边叫姐姐，一边用小手拍她的脸，亲热极了。

叩叩

  叩叩喜欢姐姐，但也经常欺负姐姐，动辄朝她瞪眼睛尖叫。有一回，他追着姐姐，要咬她的脚。怎么回事？红猜测是他的牙难受了，往他嘴里塞了两粒有壳的瓜子，他果然放过了姐姐。哼，居然要用姐姐的脚来磨牙！

  一天晚上，啾啾从沙发上往下跳，恰好他跑向地毯，他被撞倒了。他哭了起来。我抱起他。我和红都批评啾啾，啾啾也流泪了。他看见了，在我怀里喊姐姐，我把他抱到啾啾面前，他抚摸姐姐，姐弟俩拥抱在一起，啾啾破涕为笑。我抱他下楼，他一再说"姐姐"。我问："叩叩想姐姐了，是吗？"他说是。我说："我们去叫姐姐，好吗？"他说好。正在这时，红带着啾啾来了，他笑出了声。平时他有些欺负姐姐，但是，关键时刻显出来了，他是心疼姐姐的。

  有一段时间，只要看见妈妈搂姐姐，他必大叫，冲上去，把姐姐赶走。那天他又这样，啾啾很大度，一笑，说："这么小就会嫉妒了。"然后，让我搂她，宽慰地说："这样挺配，男的和女的在一起。"我的乖女儿，真是善良又幽默。

  一天，他走到客厅，看见姐姐依在妈妈怀里，立刻站定，一脸气愤。接着，他跑过去，也依到妈妈怀里，使劲推姐姐。啾啾有些犹豫，不知道该让步还是该坚持。我赶紧对他说："这是妈妈,是叩叩的妈妈,也是姐姐的妈妈。"我反复说,他不推了,开始叫妈妈,不停地叫,叫了几十遍。我又安慰啾啾,告诉她,弟弟只知道妈妈是他的妈妈,不知道也是姐姐的妈妈,但慢慢就知道了,要允许他有一个逐步知道的过程。

此后不久的一天,他和姐姐挤在小床上,我进屋,他告诉我:"两个宝贝。"我问:"哪两个宝贝?"他指一指自己,又指一指姐姐。啾啾欢呼起来。他终于明白而且承认姐姐也是爸爸妈妈的宝贝了。我想检验一下,问:"谁是叩叩的爸爸?"他指一指我。我又问:"谁是姐姐的爸爸?"他不答。啾啾提醒说:"在房间里。"他跟着说:"在房间里。"然后指着我说:"在这儿。"可见刚才他是知道的,故意不答。啾啾带他到客厅里,两人坐在阳光里,一边吃葡萄,啾啾一边给他讲书上的图画。他快乐地宣告:"两个宝贝晒太阳,两个宝贝吃葡萄,两个宝贝看书。"

有一个好姐姐,叩叩的生活丰富有趣多了。反之,假设他是独生子,他的生活就会单调无趣许多。同样,有了这个弟弟,啾啾的生活也增添了色彩和内容。在一个家庭里,在一个人的成长中,兄弟姐妹的作用是父母绝对替代不了的。一个家庭只有一个孩子,一个人没有兄弟姐妹,亲情是不完整的。

上天的恩宠

有时我心中也会泛起空虚和悲哀之感,会想到这乐融融的生活情景只是暂时的,孩子会长大,将独自走入这个复杂的社会,命运不可知,而我会死,不再能看见和守护他们的未来。

我真切地感到,叩叩来到我们家,是上天给我的莫大恩宠。他对我笑,他用小手轻轻抠我,他的温暖的小身体贴紧我,他喊我爸爸,所有这些时候,我都在领受这恩宠,心中洋溢着最纯净的喜悦。看着他的聪明可爱的脸蛋,我无比陶醉。这就是最好的,我别无所求。出乎我们的一切预期和想象,上天把这么美妙的一个小男孩派到我们家来,神赐福给凡人,不可能有比这更喜人的方式了。我偶尔想到,因为超生,他没有合法身份,心中会有忧虑。但是,我相信,神做的事情一定是有道理的,人间的小磨难怎能抵御神的旨意。

深夜,或者凌晨,我走进大卧室,经常看到的情景是,娘儿三个睡成一排,都在熟睡之中,一张大床上睡着世界上我最亲爱的三个人。面对这情景,我充满一种成就感,这是比所谓事业更踏实的成就感。

我出差回北京,红开车来接我。北京站不能停车,她把车停在附近一条马路上。我到了那里,只见一座大楼前的台阶上,红抱着叩叩,啾啾站在红身旁,三张美丽的脸都在对我笑。这是多么可爱的景象。

院子里,我抱着叩叩和啾啾捉迷藏,互相追赶,他那样高兴啊,不停地疯笑疯叫,他的笑声叫声尖利嘹亮,划破夜晚的寂静。红评论道:"多少人在窗口看见了,在羡慕你。"是的,一个老爸爸带着一双儿女在夜晚无人的院子里嬉戏,这是多么幸福的情景。

岁末,我的四口之家,既安静,又热闹。安静,是因为没有任何聚会和应酬,仿佛远离了外面的世界。热闹,是因为叩叩,灯光下响彻他的叫喊,使这个小小的家充满生命的欢乐。

我的奇特人生:年过花甲,忽然儿女成双。女儿上小学,儿子刚出生,每天我要送女儿上学,给儿子喂奶。有人说,我这个年纪,应该享清福了,而我却要忙两个孩子,命真苦。他们哪里知道,在这个年龄,仍有小生命的美妙香味布满我的生活空间,这正是我的福气。上帝不让我老,正因为儿女还小,我必须年富力强,于是我就真的年富力强了。一个作家说,一个女儿,一个

叩叩

儿子,把国平给废了。他的意思是,我没有时间写作了。我回答说,废了就废了,废得快乐。我心里想,其实是成全了我,但你不懂,我何必告诉你呢。

因为妞妞,我第一次当了父亲,当得有滋有味。妞妞走了,我悲痛欲绝。上苍看我是一个够格的父亲,竟然给我加倍的补偿,让我当了两个孩子的父亲。我感谢上苍。我由衷地感到,有这一双可爱的儿女,是我此生最纯粹的幸福,最满意的成就。天天和他们在一起,这幸福和成就是实实在在的,无时无刻不在我的眼前,无时无刻不在我的心中。

看我如此陶醉于养育小生命,红评论说:"你无论第几次做父亲,都像是第一次做父亲一样。"还说:"再来一个孩子,你一定还这么痴迷。"的确如此,我是一个不可救药的父亲,世上唯有小生命的魅力,是我最抵挡不了的。人生的满足,莫过于养育小生命,我对此执迷不悟。

当然,有两个年幼的孩子,会累一点儿,从清晨到夜晚几乎无一刻空闲。真是沸腾的生活,一个又一个日子飞逝而去。一个女友看见我们整日为孩子忙,表示对生孩子望而生畏。她自己忙于赴各种约会。我告诉她,世上任何好东西都是要付出代价的,接受任何好东西都要把代价一起接受下来。我倒觉得,我们虽然暂时被孩子拴住了，生活似乎单调，但我们过的是一种最实在也最本质的生活，美好而充实。与之相比，外面那些热闹的社交活动显得何其空虚轻飘。

有一天，啾啾对我说："有的事情，我总觉得是在做梦，要过了很久才相信是事实，比如家里有了一个小叩叩。"她说出了我的感觉。

我常常入迷地看着叩叩漂亮生动的小脸蛋，心中充满惊喜。他竟是我的，这怎么可能？他真的是我的吗？耳边响起佛的警告，我提醒自己不要迷惑。可是，尽管我懂得无常和缘起的道理，一切皆是幻象，眼前这张小脸蛋依然漂亮生动，使我不能不入迷。

太美好的事实令人难以相信，和啾啾不同的是，即使在相信是事实以后，我知道这事实到头来仍是梦。比如说，现在这个四口之家，我的两个可爱的孩子，组成了我的生活的最重要的内容，似乎令我感到无比踏实。然而，有时我心中也会泛起空虚和悲哀之感，会想到这乐融融的生活情景只是暂时的，孩子会长大，将独自走入这个复杂的社会，命运不可知，而我会死，不再能看见和守护他们的未来。不过，人生的真相如此，你有什么办法呢？

叩叩

　　那么,让我不要去想将来吧,我能陪伴他们多久,他们会有怎样的命运,那是我不能支配的。在我能支配的范围内,过好每一天,让他们健康快乐地成长,这就够了。

第二章

我们一大一小在地上爬，边爬边学狗叫

叩叩语录

这是狗狗的餐馆,大狗狗饿了吧?快吃狗粮,吃多多的。

小狗狗快点儿长大,开飞机带爸爸、妈妈、姐姐去玩。

晨曲

> 我们一定不要认为，孩子只是被动地模仿和接受现成的语言，事实上，幼儿学习语言是一个充满主动性的过程，其中有对词义的辨析和思考，常常还会加进自己创造性的理解和应用。

春天的花园是在鸟鸣中醒来的，神宠爱的屋子是在童语中醒来的。幼儿的咿呀学语，是生命的晨曲。

早晨，叩叩醒了，一睁开眼就喊姐姐，喊爸爸。他知道姐姐睡在隔壁，爸爸睡在隔壁的隔壁。他一遍遍喊，直到听见了回应。有人早起遛狗了，院子里传来狗叫声，他自言自语说"狗狗"。完成了对人和动物的问候，他转过身，说一声"奶奶（妈妈的乳房）"，把脸蛋紧贴在妈妈的胸脯上，享受一天的第一次吃奶。红告诉我，这是他的黎明三部曲。

从早到晚，我们的屋子里充满了这个一岁小男孩的声音。他有时快乐地叫唤家里每一个人，有时用粗嗓音报告着什么，有时用尖叫表达强烈的情绪，或者只是叫着玩。他的感官连接着他的

叩叩

语词储备，看见什么东西，听见什么动静，只要是储备里有的，立即调出来显摆。他渴望交流，经常会蹦出一串句子，有我听得懂的，更多的是我听不懂的。我听不懂，他就重复，我仍听不懂，他脸上会露出困惑和无奈的表情，使我深感歉疚。但是，想到人类语言的原始状态，我便觉得懂不懂并不重要，于是在听不懂时回他一长串无意义的音节，不料效果极佳，他开怀大笑。这就成了我俩经常玩的一个游戏——互相说一长串无意义的音节，然后相视大笑。我相信他从这种游戏中获得了情绪的释放和节奏的快感，而这对于语言发展的作用绝不亚于通常的学说话。

满周岁以后，叩叩的语言能力突飞猛进，从语词到短句，从简单的长句到复杂的长句，会说的话越来越多。他的聪明的表达，凡是我这个愚笨的人能够听懂的，我就惊喜地收藏起来。我对幼儿语言一直有浓厚的兴趣，啾啾小时候，我记录了许多，现在叩叩给了我第二次机会。下面记录的是他一周岁内的片言只语，我注意的是这个年龄段孩子的语言特点。我们一定不要认为，孩子只是被动地模仿和接受现成的语言，事实上，幼儿学习语言是一个充满主动性的过程，其中有对词义的辨析和思考，常常还会加进自己创造性的理解和应用。

在幼儿眼中，语词如同积木，是可以拼搭的。叩叩经常用两个词拼搭出一个新词，来表达他对某样事物的理解。

图画上一个人，他分不清性别，命名为"叔叔姨"。看到书上的耶稣受难像，因为耶稣披着长发，他说是阿姨，姐姐纠正说是叔叔，他来了一个综合，说："姨叔叔。"

电视里播威尼斯风情，许多水上房屋，他命名为"房船"。夜灯，灯光暗淡，他命名为"月亮灯灯"。别墅外面的台阶长满青草，他命名为"草楼梯"。

妈妈问："妈妈爱谁？"他答："叩叩。"问："叩叩爱谁？"答："奶奶（妈妈的乳房）。"问："叩叩不爱妈妈？"答："爱。"再问："叩叩爱谁？"答："妈奶奶。"

在学习语言的过程中，幼儿会主动寻找甚至制造机会，练习新掌握的词。

例如：知道了"大"和"小"这一组反义词，他一有机会就用，而且是活学活用。

玩卧室里的柜子，柜门掉下来，他哭了几声。我赶到，他伸出右手，告诉我："这个小疼。"又伸出左手，告诉我："这个大疼。"

早晨，他有点儿醒了，说："妈妈拍拍。"红拍他，他很享受。红翻一个身，他也翻身，完全醒了，说："叩叩醒了，叩叩

叩叩

不累了,妈妈大累,叩叩小累。"

降温了,红说我这个人不怕冷,我说我也怕,这时他发言了,说:"爸爸怕大冷。"用这个方式解决了关于怕和不怕的争论。

又例如,知道了"真"和"假"这一组反义词,他也寻找和制造机会应用。

看见一个小男孩在玩一只玩具狗,他告诉我:"假狗狗。"他困了,在妈妈怀里哼唧,突然抬脸看着妈妈,说:"假哭。"

他爬到沙发的扶手上,装着要摔下来的样子,说:"叩叩摔跤了。"我反驳:"叩叩没摔跤。"他说:"叩叩差点儿摔跤。"然后,故意把一个玩具娃娃摔在地上,说:"宝宝真摔跤。""宝宝"是他给那个玩具娃娃起的名字。

有一天,懂得了"刚才"这个词的含义,他就一再制造机会应用。在公园里,看见一个女子奔跑,他说:"阿姨跑步。"过了一会儿,他告诉我:"刚才阿姨跑步了。"他被绊了一下,说:"叩叩摔跤了。"也是过了一会儿,他告诉我:"叩叩刚才摔跤了。"

幼儿非常在乎用词的准确。

比如动词,举三例。一、喝和吸。我让他用吸管吸果汁,说:"叩叩喝。"他立即纠正:"叩叩吸。"二、修和拧。柜门上的小把手松了,我说:"爸爸修。"他立即纠正:"拧。"三、摘和拔。院子里,路边有一棵草,他说:"爸爸摘。"根很浅,我一不小心就连根拔了起来。他脸上露出惊喜的表情,看着我说:"拔!"我笑了,夸他说得对,这不是摘,变成拔了。

一种薄饼,很硬,他拿在手里啃。我说:"叩叩啃饼饼的皮。"他纠正:"饼饼的壳。"的确,这么硬,是更像壳而不是皮。

他发现鸭鸭车上的一个玩具不见了,问:"丢哪儿啦?"立即自己纠正:"不对,掉哪儿啦?"显然他做了一个区分,"丢"是有意的,"掉"是无意的。

餐桌上有蛋羹,他要吃,我说烫,等一会儿,他尝了尝,说:"不烫,冷。"想了想,补充说:"叩叩不觉得烫。"烫和不烫是相对的,取决于自己的感觉,他准确地表达了这个意思。与此类似,他要去阳台,我说阳台上冷,他说:"叩叩觉得阳台不冷。"

他的有些表达已经相当复杂。

凌晨四点半,他醒来,玩了一个多小时。我想接替红带他,他盯着我说:"不要爸爸要叩叩。"另一回,他拒绝妈妈抱,说:"叩叩不要妈妈。"妈妈说:"妈妈要叩叩。"他说:"叩叩不要妈

叩叩

妈要叩叩。"动宾结构套动宾结构,对一岁半的幼儿来说,这个语法够复杂的了。

他在客厅里,想我了,对玩具宝宝说:"叩叩把爸爸带来看宝宝。"言毕,跑到书房来叫我。他把自己的心愿移置到了宝宝身上。

他用画笔和玩具宝宝玩自编的游戏,说了一个长句子:"笔笔带宝宝去医院找医生抹药药了。"

这个时候的叩叩,说话奶声奶气,表达却有条有理,这样的结合格外可爱。

富有童趣的话语和对话——

看见妈妈在剥橘子皮,他说:"妈妈给橘子脱衣服。"

看见餐桌上各种瓶子都有盖子,他兴奋地指着喊:"好多盖盖!"一会儿,我看他的小肚子鼓鼓的,问他肚子里是什么,他答:"水。"我摸他的头,问他是什么,他答:"盖盖。"

他在地上撒了一泡尿,看见尿在慢慢流动,说:"尿尿找叩叩好朋友来了。"

妈妈问:"小蜗牛是大蜗牛的什么?"他答:"虫虫。"问:"小蚂蚱是大蚂蚱的什么?"答:"虫虫。"问:"叩叩是妈妈的什么?"答:"宝贝。"他没有被绕进去。

一天夜里,他不肯睡,红抱着他转圈,想把他转晕。他想制止妈妈这样做,礼貌地说:"妈妈累了,妈妈请坐。"

保姆夸他漂亮,他谦虚地说:"一般。"保姆仍夸,他大声说:"两般!"

他让我给一只小球打气,小球没有气眼,我要给一只有气眼的大球打,他责备说:"爸爸不听话!"然后,他要我给地毯打气,我说地毯也没有气眼,怕他听不懂,又说地毯没有洞。他一听,马上朝储藏室跑,一边说:"叩叩拿剪刀。"

院子里,我抱他散步,啾啾跟在旁边。他依次说了四句话:"叩叩要上小学。——叩叩要讲课。——叩叩不要考试。——叩叩当老师。"他说完,啾啾立即予以痛击:"白日梦!不考试能当老师吗?"

挣脱怀抱

> 他的自信心和自豪感随着能力的生长而增长,就会拒绝不必要的关照。他品尝到了自由的快乐,就会讨厌束缚。可是,父母的认识往往滞后,要在孩子的反复提醒下才意识到这一点。

刚满周岁的叩叩,站在书架前,把书一本本抽出来,扔在地上。这个动作要用力气,我怕他摔倒,轻轻扶他,他叫了起来,我抱紧他,他叫得更厉害了。我知道我做错了,放开他,他就满意了,继续做他的工作。

会直立和走路以后,孩子就开始有挣脱父母怀抱的愿望了,这是能力生长的自然结果。他的自信心和自豪感随着能力的生长而增长,就会拒绝不必要的关照。他品尝到了自由的快乐,就会讨厌束缚。可是,父母的认识往往滞后,要在孩子的反复提醒下才意识到这一点。

在动物界,后代一旦有了行动的能力,离开父母的怀抱是自然的事情。鸟仔会飞了,鸟爸爸妈妈会把它们赶出窝,从此各飞东西。小老虎会自己觅食了,大老虎也会决绝地遗弃它们,从此各谋生路。动物的家庭只在孕育期短暂地存在,妻离子散乃是天经地义。唯有人类是把血亲联系长久维持的,但是,大自然的规定仍然在起作用,让每个人在幼儿期挣脱父母的怀抱,在长大后开始独立的人生,而前者仿佛是后者的预演。

孩子满周岁之后,生活中有两件大事,就是说话和走路。走路是行动的自由,说话是交流的自由,有了这两样自由,世界在他面前敞开了。行动能力不仅仅是行动能力,孩子一旦开始练习自主行动,行动推动思考,他探索周围的环境,筹划行动的步骤,在这个过程中,他的智力也在生长。

客厅里有两个茶几,一个靠东墙,另一个靠西墙,相距三米左右。叩叩走到东茶几旁,从上面拿起一个餐用小碟,然后走到西茶几旁,放在上面。接着,他从这个茶几上拿起一块他啃过的饼干,放进小碟里。这时我才知道,他的整个行动是有计划的。把点心放在餐具里,是我的卫生习惯,他无意中在仿效。

在卧室里,他站在床边玩床头柜上的加湿器,用力移动它。有一次,他用力太猛,摔倒了。他爬了一小截路,找了一个没有障碍物的位置,扶着床沿站了起来。然后,他顺着床沿走回床头柜旁,继续玩加湿器。又是一个有计划的行动。

叩叩

他坐在沙发旁的地毯上，嘴里含一粒带壳的松子，大约是用来磨牙。含了一阵后，他把松子吐在地上，然后要去捡。我常常看见，他在地上爬，发现一点儿什么碎屑，立刻捡起来塞进嘴里，如果与他争夺，他必喊叫和反抗。我夺过几次，倒都是食物的碎屑，例如饼干屑或干硬的饭粒。但是毕竟脏，我怕他把松子再塞进嘴里，赶紧说："太脏了，爸爸给你拿干净的。"我抱起他，准备去餐桌上取。他挣扎，不让我抱，我把他放回地毯上。他扶着沙发站了起来，朝沙发一端的茶几挪步，原来那一袋松子不是在餐桌上，而是在茶几上。他自己从中取了一粒干净的。我夸他，他很得意，靠着沙发晃动小屁股，哼小调，等候我给他剥松子。

在上面记述的场景中，叩叩已会走路，但还不会就地站起来。因此，当他有了一个目标，必须先爬到一个有支撑物的地方，靠支撑物站起来，然后走向目标。对幼儿来说，就地站起来是学走路中的一个难关，叩叩是在一岁零一个月的时候克服这个难关的。

那天在郊区的一所房子里，他喜欢那里宽敞的客厅，不停地走啊走。有一次，他蹲下去，自己摇摇晃晃地站了起来。这是第一次，而他好像没有意识到。我们为他欢呼和鼓掌。他受了鼓舞，立刻又蹲下去，给我们表演他的新成就。一次又一次，越来越稳，越来越熟练了。他笑得真开心，充满自豪感。在那以后，无论在地毯上，还是床上，他都能够成功地站起来了，然后得意地看着大家，等待我们为他鼓掌。有一回，不等别人鼓掌，他自己先鼓起掌来，接着一下子摔倒在床上。我们笑，他自己也笑。

我仔细观察过他是如何站起来的。他坐在地上，身体向前俯下，双手撑地，然后调整两腿之间的距离，尽量拉大，使重心稳定，然后双手一撑，就轻松地站了起来。

摆脱了支撑物，他有了更多的自信和自由，走路走得更欢了。

这个一岁零两个月的小男孩，走路是一景。他的小身体非常灵活，经常是小跑，摇摇晃晃，但非常稳。他用一种特别的姿势保持平衡：两只手臂举在肩膀两侧，一只高，一只低，像在做飞行表演。他不耐烦像平常那样走路，总是边走边表演各种姿势：有时双臂后展如一对翅膀，像小鸭；有时垂着头，身体前倾，像忧郁的醉汉或哲学家；有时一手拿一把玩具铲子，双手前后摆动，身体左右摇晃，在屋子里走来走去，一副吊儿郎当的样子；有时倒退着走，也是又快又稳。他还经常跳着舞步走路，两条腿有节奏地弹跳，真好看。心情特别好的时候，他站在那里，有节

叩叩

奏地踏脚、扭屁股、摇晃，嘴里哼着小调。

冬末的日子，他穿一条灯笼裤似的蓝色肥裤，一件金黄色毛衣，在屋里飞快地跑来跑去。啾啾说，像一只彩色的小球在蹦。因为一个精力充沛的小男孩的存在，这个家充满了动作和声响，充满了生机。

再接再厉，下一个攻克的难关是攀援。

啾啾睡的是儿童双层床，一侧有木板扶梯，共四节，每节高三十一厘米。啾啾睡在上层，下层空着。姐姐临睡时，叩叩经常去亲热或捣乱。这天他又去，站在床梯边，想上去看姐姐。往常都是我抱他上去，现在他拒绝，要自己爬。他俯身在第一节梯面上，先费劲地把一条腿抬了上去，休息一下，然后把另一条腿也抬了上去。我们鼓掌叫好。他站起来，我要抱他继续上，他又拒绝，自己爬到了最高一节，站在顶上，举起双臂，夸张地欢呼："哇！"有了这第一次成功的攀登，他就更加成为姐姐屋子的常客了。

大卧室里有一张小床，是给他准备的，但他基本不用，总和妈妈睡大床。现在他要表演攀援的本领，就往小床的护栏上爬。我制止，说危险，他告诉我："叩叩能上楼梯。"我托了他一下，他翻越过护栏，成功了。接着要爬大床，床太高，有困难，他自己喊:"加油!"摔下来了,又爬,一边说:"不疼。"又成功了。从大床下来,他以前是倒着往下着地的,现在练习正着下。我在旁边鼓劲,说叩叩在练呢,他同意,说:"练!"一次又一次,越来越熟练。

练完了室内,练室外。单元楼共六层,我家住四层,有电梯。有一天,我带他回家,他表示不想乘电梯,要走楼梯。走楼梯也行,以往是我搀扶他走的,可是这次他不让我搀扶。从一层开始,自己扶着栏杆上楼,一直走到六层,途中一再叮嘱:"不要爸爸扶。"接着要自己下楼,这太危险,我硬是搀扶他,他知道危险,倒不反对。到了楼下,再来第二次,累了,就在楼梯上坐一会儿,后来实在累了,仍不让我搀扶,两手撑着地往上爬。

这是一岁零八个月的叩叩。这个小人儿可真有一股劲儿。

大吊车

因为他这么喜欢，我对这笨重的大家伙也产生了亲切感，路上见到了，如果他不在场，就会感到遗憾，觉得是浪费了一次眼福。

一至两岁的叩叩，是一个小小的车迷。许多童书里，他最喜欢一本介绍各种车辆的图画书，自个儿可以翻看半天。他还常邀我同看，给我讲解不同车的名称。还有一本《鼹鼠的故事》，其中一页上画了一些工程车，他也常翻到那一页仔细看。有一回，我看见他抱着玩具宝宝，一辆辆摸那些车，告诉它名称。发现其中没有翻斗车，他吩咐我："抱宝宝摸一摸翻斗车哪里去了。"我遵命，翻开那本车辆图画书，找到翻斗车，让玩具宝宝补摸了一下。

开车上街，他坐在贝贝椅上，兴奋于市中心也有各种车辆，一路不停地报告：摩托车，大公共车，警车，大货车，吊车……他崇拜大型车，看见搅拌车，他大声喝彩："搅拌车，帅！"看见一辆货车上坐着几个民工，他惊呼："大货车也坐人！"他模仿听到的各种声音，包括车辆急刹车时的噪声，模仿得惟妙惟肖。

自己天天坐小汽车，在他眼里，小汽车是最平常的，他羡慕乘大公共车的人。有一天早晨，屋子里充满他的欢快的声音，他不停地自说自话，东奔西跑。为什么这样高兴？原来，妈妈要带他去乘大公共车了。回到家里，他告诉我："妈妈的车小，大公共车大。"

在一段时间里，搅拌车是他的最爱，每见必欢呼。一辆搅拌车驶出了他的视野，他向我解释："搅拌车回家喝奶睡觉了。"在他心目里，这个圆锥形的笨重的大家伙是他的同伴，过着和他一样的生活。因为他这么喜欢，我对这笨重的大家伙也产生了亲切感，路上见到了，如果他不在场，就会感到遗憾，觉得是浪费了一次眼福。

各种工程车始终令他兴奋，如果看见一种以前未见过的车型，兴奋便达到顶点。一般来说，他能够回忆起在车辆图画书上学到的知识，立刻叫出名称，我自愧不如。看见一辆车，我说是挖土车，他说是小吊车，结果他是对的。又看见一辆车，带一个大叉子，他高兴地喊："叉车！"我走近看，车身上写着"叉车"，还是学名呢。

叩叩

一辆车在路边卸肥料,他看见了,高兴极了,喊道:"翻斗车!"这是第一次看见翻斗车,我抱他就近去看。那辆车已经卸完肥料,正在离去。他朝翻斗车的背影埋怨说:"翻斗车忘记叩叩了。"他要我带他去找,可是,那辆车已经不见影儿,他自语似的问道:"翻斗车住在哪儿呢?"

马路对面停着一辆清扫车,引出了他无穷的问题:为什么停在那里不走,是它的家吗,一会儿它要做什么,等等。

红带他从外面回来,他经常会兴奋地向我报告:"宝贝在马路上看到一个喷洒车","宝贝在马路上看到了真正的救火车",等等。有一回,他在路边看见升降车,回家后向我叙述:"升降车升好高,叔叔在修电线,修完下来了,升降车掉头了,叩和它一起掉头!"红告诉我,她用小车推着他,升降车掉头,他要求跟着看,的确一起掉头了。

升降车、翻斗车、搅拌车、叉车等,我以前看见了都视而不见,更不会去注意它们之间的区别。现在由我的宝贝口中,我才知道它们的准确的名称。

公园里在施工,他看见前方天空下屹立的大吊车,惊喜地叫起来:"大吊车!"以前只见过小吊车,这是他第一次看见大吊车。无论哪里有工程车辆,总是他第一个看见。吊车的吊臂在运物,我问他吊车在做什么,他答:"盖大楼房。"接着说:"大吊车吃饭饭。"显然,前者是从大人那里听来的,后者是他自己的看法。然后,他抬高声音,向我报告一个令他自己也兴奋的发现:"大吊车要喝好多奶呢!"

那几天里,我就经常带他去公园看大吊车作业,从货车上卸树,等等。这是好机会,以前只在书上见过,现在看到了实景。前几天在公园里还看见过挖土机,现在没有看见,他说:"没有挖土机了。"我随口问:"挖土机哪儿去了?"他说:"在远远地干活,和叩叩一样的。"我问:"叩叩干什么活?"他说:"和挖土机一样的。"我心想,真跩,不直接回答。我问:"挖土是吗?"他点头。在院子里用小铲子挖土,是他爱干的活。

秋天,公园里的施工已结束。我带他在公园里转悠,他有点儿落寞,说:"秋天来了,叶叶掉了。"接着说:"没有大吊车,没有大货车,只有叶叶。"

因为他喜欢工程车,我们给他买玩具,朋友送他礼物,工程车模型和玩具车就成了首选。他有许多套不同样式的,他自己玩,我也经常和他一起玩。

有一回,我把各种玩具车排成一列,他指着其中一辆说:"这个车车倒了。"我一看,的确如此,我把这一辆的方向放反

叩叩

了。这是一辆异型车，不易辨别头尾，他马上看出来了。

还有一回，他把玩具车排成长队，然后，自己站到最前面，说："汽车排队，叩叩也排。"我赞美道："排得真好，爸爸也排，好吗？"他反对地哼了一声，说："爸爸太大了。"

总的说来，他对玩具车的热情，远不如对真实的工程车的热情。那种惊喜和兴奋，只有在看见真实的工程车时才会有。

叩叩幼时的理想，绝对是当一名工程车司机，他经常向我们宣告他的这个理想。

他穿一件黑色的无袖长衫，很酷的样子，自豪地说："叩叩穿了黑衣服，开升降车，开大吊车，开挖土车，开搅拌车……"把他喜欢的车型都报了一遍，都开了一遍。

他自称小狗狗，告诉我："小狗狗吃饭多多的，长高高的，开大公共车，开大吊车，开挖土车，开搅拌车……"把他喜欢的车型又数了一遍。然后，指着床铺一角说："这里停了许多车，都是小狗狗长大要开的。"朝空中一指，接着说："一个大吊车，吊一个特别可怕的东西，小狗狗保护大狗狗。"

在工程车中，他最崇拜的还是大吊车。在他的小脑瓜里，大吊车的长臂高入云霄，可以吊起各种可怕的东西，开大吊车是多么威风。可是，一岁半的时候，红带他回丹江口的老家，一个开吊车的老乡听说了他的爱好,就把吊车开到家门口,想带他兜风,让他满足一下。他看一眼这个庞然大物,立即转身对妈妈说:"我们回家睡觉吧。"

小狗狗大狗狗

年过花甲，忽然被这样可爱的一个小男孩选中当他的爸爸，当他的大狗狗，跟着他满地爬，这是何等的恩宠。

夜十一时，我打了一个盹起来，走到客厅里。叩叩正坐在地毯上，百无聊赖的样子，保姆看护着他。他小时候，保姆不好找，换了好几茬。那个中年保姆总是愁眉苦脸，他不喜欢。一看见我，他如获救星，眼睛放光，低声欢呼，立刻飞快地朝我爬来。他仰着头，盯着我，手脚灵活而协调，爬得快极了。一个小小的婴儿，爬向他的父亲，这个场景实在太可爱。我心中充满感动，也趴在地上，迎接他的到来。我把他紧紧地搂在怀里，他的小身体散发着醉人的芳香。

我关门在书房里看书，他趴在门外的地上，看着地面门缝漏出的灯光，不停地喊爸爸。我开门，他转身朝客厅爬去，我也趴到地上，跟着他爬。

我坐在客厅地上，他在四周不停地爬行。我突然发现，我的胳肢窝下面钻出了一个小脑袋。他就这样穿越我的胳肢窝来回爬，还玩花样，有时刚探头就立即转身，有时倒退着爬回去。

这是刚满周岁的叩叩，他的行走能力已经很好，但仍喜欢在地上爬。他的爬行是一景：两手交替伸出，有力地拍打地板，撅起的小屁股有节奏地左右扭动，真像一只灵活的小动物。

那些日子里，家里经常的情景是，我们一大一小在地上爬，边爬边学狗叫。看他的爬姿那么可爱，我忍不住学他，即使我的爬姿实在笨拙。有一回，我喊他小狗狗，他立即回喊我大狗狗，于是很自然地，小狗狗成了他最喜欢的自称，小狗狗和大狗狗成了我们之间最亲热的爱称。和我在一起，他会立刻进入小狗狗的角色，而我就兴高采烈地扮演起了大狗狗。

年过花甲，忽然被这样可爱的一个小男孩选中当他的爸爸，当他的大狗狗，跟着他满地爬，这是何等的恩宠。若有外人撞见这个情景，想必会哭笑不得。但是，我知道，上帝一直在看着这个情景，也一直在微笑。

他以小狗狗自居，而他是一只多么可爱的小狗狗。

早晨，我半醒，听见他在自言自语："我闻到蒸粽子的味了，原来是小狗狗尿床了。"

叩叩

他在卫生间里,把门开一条缝,从缝里看着站在门外的我,说:"小狗狗剩一点点了。"

他用一张纸遮在头上,逗我说:"没有小狗狗了!"我做惊慌状,他立刻指着纸安慰我:"在这个底下呢。"

小床上罩着被子,像帐篷,他钻进去躺下。我问:"小狗狗在做什么?"他答:"小狗狗在做梦。"

他差点儿摔跤,脱口说:"吓死我了。"然后学小狗不停喘气的样子,问我:"像一个小狗狗吧?"

他经常很自然地把我当作大狗狗,这样来和我交谈。

吃排骨,他啃掉了肉,留下骨头。问我:"大狗狗爱吃骨头吗?"然后说:"小狗狗不爱吃,咬不动。"我承认:"大狗狗也咬不动。"

他认定大狗狗病了,给我喂药,安慰说:"是甜药药,有毒。"我说:"有毒,大狗狗不吃。"他改口说:"没毒。"又立即纠正说:"一点点毒。"

他对我说:"大狗狗请坐,另外一个小狗狗……"说到这里,他忘记想说什么了,支吾了一阵,羞愧一笑,说:"小狗狗说不好。"然后低下头,用手遮住脸。

他叫我,我未应,他说:"气死小狗狗了。"然后,开始"自虐",宣布:小狗狗吃了虫子、蟑螂、床、墙、天花板、眼镜……

他自己站在马桶边尿尿,小鸡鸡刚好能搁进边缘。这是头一回,我向红报告。他自豪地说:"大狗狗,你小时候尿尿够不着吧。"

我尿尿,他也要尿,我以为他是玩,问:"你是要真尿尿?"他答:"是的,因为我们是假狗狗真人。"我心想,倒是没有玩糊涂。

我相信我也是一只够格的大狗狗。我不只是跟着他满地爬,还会设计一些情境来玩。

他趴在地上,我把他端起来,让他趴在我的手臂上,向大家展示我的小狗狗多么可爱。我走到啾啾面前,啾啾说:"看小狗狗会不会叫。"她拍他的头,他就汪汪叫。我拍他的裸露的小屁股,他向我指出:"屁屁不会叫。"

我在地上爬,突然抬起右脚做招手的动作,喊道:"小狗狗再见!"他大笑。

我嘴上叼一张纸牌,让他嘴上也叼一张纸牌,我俩一前一后爬行,全家大笑。

叩叩

傍晚,我从工作室回,一进家门,两个宝贝争先恐后跑到我面前,齐声欢呼,高喊爸爸、大狗狗。一般来说,叩叩比姐姐慢半拍,但喊声比姐姐高八度。这个可爱的情景,几乎每天会上演一次,令我心花怒放,我觉得我的生活从来没有这么美好。

啾啾把我迎进门后,往往立即消失,去做她自己的事了。也有时,她在厨房和餐厅之间忙出忙进,给我准备晚饭。叩叩则完全把我占有了,围着我欢蹦,拉长声音喊:"大——狗——狗!大——狗——狗!"仿佛不是在小小的屋里,而是隔着山谷向我呼唤。倘若我进厕所,他就守在门外,变着声喊大狗狗,从门缝给我塞纸片,或者推开门,假装朝我开枪:砰!砰!他的嗓音粗哑又洪亮,真是一个男孩。

接下来就是老一套了,大狗狗跟着小狗狗在地上爬,按照他即兴编的情节,爬到超市买狗粮,坐在一起吃狗粮,诸如此类。红或啾啾催我吃饭了,他兴头正高,怕我走,下命令:"不吃真正的狗粮,不吃真正的饭!"为了吸引住我,他也真是想尽了办法。他钻到书桌底下,让我也钻进去,并排坐在狭小的空间里,哄我说:"这是狗狗的餐馆,大狗狗饿了吧?快吃狗粮,吃多多的。"我是真的饿了,但只好用想象中的狗粮充饥。他一脸无辜,问:"这里的狗粮好吃吧?"我昧着良心答:"比真正的饭好吃多了。"

夜晚,我俩玩,我困了,去床上躺下,把脑袋搁在枕头上。他向我严正指出:"狗狗都不睡枕头上的,狗狗都是睡地板上的。"我不得不承认他说的是真理,于是下床和他继续玩,直到他自己也困了,违背狗狗的真理,去床上扑进了妈妈的怀里。

叩叩经常会把小狗狗大狗狗的角色带到大庭广众之中,比如餐馆。一桌人在吃饭,他在近旁跑来跑去,围着我转,不停地喊大狗狗,呼唤我和他玩。我往往就离席,跟着他各处转悠。他还算有分寸,知道餐馆人杂地脏,不在地上爬。有时他靠墙坐在地上,让我坐在他旁边,我俩玩编故事的游戏。只要他在场,我就是他的玩伴,成为餐桌谈话的缺席者。

有一回在餐馆,大家在聊天,他觉得无聊,对我说:"大狗狗,我们回家吧。"还不是散席的时候,我想阻止他,就说:"家太远了,大狗狗不会开车。"他马上说:"小狗狗会开车,带大狗狗回家。"他蹲下来,装作开车的样子前行,让我仿效他,我遵命,蹲在他后面弯曲着腿前行。众目睽睽之下,我丝毫不觉得自己可笑。一旦进入游戏的情境,他就不在乎是否真的回家了。

按照约定,我的书房是狗窝,办公桌下那个小小的空间是我俩吃饭睡觉的地方。我们经常熄了灯,挤在那里面假装睡觉。红

叩叩

进来，见状笑道："你的确是世上独一无二的父亲。"

有一天，我突然想起，我俩已经很久没有玩大狗狗小狗狗的游戏了。我问他："我们的狗窝呢？我们回狗窝吧。"不料他平静地回答："狗窝现在是爸爸的书房了。"我有些伤感地意识到，我们游戏中的一页也许永远地翻过去了。不过，虽然不玩做狗狗的游戏了，多数时候，他仍喊我大狗狗，我真喜欢听，觉得我们之间有一种与众不同的亲密关系。

公园的记忆

我常常是汗流浃背，衣衫湿透，但是，仍觉得是无上的享受。一个老爸爸，带着一个小贝贝，彼此的默契和快乐不可言表。

早晨，我吃完早餐，准备去工作室。这时候多半会听见叩叩响亮的喊声："爸爸！"然后就看见他快步跑到门口，拎起我的球鞋，朝我走来，命令我换掉脚上的拖鞋，带他出去。当然，我只有立即响应，做他的忠实"走狗"，执行他的命令。在他和工作之间，我的选择绝无犹豫。看见我在换鞋，他快活无比，有时真正是仰天大笑，仰着头笑喊："爸爸，哈哈！"

我带他出去，去得最多的是近旁的陶然亭公园。我们会在公园里逗留两小时、三小时乃至半天，这是我们父子俩单独相处的时间，其实也是我每天最快乐的时刻。每次去公园，我的裤兜里塞一瓶水，一点儿食品，有时还塞一把伞，鼓鼓囊囊的。他刚满周岁时，体力有限，我抱他的时候多，常常是汗流浃背，衣衫湿透。但是，我仍觉得是无上的享受。一个老爸爸，带着一个小贝

叩叩

贝,彼此的默契和快乐不可言表。

公园里有一个独立的大园林,叫华夏名亭园,里面仿建了全国各地十几座历史名亭。叩叩喜欢这个园林,往往一进公园,就指点我去那里。不过,他对那些名亭毫无兴趣,一个小贝贝怎么会对这类复杂的历史典故感兴趣呢?有一回,红带他逛名亭园,在独醒亭前面给他讲屈原的故事,他回家告诉我,屈原是"掉湖里的一个死人"。他感兴趣的是树叶、草、水沟、蚂蚁之类自然的事物。

在名亭园里,他是向导,指引我去寻找他喜欢的东西。看见竹林,他要我替他摘竹叶,我摘了几片给他。他拿在手里,往地上扔下一片,然后喊叫。他刚满一岁,还不会表达他的想法,我不明白,抱他朝一边走了几步,发现那里有一条小水沟。他马上弯下腰,把竹叶扔在流水中。原来如此,他一定是先看见了小水沟,才让我摘竹叶的。于是,我们又去摘竹叶,玩这个游戏。

小水沟边有野菊花,他要摘。地势比较险,我替他摘,他一朵朵投进流水里。我抱他离开,走了老远,他要求返回,指引我回到小水沟。又玩了一会儿,我给他一朵野菊花,我们离开。途中,他把花扔了。我说:"赔,还爸爸花。"他大笑摇头,喊:"不赔!"我俩一路上逗笑,快活异常。

出园门前，看见路旁有蚂蚁，他惊呼："蚁！"蹲下看了一会儿，接着走，到门口，他又返回，去看蚂蚁。然后，他摘路边的冬青叶，不停地摘，放在地上，说是喂蚂蚁。我让他不要摘，他嫌我啰唆，把我带到附近的石阶旁，指着石阶下令："爸爸走。"我遵命走下石阶，他立刻返身，回到冬青树那里，继续他的劳作。

在公园里，叩叩心情愉快，总是不停地说话，把他看见的事物告诉我：树、虫、蜘蛛网、蜗牛、跑步……若干游人与他擦肩而过，他回头朝他们挥一挥手，笑容灿烂地说拜拜。一个老妇做操，不停地跳跃，他评论道："难看。"看见一对情侣拥抱，他说："抱抱。"看见另一对情侣牵手，他说："拉手。"诸如此类，俨然是一个小主持人。

那天是周末，阳光明媚，游人很多。他在阳光里走，心情格外好，边走边说："晒晒太阳。"停下来，弯腰看自己的腿，夸道："叩叩腿长。"一个女子听见了，悄悄笑。一个年轻妈妈抱着一个婴儿，他说："小贝贝。"那个妈妈回头看，发现这个词是从一个也近乎小贝贝的孩子口中说出的，笑出了声。看见一个和他年龄差不多的小女孩，他说："美女。"小女孩的妈妈大喜。

高潮是一个喜剧性的场景。他和一个两岁多模样的小男孩面

叩叩

对面蹲着尿尿，他看看自己的小鸡鸡，又看看那个男孩的小鸡鸡，说："叩叩小鸡鸡大，哥哥小鸡鸡小。"男孩哭了起来。男孩的妈妈说："我看看是不是这样。"看完了，她说："好像是的。"男孩哭得更厉害了。妈妈赶紧安慰说："没关系，我们还会长的。"我心中略感歉疚，带着我的可笑的英雄，离开了这位爽朗的妈妈和她的受挫的宝贝。

男孩子好动，公园里到处有习艺的场地。

我家邻近公园西门，进门后要下一个坡，一边是台阶，另一边是残疾人的坡道。每次进出公园，他都一定在这里逗留，在坡道和石阶之间跑里跑外，跑上跑下，玩很长时间。孩子心目中的有趣，不避粗陋，可以就地取材，与奢华没有丝毫关系。

玫瑰园的出入口，是一条铺了石板的斜坡，有十来米长，有一天被他选中了。他撒开两腿，欢快地上坡又下坡。他连走带跑地上坡，又快又稳。那个坡度不小，他很自信，拒绝我搀扶。下坡时，他仍拒绝，但不能听他的了，他完全是冲下来的，不保护非摔倒不可。他这样上下跑了好几趟，到后来，进一步玩酷，从坡上倒退着走下来，游人见了都笑。

公园里有一座高高的拱桥，二十来级台阶，很陡，每次我抱他快上，他都特别高兴。有一天，我搀着他一只手，他自己跨上一级又一级台阶，登到了顶。他要求再登一次。回到桥下，他喊："叩叩自己！"意思是不要我搀，他自己登。他靠近一边栏杆，手脚并用，爬到了顶上。下桥后，他撒腿小跑，游人夸奖，他跑得更欢，摔了一跤。

拱桥的那一边，有两条路，他吩咐："爸爸走大路，叩叩走小路。"小路是用一块块石板铺成的，石板之间有较宽的缝隙。他一步一步走，走得非常小心，避开缝隙，以免摔跤。我在大路上盯着他看，看他小小的身体在夕阳下的小路上慢慢移动，可爱极了。

他稍大一点儿，我常带他去公园的一个露天健身场。他最喜欢两个设施，一是平衡木，他走得又快又稳，另一是一座半球形的大金属架，他在网格之间灵活地攀援。可是，有一天，我们发现这两个设施都被拆除了，那里只剩下了适合老人用的设施，我们从此告别了这个对孩子不友好的健身场。

陶然亭公园曾经是野鸭的乐园，年年春天飞来，冬天离去。公园里有满塘荷花，年年夏天盛开，秋天凋谢。因为野鸭和荷花，我们这样的常客感到公园里季节分明。

早春二月，湖上一半是水，一半是冰，冰上有雪，一片白。野鸭已归来，有二十来只。年轻的公鸭和母鸭，有的在水里游，有的站在临水的冰的边缘。天气渐暖，野鸭渐多，忽然有一天，

叩叩

这里或那里,可以看见一对对野鸭率领着几只鸭宝宝,在宽阔的湖面上游弋。叩叩想象自己是野鸭,把双臂向后张开,在岸上欢快地行走。夏天,荷塘里荷叶满满,举起许多花苞,然后是盛开的荷花,然后是饱满的莲蓬。秋天,满塘枯荷,叩叩告诉我:"荷花哭了。"远处湖面上有几只野鸭,他指着它们高兴地说:"鸭鸭没哭,鸭鸭笑了。"冬天,湖面冰封,他告诉我:"鸭鸭没了,树叶也没了。"我说,到了春天,鸭鸭会回来,树上会长出新的叶子。他看见芍药上的枯叶没有掉,惊喜地说:"春天来了。"我笑了,说枯叶不算。他自嘲:"我怎么说春天来了,糊涂蛋吧!"

我和叩叩在公园里穿越一个又一个日子,穿越一年四季。现在,公园里依然有荷花,但野鸭似乎绝迹了。自从上学以后,叩叩再不肯去公园了。我在公园里行走,心中仍常会闪现十余年前的记忆:那棵枝干粗壮的桃树,是他喜欢骑坐在上面的;台阶旁那几块白色的假山石,是他经常爬上爬下的;那条人工小溪,他曾经快乐地采摘树叶抛在水里;那个金鱼池,他曾经兴奋地用鱼食引来大队鱼群……岁月交替,他在长大,从要我抱的小贝贝变成了在我前面冲锋的小男孩,从咿呀学语变成了父子俩一路热烈交谈。而如今,他已是一个中学生,正在经历成长的烦恼,那些无忧无虑的日子已无处追寻,只在我心中留下了如梦如幻的泡影。

不工作又何妨

他趴在卧室门外的地上,侧着脑袋,把干枝一根根朝门下的缝里塞,如此工作了很久。他知道我在里面,但不闹,用这个方式寄托对我的想念。

叩叩小时候特别恋我,一会儿不见,他就"爸爸""爸爸"喊得震天响,满屋子找。我在书房里工作,偶尔出来倒开水或者上厕所,他看见了,必欣喜地问:"你在找我吧?"他总是找各种借口来找我。有天晚上,他要尿了,竟端着尿盆,从客厅走到书房来,说:"爸爸看叩叩尿尿。"我赶紧出来。他坐到尿盆上,说:"爸爸抱宝宝看叩叩尿尿。"当然,我立刻把玩具宝宝找来,一起观摩这个重大事件。

沙发上,他依在妈妈怀里,听见我走出书房,他一骨碌爬下沙发,坐到地毯上,朝我喊道:"叩叩在这儿呢。"红抨击:"真会演,装作没人爱的样子。"他欢呼着扑进我怀里,我也欢呼着把他搂紧,红评论说:"这两人每天要表演多少次久别重逢。"

傍晚,我从工作室回来,他看见我,有时激动得容光焕发,

叩叩

举起双手,做一个漂亮的亮相;有时眼中射出惊喜的光,然后仰头看天花板,以这个姿态朝我走来。他真是一个生动的小人儿。有一天,晚上七时我仍未结束工作,红来电话说:"你的儿子一直在房门口等你。"我赶紧回家,问他:"宝贝想爸爸啦?"他说:"嗯,想哭了。"我感动,把他搂进怀里。

红说,叩叩和我在一起,就像过节一样。的确如此,不过,这是我们父子两人的节日,我的快乐不亚于他的。我喜欢和他玩,全身心地投入,不管他的主意多么离奇,我都竭诚合作,乐在其中。

玩的时候,他是当然的主角。按照他的设计,我跟着他爬行、跪行、跌跤、静坐、与镜子亲吻,诸如此类,无奇不有。且说有一个夜晚,我俩下楼,时值中秋第二天,月亮分外明,月光下的空地上,他带我玩起了跌跤的游戏。他一屁股坐在地上,让我也照办。已是夜晚十时,院子里无人,只有我们一老一小,在脏乎乎的地上不停地坐下又站起。接着,在他指挥下,我俩把一堆鹅卵石搬到东,搬到西。我建议他赏月,可是一岁多的幼儿怎会有这迂阔的爱好。他敷衍我,抬头看一眼明月,同意我的"真亮"的判断,然后继续兴致勃勃地玩我们的可笑游戏。

有几天连续下雨,闷在屋里,他很烦躁,我便带他去户外。

我一手打伞，一手抱他，在雨中漫游。他低头看地上的水和雨点儿打出的纹，抬头看伞罩，眼中满含惊喜。地上有一滩滩积水，我抱着他用力踩水，溅起水滴，他咯咯大笑。

我虽是配角，却也积极主动，会想出些游戏的新花样。比如说，一本日历，我把活页拆散，一把把朝空中撒，纸片散落下来，落满一地。我告诉他，这叫撒传单。他非常喜欢，仿照我也拿几页朝上撒，力气小，撒不开。最快乐的是看我撒，他非常激动，让到一边，紧张地盯着。高潮在最后，我把剩下的一大把用力一抛，满屋纸片飞扬，他举起双臂使劲欢呼。

叩叩小时候恋我，原因很简单，只因为我是他的一个好玩伴。

他精力充沛，晚上不肯睡。我又工作又和他玩，一天下来，也有累得撑不住的时候。

夜晚，我疲劳，躲进书房，锁了门，躺在小床上看书。我听见门外有动静，是他试图开门，接着门下有棍子捅的响声，我没有理睬，后来就睡着了。十二时半，我醒来，红说，他刚睡着，在试图开书房门未成之后，他把花瓶里插的干枝取出，摘掉上面的绒球，撒在地上。红问他："棍棍呢？"他说："去找爸爸了。"他趴在卧室门外的地上，侧着脑袋，把干枝一根根朝门下的缝里

叩叩

塞，如此工作了很久。他知道我在里面，但不闹，用这个方式寄托对我的想念。

其实他很乖的。我和他玩，打了一个呵欠，他会说："大狗狗，你睡一觉吧。"然后真的离开我，自己去玩，或者去找妈妈了。

我出差的日子，是他伤心的日子。

他满周岁不久，那天，看见我穿戴整齐，准备出门，他仿佛意识到了什么，伸出手来指着我，着急地叫唤。红给他穿衣，抱他送我。一路上，他一直要我抱。出胡同口，我把他交给红，上了一辆出租车。他见状大惊，哭喊起来，表情是焦急、恐慌甚至绝望的。我真想冲下车去啊。到机场后，给红打电话，红说，当时她立即抱他走进路边的一家商店，我乘的车夹在等候绿灯的车队里，他不断地扭头看这辆车，从商店出来，他还使劲朝刚才车停留的方向看。红议论道："这么小就这样多情，怎么办哪。"以后我每次出差，他觉察到不对头，就和我寸步不离，我离去后，必定哭一场。

他两岁的时候，一次我出差，他求我："大狗狗不要走。"我们一家人下楼，在楼门口遇见来接我的人，那人带我离去。红后来告诉我，他一直盯着我的背影，沉默无语，神情十分悲伤，然后轻声说:"大狗狗走了,我没劲,妈妈抱抱吧。"我听了不禁落泪。那几天里,他常常突然问:"大狗狗哪里去了?"他把手放在嘴旁,边走边做出寻找的样子,不停地喊大狗狗。我回京,红带两个孩子来接,他在来的途中睡着了。到家后,他仍未醒。我听见卧室那边传来他的声音,赶紧去,只见他闭着眼,却在大笑,合不拢嘴。我抱起他,在屋子里走,他不时睁眼看我一会儿,又闭眼,然后张嘴放声大笑,如此反复。其实他仍在入睡状态。红说,他知道爸爸回来了,太高兴了。

到了两岁半,我出差,他说他也要去,我向他解释,爸爸去很远的地方讲课,去好几天,宝贝跟爸爸去,就好几天见不到妈妈了。他通情达理,不再坚持。那些天他常说:"小狗狗已经长大了。"他的确懂事了。

他问妈妈:"爸爸为什么不在家里工作?"马上自己回答:"在家里他老想跟我玩是吧。"他说得对,但他更是这样:只要我在家,他就不要别人,只想和我玩。我在家里工作,他不断来书房取东西、放东西,每次都笑着说:"又来打扰了。"口气是调侃却貌似抱歉。哪天我不去工作室,他就开心地说:"是不是工作室今天放假呀。"红说他缠我,其实我也缠他。经常的情况是,我整理好书包,准备去工作室,他看见了,就阻止我,说:"爸

叩叩

爸不要去工作室。"红和啾啾竭力转移他的注意力,可是,在很大程度上,我是故意让他看见的。于是,在母女俩的批评声中,我带他下楼了。

他上幼儿园之前的两年里,我成了一个经常旷工的人,我没有老板,我旷的是自己的工。我去工作室的时候少,呆在家里的时候多。我带他外出,开始时去公园多,后来,他对我的工作室产生了兴趣,就带他去工作室。但凡看见我在屋门口穿鞋,他就径直走到门口,坐在小椅子上,自己埋头穿鞋,说:"叩叩也去。"工作室离家不远,我骑车或者乘公共汽车带他去。当然,有他在,我在工作室也不工作了,只是和他玩。

在工作室,他和我聊天,问我:"你来工作室不工作呀?"我说:"小狗狗在这里,我就不工作。"他接着问:"你不喜欢工作吗?"我说:"我喜欢工作,但更喜欢小狗狗呀。"他说:"大狗狗,我长大了帮你工作。"我连声道谢。

一进工作室,他就像小主人一样忙开了,给他自己和我接饮用水,把零食放在茶几上,招待我和他一起吃,给植物浇水,然后开始游戏。我俩的游戏,大多是他想象一个场景,我跟着他进入,边玩边编造情节,比如远距离打电话,开船去海上,用枪打鲨鱼,等等。我在工作室里给他准备了一座玩具儿童屋,韩国制造，有小滑梯、小秋千之类的装备，他有时也玩，但最感兴趣的却是我未及扔掉的两只包装空调的大纸箱。那只长而宽的，他说是游泳池，带着他想象中的宝贝在里面游泳，邀请我也参与，还在两端竖立的纸板旁假装淋浴。那只扁而小的，侧放着，他钻进去，躺在里面，看不见影儿，成了他的秘密卧室。我一再发现，他不太爱玩买来的玩具，偏喜欢在这种废品材料上玩自由想象力的游戏。

我俩在工作室玩，红怕太耽误我的工作，会给我打电话，约时间来接他。这是他最怕的事情，他和我玩得这么投入，多么不愿意妈妈把他带走。电话铃响了，他知道是妈妈，不让我接。红到达了，喊门，他不让我开。红自己用钥匙开了门进来，他紧紧拉住我的衣服，不肯跟妈妈走。不过，他最后多半会服从，不情愿地离去。

他渴望和我玩的时候，会排斥妈妈。一岁时，有一天，红出去买东西，他要我带他找妈妈。我抱起他，准备下楼，红回来了。我说："妈妈回来了，叩叩还去找妈妈吗？"他说："这个不是妈妈。"这句话，他重复了许多遍，并且当真对红毫无兴趣，看也不看。很显然，他是想让我仍带他下楼。接着，他又耍了一次这个把戏。那天保姆带他从外面回来，他看见我，要我带他去

083

叩叩

找妈妈。我和他都不知道,其实红在家里,我们正要走,在卧室里看见了她。他一看见妈妈,立即说:"这不是妈妈。"我问:"还找不找妈妈?"他说:"还找。"然后一再重复说:"这不是妈妈。"他显然是有意否认事实,把诡辩用作了一种手段。

两岁时,一天晚上,我在书房里,他找我,红哄他说我去工作室了。后来,我出书房,到客厅,他看见了,欢呼起来:"爸爸没去工作室!"他脸上是幸福的表情,在屋子里跨着大步,五音不全地唱着歌。红问他:"妈妈喜欢谁?"他回答:"爸爸喜欢叩叩。"红重复问,他回答:"妈妈喜欢姐姐。"红问:"妈妈还喜欢谁?"他回答:"还喜欢妈妈。"就是不说妈妈喜欢他,好像要划清界限似的。

一般规律是,他精神好的时候,想玩,就要我;困倦的时候,想睡觉了,就要妈妈。在前一种场合,他会赶妈妈走,在后一种场合,他会赶我走。婴幼儿的睡眠,每一次都是向母亲子宫的回归,不许俗人打扰。在这个时刻,爸爸也是俗人。

早晨,他半醒,卧室里传出他喊妈妈的声音。我走进去,他看见了,喊:"不要你!"妈妈及时赶到,我自愿闪到阴影里。一会儿,他醒透了,呼唤"大狗狗",我步入光明。

对此他有一个解释。另一天早晨,看见我进去,他又喊:

"不要你！"红去给他冲奶粉了，他立即说："妈妈有事我陪你，妈妈没事我不陪你。"表示允许我留在卧室里，但居高临下地说成了是他陪我。

他临睡前对我下逐客令，渐渐有了一个固定的格式，如此简练地说："晚安，拜拜，成交。"

"叩叩自己……"

这个两岁上下的娃娃不但经常开车去购物,而且勤奋地写了许多书。

一岁的叩叩,每当他要做一件事,例如爬到床上、茶几上、玩具车上,或者从容器里取一样东西,而我们试图帮助他时,他就大叫一声"叩叩!"以此制止我们的帮助,表达他自己做这件事的坚强意志。会说的话多了,他的表达就更加明确,最喜欢用的句式是"叩叩自己……":叩叩自己吃饭,叩叩自己穿鞋,叩叩自己戴帽帽……语气充满自豪,强调他有做自己的事的能力。

有一回,他带我玩开火车的游戏。他爬到双层床的上铺,让我在下铺,吩咐道:"爸爸坐好一点儿。"他在上铺,还让我小心。我怕他摔下来,站在一边想保护他,他不让,说:"叩叩自己保护自己,不要爸爸保护。"假想的目的地是上海,到达后,他问我:"上海有什么?"我一时语塞,他告诉我:"有东西。"我心想,真是万能的回答啊。

他看动画片《猫和老鼠》入迷。那天又在看,红催他下楼玩,他不理,红挖苦他看傻了。他站起来,说:"叩叩要打妈妈。"伸着小手走到红身边,但没有打,回到了沙发上。红说:"妈妈去捉迷藏了,叩叩不去。"他喜欢捉迷藏,想去,又走到了红身边。红说:"叩叩要打妈妈对不对?跟妈妈说对不起。"他一听,走到门口,说:"叩叩自己去。"红只好妥协,同他一起下楼。到了院子里,他朝远处走,不回头看一眼。他的身影被树丛挡住了,红不放心,追了上去。这个温和的小人儿也有一股倔强劲儿。

接下来有一段时间,不论看到什么东西,只要那样东西引起了他的重视,即使与他无关,他都告诉我们:叩叩自己买的,叩叩在小超市买的,叩叩开车去买的,等等。

家里没有橘子了,他抱歉地说:"叩叩没有买到橘。"接着安慰说:"叩叩还买,叩叩自己开车去买。"啾啾笑话他,他解释说:"叩叩坐贝贝椅去的。"我明白了,在他的小脑瓜里,坐在副驾驶座的贝贝椅上,也可以算是开车了吧。那么,和妈妈一起去商店,也可以算是他在买东西了吧。

可是,我惊奇地发现,这个两岁上下的娃娃不但经常开车去

叩叩

购物，而且勤奋地写了许多书。

我们家书多。他带我到卧室，把床头柜上的书搬给我，说："这都是我写的。"然后到书房，指着书柜说："这一大排书也是我写的。"从书柜里抽出两本书，先递给我一本，说："这是我给你写的第一本书。"递给我另一本，说："这是我给你写的第二本书。"两本书分别是泰戈尔和兰波，我无比佩服，惊为天才。

他举着厚厚的《现代汉语词典》，边走边大声唱歌。走到我面前，他告诉我："都是我写的。"一页页翻给我看，每翻一页就说："这也是我写的字。"不厌其烦地翻页和重复说。我惊呼："宝贝写了这么多字！"他解释："我怕你看完了没有了，写了好多字。"

那天他又向我炫耀他的本领，指着堆在我床上的书说："这是小狗狗在工作室写的书。"我明白了，平时听我们谈话，他约略知道我去工作室是去写书，就把自己代入了我的角色。他的口气是认真的，是真的这么以为吗，还是觉得这么说好玩？无法判断，也不必判断，在他的这个年龄，现实与想象之间的界限是模糊的。

他知道姐姐在上小学，就老说他要上小学。红把啾啾上幼儿园时用的小书包找出来，给他背上，他放声大笑，笑得合不拢嘴。这天啾啾放学,我们带他去接,他背上了小书包,快乐极了,一路上话语不断。归途,他对啾啾说:"叩叩长大了要自己开车来接姐姐。"啾啾说:"那时姐姐也已经长大了。"他好像不明白这个关系,说:"不来接你会哭的。"

他不断地发出豪言壮语:叩叩自己开车带狗狗、宝宝、爸爸、妈妈、姐姐去看搅拌车;小狗狗长大了自己开车去找好多怪物——特别难看的动物(给怪物下了一个多么准确的定义);叩叩长大了要开新的大公共车带你们跑好远的地方;小狗狗快点儿长大,开飞机带爸爸、妈妈、姐姐去玩……他正在学说话,小脑瓜里有了如此伟大的理想,渴望表达出来,经常是磕磕巴巴的,有时停下来琢磨,重复说好几次,越来越连贯,自己满意了,最后一口气把整个长句子完整地重说一遍。

一天晚上,他想去公园,红说太晚了,不同意,但我仍带他去了。路上,他转过脸来,看着我说:"小狗狗快长大,带大狗狗玩去。"大约觉得带大狗狗玩有点儿不对头,想了想,说:"小狗狗长大成大狗狗了,大狗狗还是大狗狗,带大狗狗玩去。"我知道,他是想表达对我这么晚仍带他到公园玩的感谢。公园里很暗,湖面有灯光的倒影。抬头看,月亮好像在跟着我们走。他很惊奇,问:"月亮有脚吗?它为什么等我们?它跟我们回家吗?"我没法跟他讲清楚,他宽容地说:"小狗狗长大了告诉大狗狗。"

叩叩

电视上有直升机的镜头。我随口说："叩叩将来开直升机吧。"他回答："直升机我才不开呢，我要开更大的飞机，让你们坐大飞机！"

啾啾小时候总是说不想长大，叩叩相反，他一心要长大。他逞能，要拿柜子上的东西，够不着，我要抱他，他拒绝，说："看叩叩站着高吗？叩叩已经是大孩子了。"他炫技，双手攀住餐边柜顶的边缘，双脚腾空，自豪地说："看小狗狗吊在柜子上，小狗狗是大孩子了。"下楼梯不让大人跟，摔跤了不让大人扶，总说他是大孩子了。

两岁的叩叩好像突然变得特别懂事。红告诉我，那天只有母子俩在家，她在厨房忙，觉得他有一会儿没动静了，去房间看，他自己在玩转圈，见了她，说："妈妈，你不要担心我。"接着说："妈妈，我担心你。"后来在院子里玩，摔了一跤，自己爬起来，说："妈妈，没事！"

大人做家务，他起劲地参与。红收拾房间，他也忙个不停，一会儿抱一条小被子，一会儿抱一个大枕头，送到指定的房间。我在走廊上遇到他，他正抱着大枕头，大枕头把他的小身体和头都遮住了，他在后面吃力地侧着脸，真叫人感动。拿着拖把擦地，仔细极了，每个角落都擦到，有凳子、玩具的地方，让我搬开，一处也不放过，擦完不忘让我搬回。我们从地下车库搬回一台电视机，他也要参与搬，我当然不让，告诉他，电视机太重，会碰伤宝贝。他明白了，不再坚持，但立刻找来一块抹布，开始认真地抹电视机上的灰尘。后来，我们在卧室里安放电视机，他一个人在客厅里忙活，然后跑来告诉我们："我干掉了好多活。"我到客厅看，发现他把客厅里的电视机和柜子都抹了一遍。

第三章

他对玩具不太感兴趣，最擅长的是想象力的游戏

叩叩语录

妈妈,你心里有我吗?是不是我离你远了,你心里就暗,我离你近了,你心里就亮?

你有时丑,有时不丑,每个人都是这样的。

我闻到鸟妈妈叫的香味了。

不开灯尿尿真舒服,有枕头味。

语言的贝壳

幼儿的语言日新月异,每个年龄段都不一样。和幼儿相比,成人的语言往往陈旧而不变,像是一片干涸滩涂上的贝壳。

潮涨潮落,在海滩上不断卷来又卷走许多贝壳。幼儿期的语言就像海滩上的贝壳,岁月的潮水把它们不断卷来又卷走。在后一年的海滩上,你很难再捡到前一年海滩上的贝壳。幼儿的语言日新月异,每个年龄段都不一样。和幼儿相比,成人的语言往往陈旧而不变,像是一片干涸滩涂上的贝壳。我是一个拾贝者,在幼儿每个年龄段的海滩上拾取闪闪发光的贝壳,把它们珍藏起来。我庆幸我曾经那么辛勤,因为若不是及时拾取,多么美丽的贝壳也早已被潮水卷走了。

下面记录的是叩叩两岁时的片言只语。

用词准确而简练。

他躺在床上,尿湿了裤子。红问:"叩叩尿床了?"他纠正:

叩叩

"尿裤裤了。"红说:"叩叩尿得好。"他纠正:"鸡鸡尿的。"

他的一把玩具枪,是我放的,他问放哪儿了,我说:"仓库。"他纠正:"是警察局。"我说:"我放错了。"他纠正:"是说错了。"

我躺在卧室的大床上看报,他走进来,关掉床头灯,屋里一片黑。他说:"爸爸黑了。"接着,又开灯,说:"爸爸亮了。"这样重复玩了一会儿,他自己躺到床上,说:"爸爸也关我。"用动词"黑""亮""关",直接把爸爸和他自己当作灯,没有废话,一步到位。

冬天,啾啾从积雪的山坡朝下滑,他在下方,着急地喊:"姐姐不要滑叩叩!"也是用一个动词把想法说清了。

表达生动。

他剪纸,形容说:"我在给小草剪指甲呢。"剪纸是一件细致的工作,比喻得贴切。不过,他所谓的剪纸,只是把纸剪成碎片而已。我叮嘱他小心,不要剪到手。他说:"剪到手怎么办?我变成一个纸了,纸说疼。"真会调侃。

夏天的公园,他看见风吹皱了满湖的水,觉得新奇,问我是什么。我说是波浪,给他解释:风大,水被吹得高,是浪;风小,水被吹得低,是波。一会儿,他看见风吹得树叶摇晃,说:

"这是树上的波浪。"看见天上滚动的云,说:"这是天上的波浪。"很能举一反三。

听见一种很悦耳的鸟叫声,他说:"我闻到鸟妈妈叫的香味了。"用嗅觉形容听觉,大人能吗?

他让妈妈帮他把剥了皮的橘子的筋也扯尽,然后,看着这只剥干净的橘子说:"光屁股了。"

他脚上有一个蚊子包,很小,妈妈问在哪里,他说:"你看不见,蚊子看得见。"

红看报纸,惊呼起来,他问:"报纸上怎么啦?"红说,一辆大客车翻了,死了许多人。他归纳说:"许多人死在报纸上了。"

看山寨版《鼹鼠的故事》,形象和情节比较弱智,红称之为傻蛋。看到一半,我抱他送一个来访的朋友,出门前,他转头看一眼屏幕,说:"这两个傻蛋还在演。"

童趣之言,无意中说出了真理。

红问:"叩叩怎么进妈妈肚子里的?"他答:"爸爸抱进去的。"一语中的。

啾啾告诉我,在院子里看见一只死蜻蜓,许多蚂蚁在吃它。他接着叙述:"是一只蜻蜓爸爸。"我问:"蜻蜓妈妈呢?"他答:

叩叩

"在家里，还有蜻蜓宝贝，还有新爸爸。"我笑了，说："你真是了解人情世故啊。"

红用橡皮泥给他捏了几只蜗牛，一会儿，他把它们全毁了。我问："是谁把蜗牛打死了？"他脱口回答："猎人。"

他给我讲阿拉丁的故事："魔法师的武功厉害，比阿拉丁的还厉害。"接着说："我的武功最厉害。"我问："你能帮阿拉丁吗？"他说："可是他在书里面呢。"

我问："妈妈漂亮吗？"他点头。我问："姐姐漂亮吗？"他点头。我问："爸爸漂亮吗？"他犹豫，然后说："胳膊不漂亮，屁股不漂亮。"我追问："脸蛋呢？"他摇头。我问："爸爸哪里漂亮？"他答："裤子。"

他告诉我，蚊子咬他了，是蚊子妈妈咬的。我说："蚊子妈妈真是坏蛋。"他同意。我问："蚊子爸爸是不是坏蛋？"他说是。我再问："蚊子宝贝呢？"他说："也是坏蛋。"没有被"宝贝"这个词绕进去。

也有被绕进去的时候。他议论说："姐姐不美。"啾啾假装哭，他仍坚持。啾啾问："叩叩美不美？"他答："美。"啾啾逗他，说："叩叩不美。"他喊："美！"啾啾说："叩叩不漂亮。"他喊："漂亮！"啾啾说："叩叩不难看。"他喊："难看！"大家笑，他生气地说："你是坏人！"

有趣的小场景。

停车场,他指着一辆车问:"这是什么车?"我说:"这是普通的汽车嘛。"心里犹豫,觉得他不会懂"普通"的含义。没想到他朝众多的车做了一个手势,说:"这都是普通的汽车。"接着说:"我们家的……"我估计他要抬高我们家的车了,并不,他提高声音,仿佛有意强调:"也是普通的汽车!"

那个看车员逗他,向他敬礼。因为穿着制服,他以为那人是保安,告诉我:"一个保安敬礼,没有好多保安,他们去别的地方敬礼了。"

一个留白山羊胡子的老人坐着不动,他说:"这个老爷爷像是假的。"老人听见了,站起来让他看,证明自己是真的。

童言无不雅。

蒙田说:"国王和哲学家要拉屎,贵妇人也如此。"蒙田的著作中经常出现屎、尿、屁股、鸡鸡之类的词。幼儿和这位法国哲学家一样,对人体没有偏见,某些愚蠢的大人认为不雅的人体器官和现象,幼儿谈论起来也是毫不避讳。

叩叩推玩具小羊车,自称是小羊的妈妈。上厕所,自嘲说:"这个妈妈有小鸡鸡。"

他问:"妈妈,你怎么没有小鸡鸡?"妈妈说:"把你的给

叩叩

我，好吗？"他回答："我的太小了，到超市给你买个大的吧。"

保姆喂饭，他不想吃了，说："屁股都饱了。"

他放屁，红说香。他委婉地反驳，问："妈妈你放的屁香吗？"

他讲对自己内脏的感觉："肚子里有各种管子，吃饭的管子、拉臭的管子、尿尿的管子。"

有些天，无论看见什么，他都爱打破砂锅问到底，比如：这是什么盘子？这是什么面包？诸如此类。那天晚上，我在厕所小便，他闯进来，硬是挤到我跟前，低头看我尿，问道："爸爸尿什么尿？"他的求知欲可真是太过头啦。

疑似哲学。

他告诉我："有个小宝宝病了。"我故作惊奇，问："小宝宝也病了？"他平静地回答："人都会生病的。"一个真理。

他问："妈妈，你的爸爸呢？"妈妈答："变天使了。"问："那怎么办呢？"答："没办法。"问："有梯子吗？"一个好问题。

他低头看自己的腿，问我："叩怎么只有两条腿，叩怎么没有好多腿？"我回答不了，心里想，这种问题只能去问造物主。

他正和妈妈玩，突然问："妈妈你是人吗？"她答："我是人啊，怎么会不是呢。"问他是人吗，他犹豫，然后说："我是宝贝。"

他告诉妈妈:"叩没有见过动物。"红问他,叩见过狮子没有,叩见过大象没有,等等,回答都是肯定的。但是,问到最后,他仍坚持:"叩没有见过动物。"

幼儿眼中只有具体的个别事物,不能理解抽象的一般概念,比如"人""动物",这很正常。平时说话,叩叩也会说出"人"这个词,比如"这个人""这里没人"等,但那是不假思索的。当他提出"妈妈你是人吗?"这个问题的时候,他已经在对个别和一般的关系进行思索并且感到困惑了。

他指着我,大喝一声,我说你指爸爸吗,他看自己的手指头,问:"这手指头是爸爸吗?"我心想,能指与所指,也是哲学啊。

两岁的叩叩发明了一个词——大布大,或者,布大布大。

他自称"爸孩",意思是男孩。可是,问他姐姐是不是"妈孩",他却否认。也许他认为"妈"这个词是妈妈专属的,不能让姐姐分享。继续问他姐姐是什么,他回答:"姐姐是布大布大。"

他吃蛋糕,挖起一块东西,问我是什么。我说是果冻,他说不是。我问是什么,他想了想,说:"是布大布大。"

他遐想:"叩长大了要上学,背书包,自己过马路,让老师

叩叩

讲课。"问他老师讲什么课,答:"大布大课。"

他拿过啾啾的一件东西,问他放哪里了,他想不起来,说:"在布大布大的地方。"

他站在床沿上宣布:"妈妈是好蛋,你们都不是。"我问:"我们是什么呢?"他说:"你们都是大布大。"他不想说我们是坏蛋,就以此搪塞。

红给他三只橘子,他说:"我没有手拿了。"我说:"是啊,宝贝只有两只手,只能拿两个。谁有三只手?"他答:"大布大人。"

看来,这个他自创的词,是专门用来糊弄人,逃避他不愿或不能回答的问题的。可是,下面这个例子不同。

一本童书《我要是狗就好了》,讲一只猫想当狗,一只狗想当猫,都觉得当自己不好。他能举一反三,说了一连串。例如:天花板说,我要是灯就好了;灯说,我要是天花板就好了……最后是:"大布大说,我要是东布东就好了;东布东说,我要是大布大就好了。"大布大和东布东,他的童话的两个主人公诞生了。

趣味和真言

他向我提议:"我们做梦吧。"
我说:"好,我们做一样的梦。"
他说:"不,你做湖的梦,我做山的梦。"

这里记录的是叩叩三岁时的语言。

他的表达之准确仍引起我的注意,这当然不只是语言问题,而且体现了思维的清晰和理解的能力。

我俩玩游戏,他说自己是将军,一会儿又说自己是魔鬼,我问:"变了?"他纠正:"换了。"我说我找到这个魔鬼了,他纠正:"不是找到,是发现。"变身和换角色,有意的寻找和无意的发现,他懂得并且强调其间的差别。

玩另一个游戏,养了一群小狗,要去买狗食。我问:"给狗狗们买什么?"他答:"带肉的骨头。"我问:"我们开火车还是公共汽车?"他答:"你选。"皆简练明确。

早晨,啾啾带他做手工。看见我,他自豪地说:"我们忙着呢。"我开始做俯卧撑,顺口说:"我也忙着呢。"他大声说:"我

叨叨

们是更难的一种忙！"

看见马路上悬空的双股电线，他问："那是做什么的？"我试图解释什么是无轨电车，他用一句话说清了："是有杆子的公共汽车。"

红看电视，评论说，节目中的那个演员是一个很舒服的人。他问："很舒服的人是什么呀？"立刻自己回答："就是看着他就想和他做朋友。"准确又形象。

他盖着被子，只露出头发。我抓他的头发，问："这是什么？"他答："小蜗毛。"我又抓被子问，他答："是小蜗壳。"我问："你是蜗牛呀？"他说："是个蜗动物。"蜗牛是没有毛的，为了区别，他自创了"蜗动物"这个词。

扒鸡未拆包装，他问："这是什么？"红答："鸡呀。"红开包取出扒鸡，他进一步问："现在是鸡还是肉？"已经制作成熟食的扒鸡，的确不能再称作鸡了。

坐在行驶的车里，他讲自己的观察："你看前面就不快，看两边就快，看两边的树就最快。"

他经常有生动的表达。

住宅楼外在修路，一盏红蓝警示灯不停地旋转着。他说："妈妈你看，那个灯发疯了。"

看见卫生间里的一瓶化妆品，白色瓶身，黑色盖子，有一个下压阀和一个弯嘴，他惊呼："好惊险的香香啊！"

凌晨五时，他醒了。天蒙蒙亮，有鸟叫声，他说："天有点儿亮了，是小鸟的天亮。"

晚上，他把屋里的灯都关掉，从走廊那头走来，说："历一个长险。"

夜里起床小便，他说："不开灯尿尿真舒服，有枕头味。"用枕头味形容睡觉没有被打断的感觉，很特别。

他夜里咳得厉害，自己不知道。他解释原因："我睡着了，感冒还睁着眼睛。"

他吃奶片，手指被锡箔的边缘割了一个口子。红说："妈妈给吹一下。"我说："这没用，不过心里会好受一些。"他表示同意，说："心里一起破的那个口子它就好了。"

红让我吃泰诺，我拒绝，怕吃了犯困。他表示理解，说："你吃了泰诺，就是给你打一个睡眠子弹。"

卧室里的小床是他的，他不睡，一直空着。他说："需要一个宝贝，小床已经哭了。"指一指小床旁地板上的一块光点，说："这是小床的眼泪。"

他向我提议："我们做梦吧。"我说："好，我们做一样的梦。"他说："不，你做湖的梦，我做山的梦。"多么有诗意。

叩叩

琴谱的封面上画着四个音符,他即兴给我讲故事,只有一句:"四只蚂蚁在单腿跳舞。"这个想象很符合那个封面。

童口吐真言。

他喜欢妈妈戴眼镜的样子,那天她没有戴,他说:"你有点儿丑。"接着说:"你有时丑,有时不丑,每个人都是这样的。"说出了一个普遍真理。

他给红讲了绳子糖找妈妈的故事,我表示想听,他拒绝,说:"故事讲两遍就旧了。"

吃饭时,红说要去剪一个短发,我和啾啾反对,说不好看,红仍坚持。他站在餐桌旁,这时抬起头看着我们,发表意见,说:"每个人自己决定。"

在上海,去姑姑家,临别,姑姑问他:"你回北京后会想我吗?"他答:"但是我忘记了怎么办?"

他把脑袋钻进走廊楼梯的铁栏之间。我说:"不要钻,你再长大一点儿,脑袋钻进去就出不来了。"他反驳:"长大了,脑袋就进不去了。"言之成理。

白天,红带他去公园,在冰上走。前几天气温高,冰薄,我叮嘱过不要上冰。他对红说:"妈妈,这事不要告诉爸爸。"接着补充:"也不要告诉姐姐,姐姐会跟爸爸说的。"还不放心,又补充:"也不要告诉阿姨,阿姨会跟每个人说的。"可是,见到我后,他自己第一时间告诉了我。

他迷宫崎骏,对情节了如指掌,对台词滚瓜烂熟,经常邀我同看,边看边赞美说:"一看就是大画家画的,音乐也是大音乐家写的。"宫崎骏提升了他的品位。电视画面上,一个小学生站在画面中心说话,他喊道:"傻死了,快关掉!"

反应快,善于脑筋急转弯。

他问:"你从哪里来?"我答:"从山上来。"我问:"你昨夜做梦了没有?"他答:"做了。"我问:"梦见了什么?"他答:"梦见你在山上。"

播放《奥特曼》,奥特曼和怪兽搏斗。红说:"我如果是怪兽就不吃奥特曼,那个铁疙瘩有什么好吃的。"他立即说:"我如果是奥特曼就不吃那些怪兽,怪兽太臭了。"

啾啾给他热奶,他喝,我问:"烫吗?"他说:"也不烫,也不凉,也不温。"我问:"那是什么?"他答:"奶呀。"

我开玩笑:"你出差去了,我可想你了。"他笑而不言。我问:"到底谁出差了?"他朝天花板一指,说:"灯。"

他调侃说:"以后姐姐长高了,我抬头看她;我长高了,你们抬头看我;你长高了,妈妈抬头看你;妈妈长高了,没人看我

叩叩

们了。"停顿了一下,他指着窗外说:"下面的人看我们。"

他变魔术,看着桌上一张卡片,说:"变!没了!"当然,卡片还在桌上,我问是怎么回事。他说:"变!把你也变没了。"在场一个女友笑,他对她说:"把你也变没了。"我说:"她老公该找你要人了。"他说:"把她老公也变没了。"

同样是变魔术失败,我就比较悲惨。我手握一张折叠的餐巾纸,摊开手掌,变成了装餐巾纸的那个小塑料袋。他把小塑料袋拿在自己手里,说:"再变一个。"我当然变不出来了。他看着我,得意地笑,说:"变呀,变呀。"问我:"另一个呢?"接着奚落道:"只会变一个呀,不是魔术大师。"做了一个手势,用嘲弄的口气说:"把窗帘拉上,你外边去!"

也有搭错话的时候,效果却很喜剧。

书的塑料封套很难撕,我撕开了。他夸道:"爸爸你这么棒呀。"我说:"是呀,做你的爸爸就得棒,不棒就当不了你爸爸了。"他说:"就只能当我的妈妈了。"红听了大叫冤枉。

谈论他的伶牙俐齿,红说:"看他那么一点儿大,一张嘴吓人一跳。"他立即说:"比小老虎嘴还大。"我们大笑。

一如既往地爱逗趣,会开玩笑。

看见路旁的树,他说:"上面的刺满了,它不让人摸。"我夸他说得好，他看着我坏笑，说："把你扔树上。"

我抱他爬山，小路旁的植物多刺，我的裤子上扎了许多。他说："你扎刺，我好心疼。"我答："你花言巧语，我好感动。"

啾啾喂蚕，他在一旁看，一本正经地问："姐姐，你想吃桑叶吗？"

他夸口："我闭上眼睛就能飞。"我问："我能吗？"他说："在你的梦里你能飞。"

临睡前，他在床上，我逗他，要吃他的手指、耳朵等，他躲进被窝，然后说："给你吃屁股吧。"我喊臭逃跑，他看着我的背影对妈妈说："他倒霉吧！"

红开玩笑说保姆："她不听话，把她送幼儿园去。"他跟腔："给她把所有的班都报了。"

和妈妈斗智斗勇。

他拉臭，怕妈妈走开，说："有个小朋友的妈妈很坏，他在拉臭，他妈妈走了，他掉马桶里死掉了。"后果如此严重，妈妈只好寸步不离。

他跳舞，妈妈夸他跳得好，作为奖励，不时地喂他吃一口饭。其实他不想吃，终于恳求道："妈妈，你能不奖励我了吗？"

妈妈开车带他去买面包。他坐在副驾驶座上，伸一条腿，用

叩叩

脚开关面前小抽屉的按钮。妈妈制止他,他说:"它(脚)没有听见。"妈妈说:"它是不是想挨巴掌?"他说:"它听懂了。"把腿放了下来。

毕竟是一个小屁孩。

且听他问的傻问题:"妈妈,你小时候是男孩还是女孩?""妈妈,后天我长大了吗?""妈妈,我将来还会比小苒大吗?"小苒是一个比他略小的女生。

且听他的爱情理想:"妈妈,我也喜欢有个女朋友,在吃饭的时候见到她。"红叹道:"多纯洁的爱情!"

小戏精

我惊奇于他的聪明,把假装不小心掉落变成了假装要掉落而并不掉落,强化了这个游戏中最具刺激性的因素——悬念。

红说叩叩是小戏精,他的确是。从小就喜欢表演,不是那种模仿性的表演,而是不由自主地寻求趣味,制造戏剧性。

一岁的时候,他就很会逗趣。他喜欢玩"哇哇"——用手拍自己的或我们的嘴,让喊出的声音有节奏地时断时续。我让他拍我,他照办,拍着拍着,突然恶作剧地一把抓住我的嘴。我说,我中计了。

啾啾举起一只草编小盒,一边笑喊,一边假装不小心掉落,引得他大笑。重复几次后,啾啾把小盒给他,他学样,也笑喊着掉落,他和姐姐一齐大笑。也这样重复了几次,然后,我发现,他把小盒举在手里,笑喊着,却并不掉落,只是装着要掉落的样子,笑得更疯了。他就这样逗弄姐姐,姐弟俩——还有我——疯笑成一片。我惊奇于他的聪明,把假装不小心掉落变成了假

叩叩

装要掉落而并不掉落,强化了这个游戏中最具刺激性的因素——悬念。

盘子里是切成碎块的草莓,他拿给自己吃,还喂姐姐。啾啾来向我报告,把我叫去,让他也喂我。我等他喂。他拿起一块,塞进了自己嘴里。第二块,塞进了我的嘴里,但不松手,硬是夺回去,自己吃了。大家都笑,敦促他喂我。第三块,他拿到我面前,突然改变方向,又塞进了自己嘴里。当然,他是在逗我。

红坐在沙发上给他哺乳,他边吃边逗我,一遍遍喊爸爸。我也逗他,他每喊一次,我就答应一次:"唉,宝贝!"然后就把身体俯向他,与他更靠近一点儿。而我每靠近他一点儿,他就笑,到快挨着他时,他简直笑得喘不过气来了。这样玩了几轮后,当我再逐渐靠近他时,在半途中,我弯着腰,等他喊爸爸,而他却不喊了,只是盯着我,眼中是狡猾的笑。这家伙,把我晾在半途了,用更高水平的逗把我打败了。我们俩一齐爆发出开心的大笑。

这小东西真是一个玩悬念的高手。

红告诉我,叩叩一见她就假哭,待她抱过去,他的哭立刻变成了唱小调,一边在她怀里自在地扭动着身体。她评论说,他太搞笑了,啾啾以前不这样,老二的确鬼。

他做怪相，站在地毯上，歪着脑袋，脸上是狞笑的表情。众人大笑。我闻声去看，他又特地为我表演了一回。

他要看我的"奶奶"，我撩起我的衣服，他马上也撩起他的衣服，贴近我，说："碰杯。"我们大笑。接着，他要和妈妈也这样碰杯。妈妈说："你一直是用你的嘴碰的呀。"

给他吃柑子，我怕里面有核，每给他一瓣，先举到吊灯前照一照。后来发现，他接过去以后，也朝吊灯举起来看一看，然后才放进嘴里。看见他这样做，大家都笑，他也笑，伸出一根手指，指着吊灯，让我们看，好像是对我们说："你们笑它吧。"

他脸朝墙站着玩，额头撞到了墙，发出一声闷响。眼看他要哭了，我就故意用我的额头撞墙，让他觉得这本身也是在玩。很有效，他不哭了，但立刻走到墙前，学我的样，用他的额头去撞墙。当然，我赶紧把他抱了起来。

这些都是一岁的事。

满两岁之后，他演戏的才能大增。

朋友聚餐，晚餐结束后，众人在餐馆外互相道别。那里有一个临时讲台，大约是做什么活动留下的。我抱他站在讲台桌后面，他突然举起手，朝大家喊："孩子们！"众人大笑。

啾啾躺下准备睡了，以往这个时候，是他和姐姐争夺妈妈的

叩叩

时候。这天晚上,他痛快地说:"妈妈走,去看姐姐。"然后,他靠在一摞纸箱上,做出目光呆滞的样子,说:"叩叩在这儿昏倒了。"他是在招我,想让我和他玩。当然,我赶紧救他。

他躺在地上,叹道:"没人喜欢我,没人和我玩。"用这煽情的方式招我们和他玩。

在好友正来家,他在书房的地上尿了一泡,很沮丧,一个劲捶自己的头,说:"这是来爸爸家!"

他说了一句什么话,我反驳。他用夸张的声调说:"叩不好意思了。"然后屏住气,翻眼白,斜眼看我,样子极可笑。

他拿着一支断成两截的铅笔走到我跟前,说:"爸爸哭了。"然后朝我扮哭相,眼睛却含着打趣的笑,一副又哭又笑的怪相。这支铅笔是我放在床头备用的,他在玩的时候弄断了,觉得我会在乎,就用这个法子来化解。

卫生间里有一台小洗衣机,他站在它前面,打开盖,朝里面假装打喷嚏。我感到奇怪,问宝贝在干什么,他答:"不传染爸爸。"

很会嘲笑人。

我吃面包,上面的肉松掉地板上了,便仔细寻找。当时我俩正在玩,我向他解释:"不捡起来,踩着了脏。"他马上侧着身子，踮起脚小步走，一边望着我，一脸诡笑，说："你只好这样走路了。"

他喂我吃药，我叮嘱："一粒一粒喂。"他说："小贝贝喂他爸爸吃药，一大把放进去，笨吧。""小贝贝"是他的假想敌，经常遭他耻笑。接下来遭耻笑的是我。药是嵌在塑料片上的，另一面是锡纸，捅破后可取出来。他翻到塑料片这一面，说："你感觉是从这里拿吧，你笨吧。"

他从沙发上跳下来，夸口说："我是山上面的人，没有楼梯，我就跳下来了。"接着，不忘嘲笑我："你就扑通滚下来了。"

他进我的书房，听见我放了一个屁，表情严肃地问："你这儿有抽风机吗？"

很会调侃和开玩笑。

他给我吃糖葫芦，讨好地说："叩叩不给你吃盐。"

红喂他吃桃，他打趣道："这个妈妈我要了吧。"

看见电视上的小狗可爱，他说："妈妈，你给我生一个吧。"

他问："妈妈，你眼镜怎么不摘掉？"红从命摘掉。他接着说："还有一件事，你嘴巴怎么不摘掉？"

他说："小狗狗用电脑把事情发到手机上。"朝妈妈补充说："给你发。"我要求："也给大狗狗发。"他说："没有了，没有好

叩叩

事情了，只有好多坏事情。"

他按笔记本电脑的电源钮，屏幕开启。我夸他知道按哪个钮，他指着另两个钮说："小贝贝才按这两个呢，房子爆炸，花园着火。"

他拿积木在我身上压了一下，说："盖章。"我问："盖的是什么？"答："坏蛋。"

他拉了一长条臭，告诉我："叩叩拉大人的臭，肚子舒服了。"然后，他要吃梨，自己主动跑去洗手。回来对我说："你也去洗个手吧。"我说："我又没有拉臭，为什么要洗手。"他立即说："你也拉个臭吧。"

啾啾光着脚丫，他看见了，跑过来要摸，夸张地喊道："小脚丫，好可爱啊。"然后，转回去拿来一把枪，嘴里喊着"砰砰"，对准他刚才赞美的小脚丫开了起来。

保姆带他在客厅里，他来卧室，看见我、妈妈、姐姐三人都躺在大床上，就退了出去，一边说"把门关上"，一边真把门关上了。过了一会儿，他举着玩具枪，推门进来，说："打坏蛋。"问谁是坏蛋，他指床单一角，仁慈地朝无人的位置开了一枪。

客厅里开着空调，他站在风口，打嗝了，赶紧离开，吩咐道："关空调。"转念一想，又吩咐道："开空调，我要让你们都打嗝。"

在宾馆的房间里,他在床上跳,摔到了床下。我看得很清楚,在落地的一瞬间,他迅速调整姿势,手撑地。大家都夸他。我说:"如果是我摔下来,就头朝地了。"他立刻看着我,一本正经地说:"你现在就摔。"大家笑,我也笑,他微笑着催促:"摔一遍吧,摔一遍吧。"

小交际家

临别，希米亲他，他把额头贴在希米的额头上。他一般不这样。孩子的直觉最灵，知道谁好。

叩叩性格开朗，模样可爱，举止活泼生动，走到哪里都招人喜欢。他身上有一种自信和开放的派头，有人说是明星范儿。

在公共场所，他真有点儿像小明星，很受追捧。我带他在家附近的稻香村买东西，他背着手，自个儿在店里晃悠，看一个个食品柜，店员们都看着他笑。在一家商场买了皮箱，已是关门时刻。他推着箱子走，后面跟随一长溜下班的店员，都在谈论这个小人儿的可爱。

上餐馆是他的一大爱好。每次在餐馆，他坐在贝贝椅上，又吃又喝，兴高采烈，频频举杯，谈笑风生。最风光的是在餐厅里巡游，必征服所有的服务员，成为被关注的中心。一次在丰泽园，我抱着他，服务员来逗他，我把他放在地上，服务员吃惊了："他会走？"他撒开两条腿，跑得又快又稳，一路欢笑，服务员更吃惊了。那次是某出版社请客,席散,出大门,他回头看,不肯走,主客所有人都走了出来,他才罢休。我奚落他:"你真像领导。"他立刻用手指那位社长,众人大笑,社长赶紧自嘲说是巧合。到我们的汽车旁,他不肯上车,在我的怀里挣扎,要回餐馆。红总结:这小孩喜欢餐馆,喜欢人多,喜欢热闹。

江南城餐馆,他和我们那个包间的女服务员交了朋友,女服务员又带他去认识了大厨。他来对我说:"我介绍你认识徐老大,好吗?"把我带到厨房门口,服务员进去叫,没有动静。他说:"他可能在忙。"徐老大终于出来了,娃娃脸,一个很喜兴的中年人。下一次去,他找到那个女服务员,说要见徐老大。客人很多,大厨抽不出身。客人少了,我看见徐老大已经从厨房出来,正弯着腰和他说话,交谈了好一会儿。

有时候他很爱出风头。

在一家餐馆吃饭,有一桌是三个年轻女子。他在她们近旁停住了,朝她们做各种姿势,包括高难度的扭身,从柱子后探出半个身体。红评论:十足的搔首弄姿,太骚了!

正来在苏遮会请客,他从一开始就不停地唱歌,唱完一遍,说:"我按另一个键。"然后,更大声地再唱一遍。就这样,他越唱越大声。他在吸引注意,要成为中心。他会唱的歌有限,把会

叩叩

唱的唱完了，就自己编调子唱，基本上是在吆喝。一会儿，正来兴高采烈地向我们讲申办国际社会科学论坛的宏图，这时候，他已转移到窗台上表演。窗台就在正来的座位背后，正来讲得越得意，他唱歌就唱得越大声，力图盖过正来的声音，实际上也盖过了。他明显是在和他的这个干爹打擂台，争夺第一把交椅。最后，正来讲完，他也凯旋收兵，出去玩了。

两三岁时，他最喜欢的歌是崔健的《假行僧》。带他外出，在车上，他总是要求放这支歌，一遍遍听。他知道崔健是我们的朋友，自嘲说："崔健叔叔说把我累死吧。"听多了，他就会唱了，唱得相当好，雄性的歌喉有力、粗犷，边大踏步走边唱。刚上幼儿园，他在幼儿园里唱，老师听见了惊讶不已，问："你还会唱这个？"

朋友们在老六开的御马墩聚餐，崔健在座。看见偶像现身，他有点儿吃惊，没有太放肆。崔健是第一次看到他，称赞他漂亮。在座有人说叩叩像他，崔健说："我要长这么漂亮就好办事了。"我说："你要长这么漂亮就不好好办事了。"崔健大笑。

我和红去铁生家，把他带去。已是晚上，去途中，他有些困，一再问："你的好朋友住在哪里？还远吗？"忽然发感慨：

"你怎么有这么多好朋友？叩叩只有一个好朋友。"在铁生家，说起这个段子，他告诉铁生，他有两个好朋友，并且报出了名字。铁生和希米问他话，他落落大方地回答，铁生说他像外国孩子。他推着铁生的轮椅，在各个屋子里巡视。合影时，他把小手搁在铁生的头顶上。临别，希米亲他，他把额头贴在希米的额头上。他一般不这样。孩子的直觉最灵，知道谁好。

一年半后，铁生离开了这个世界。

小区物业的韩师傅是一个开朗的人，喜欢逗叩叩。比如说，挖一棵草假装吃，做出恶心的怪相，每做一次，叩叩就笑得前仰后合。我带他到院子里，远远地看见韩师傅，他就朝韩师傅疯笑着跑去，逗韩师傅做怪相。韩师傅知道他喜欢捉蜗牛，向他要蜗牛，说炒菜吃，他信以为真，有时真的捉到了，兴高采烈地送给韩师傅。

他看见过韩师傅在院子里修理门锁或别的东西，于是相信这个叔叔能修任何东西。但凡他的玩具坏了，他就放到书房的柜子上，说要让韩叔叔修。柜子上已经堆积了许多坏了的玩具，我说："这么多玩具坏了，韩叔叔一直没修，韩叔叔是不是懒惰？"他同意，说："韩叔叔懒惰。"红说："韩叔叔不是懒惰，是不会。"他一听，立即说："叩叩昏倒了。"然后闭眼僵直地站在那

叩叩

里，用这搞笑的方式表达对一个小信念破灭的惊诧。

　　画家修龙、宋颖夫妇来家里，修龙很会和孩子玩，以至于叩叩几乎把他当哥们了。我们聊天时，他走来走去，走过修龙身边就特意拍拍他的背。修龙拿手机看，他站在背后也伸着头看，不知是什么使他觉得有趣，扑哧一笑。修龙把手机给他玩，我说："别让他摔坏了。"修龙说："摔坏了是看得起我。"他很小心，一次也没有摔。进来一条短信，他立刻把手机递给修龙，让修龙看。修龙快活地说："当我的助手算了。"我说："大材小用了吧。"看完短信，修龙没有再把手机给他，而是放在了桌上。他并不自取，站在旁边等待了一会儿，才指着手机提醒修龙。修龙感叹："这么小就这样有教养。"

　　湖北省图书馆的汤馆长来家里，我们坐在沙发上说话。他躲在阳台的窗帘后面，伸出手做各种动作，又朝我们的方向扔出各种小玩意儿。然后，他跑到里屋，举一个板凳出来，用板凳挡着脸，再跑到里屋。出来时，戴着他刚做的一个纸面具。他始终没有露出面孔，用不让客人看见来引起客人的注意。

　　调琴师来家里，一个小伙子，给啾啾调钢琴。他很兴奋，一直追随左右，其间还跑到厨房给小伙子接开水，不过接的水刚湿了杯底。他问了好多遍："妈妈给钱了吗？"他有一盒五角面值的新钱,从里面抽出一张,拿给调琴师。调完琴,他把小伙子带到阳台上,指着他的电子琴,请小伙子也给他修一修。原来还打着自己的小算盘呢。小伙子很喜欢他,临走,两人依依不舍。走后,他发现那张五角新钱在钢琴上,没有被拿走,诧异地问:"为什么?"红感叹:才两岁,交际能力了得。

到了上学的年龄,叩叩仍是一个善于和人交往的男孩。

在郊区别墅,我和啾啾在二楼,啾啾拉我到窗户旁。从二楼窗口可以望见对门,只见大门外两侧的石栏上,他和邻居石先生各坐一边,正聊得欢。多半是他在说,有时抬高声音,欢声笑语,但听不清内容。他俩聊了足足一个多小时,然后又在门外小广场上踢球。我们难得去别墅,他俩见面是很少的,说明石先生喜欢孩子,也说明他善于和大人交往。

朋友聚会,经常有人向我们报告,我和红不在场的时候,叩叩和他们聊天聊得多么好。一次在苏浙汇聚餐,我乘地铁到得晚,红去地铁站接我,留下他在餐厅。后来朋友告诉我,他话极多,我们一到,戛然而止。他能够主动找话说,比如问在座的一位女作家会不会骑车,答不会,他夸张地奚落道:"世界上竟然还有不会骑车的人!"另一次在一位朋友家做客,大家都在餐厅里吃饭,只有他和另一个他不认识的客人在客厅里,那是一位女

叩叩

心理学家。他看电视,她量体温。她以为他没有注意她,突然听见他问:"你在做什么?"她答:"量体温。"问:"多少度?"答:"三十七度二。"问:"怎么样?"答:"还行。"她向我叙述这个对话,说:"这小孩太有意思了。"我们院子里的一个小女孩过生日,有四个小客人,红去接他回家时发现,孩子们都在埋头玩玩具,只有他在和大人侃侃而谈。

在各种场合,他都表现出与人轻松交往和从容应对的能力。在飞机上,他渴了,就自己去向空姐要水或饮料。他一人在家,接到一个邀我做讲座的电话,就如此回答:"我不了解这个情况,两小时后您再打电话。"在电梯里遇见楼上的租户,那家人很闹,他就说:"我们住在你们下面,你们真的太吵了。"

我们眼中的小宝贝,面对他人的时候,有一种不同一般的社交能力,一种似乎超出年龄的老练。红评论说:跟我们家谁都不像。

"妈妈爱，叩乖乖"

可是，从出生开始，孩子在情感上已经逐渐形成了对母亲乳房的牢固依赖，一旦被切断，精神上极难适应。因此，断奶之后，孩子往往需要并且自己会找到一种替代的方式，来实现这个过渡。

"妈妈爱，叩乖乖，叩叩是妈妈的好乖乖……"这是红自编的催眠歌，她一边拍叩叩，一边反复唱，唱到叩叩入睡。叩叩三岁的时候，会和妈妈合唱，也用小手拍妈妈，唱同一个曲调，但把歌词改成："叩叩爱，妈乖乖，妈妈是叩叩的好乖乖……"这情景又动人又有点儿好笑。

叩叩有两个时刻只要妈妈，不要别人，一是饿了要吃奶时，二是困了要睡觉时。

他是一岁半断奶的。在那之前，常见的情景是，妈妈外出回来，他扑到她怀里，用手指着沙发，命令她坐到那里，撩开她的衣服，吃完奶，翻身下沙发，说一声拜拜。有时候，他如果不太饿，就用小手拍乳房玩，红说像拍老朋友一样。

断奶源于红一次发烧，红告诉他，妈妈病了，奶奶苦，他相

叩叩

信了。我听见红和他的对话——

"妈妈奶奶能不能吃?"

"不能。"

"为什么?"

"苦。"

"不苦能不能吃?"

"不能。"

"为什么?"

"辣。"

"不辣能不能吃?"

"不能。"

"为什么?"

"酸。"

其实他很痛苦,是在努力克制自己。开头两天,低烧,食欲不振,有时伤心地抽泣,睡梦中哭诉:"奶,没有。"半夜醒来,指着妈妈的乳头,不停地哭喊:"要这个,不要,要这个,不要,叩叩乖,不要……"许多天后,情绪趋于平稳,但他仍有潜在的奶瘾,其表现是"妈妈奶奶"不离口,经常发表这类言论:"妈妈这个大奶奶""妈妈奶奶叩叩摸"。他不是说一说就算了,当真把手伸进衣服去摸,有时是在公共场合,令红十分狼狈。

对于孩子，断奶主要是精神上的痛苦。从身体来说，到了一岁多，母乳品质下降，孩子对营养的需求大增，断奶乃是大自然的规律。可是，从出生开始，孩子在情感上已经逐渐形成了对母亲乳房的牢固依赖，一旦被切断，精神上极难适应。因此，断奶之后，孩子往往需要并且自己会找到一种替代的方式，来实现这个过渡。

啾啾小时候，替代的方式是咬妈妈的睡衣，先后把两件纯棉小布衫咬得千疮百孔，成了两个纱团。叩叩的方式是摸妈妈的肚皮，他简称为"摸妈皮"，一到困倦的时候，就必须履行这个仪式，把手伸进妈妈的衣服揉摸肚皮，这样才能入睡。有时他并不睡觉，也会起这个瘾，这时候往往显得很有教养，说："摸妈皮，妈妈请坐。"告诉妈妈："手洗干净了。"他的确洗了手。过完了瘾，替妈妈把衣服拉下来，盖住肚皮，说："妈妈冷。"礼貌地告别，说："我充电充好了，再见。"

断奶之后，叩叩不喜欢喝鲜奶和盒装牛奶，取代母乳的主要是奶粉。每天早晚，他在床上，看见红拿来冲好的奶粉，他就像小狗一样欢叫，然后陶醉地偎着妈妈，一边喝奶，一边摸妈妈的肚皮。这是他一天中两次甜蜜的享受。

有时候，摸着妈妈的肚皮，他开起了玩笑，说："肚皮太大了。"红嚷道："你不能说我肚皮大。"他改口："太肥了。"红说：

127

叩叩

"也不能这样说,要说好看。"他说:"有点儿肥,有点儿好看,是肥得好看。"其实他喜欢大肚皮,有可摸性,红说要减肥,他反对得最起劲。

有一天,他问红:"豆豆睡觉摸不摸他妈妈皮?"豆豆是一个比他小的男孩。听说不摸,他感到不可思议。他原先以为,每个孩子都和他一样,是摸着妈妈肚皮入睡的。他又问:"长成大孩子了,还能摸妈妈皮吗?"红反问:"你摸妈妈皮要到什么时候?"他答:"到二十七岁。"其实他对这个岁数毫无概念。事实上,他的这个习惯一直延续到五岁。

叩叩爱妈妈,而且很会表达这爱。

夜里睡觉,他总是紧挨着妈妈,睡着了还说:"妈妈你不要离我远。"

他告诉妈妈:"我做了一个梦,梦见一个房子,房子里没有你,我好害怕。"

他玩卷寿司的小竹帘,一边唱:"卷,卷,卷妈妈;卷,卷,卷叩叩;叩叩妈妈在一起了!"

他一直不肯好好吃饭,有一天,突然胃口大开,吃了许多。于是,他向妈妈诉衷情:"妈妈做的饭真好吃,吃着饭还想妈妈,跟妈妈说着话还想妈妈。"

他从嘴里挖出一个菜梗，塞进妈妈嘴里，问："妈妈，我对你好吗？"

他偎在红身上，说："有一个家有好多妈妈。"红表示异议，问他有好多妈妈好不好，他指着她说："好，都是这种妈妈。"

夜晚，在床上，他说情话："妈妈，你心里有我吗？是不是我离你远了，你心里就暗，我离你近了，你心里就亮？"

红从幼儿园接他出来，他一路抒情："妈妈，我在幼儿园想你，心里想出了一百个妈妈。""妈妈，我们俩心连心，我的心在你的心里面。"……

他发现红有白发，红说："我老了白发会更多。"他立即说："我不要你老，那样你就会变成外婆了。"又说："妈妈，我不想让你死，老了也不想让你死。"已经有生死之别的忧虑了。

有时他也批评妈妈。一天临睡前，他问："妈妈，你是累了才这么温柔吗？"红问："我平时不温柔吗？"他说："有时候你说话很使劲，你工作的时候，我来看看你工作完了没有，你还让我出去。"红评论：他是很敏感的。

他三岁时，红出差，虽然第二天就回来，但他自出生后一直是和妈妈睡的，夜晚是一个考验。

红凌晨离家，他七时醒，发现妈妈不在，大哭，不停地喊

叩叩

"我要妈妈"。按照红预先的吩咐,早饭后,保姆带他去幼儿园。出门前,他说:"爸爸,我们去坐出租车。"他以为是去找妈妈,发现出租车到了幼儿园,哭,不肯进,但进了教室就止哭。傍晚,接回家,进屋后,他喊了一声妈妈,并不寻找,自己要求下楼和小姐姐们玩。直到夜晚,他一直很平静,没有再提妈妈。事实是,他已经从老师那里知道了妈妈出差,就努力克制自己。

晚上九时许,他要求给妈妈打电话,通话后,大哭不止。他以为妈妈半夜能到家,决心不睡觉,等她。总不见回,有点儿生气了,说:"妈妈这个大坏蛋,我都想她了,她怎么还不回来?"继续等,忧伤地自语:"别的妈妈都在家,就我的妈妈不在。"看见我困了,他懂事地说:"爸爸,你去小屋躺着吧。"我感动地说:"好孩子,真乖。"他马上说:"别人家没有这样的好孩子。"我熬不住了,让保姆起来陪他,自己去小睡一会儿。后来是被他的哭声惊醒的,已是半夜一时,他哭着要给妈妈打电话。拨号,红手机已关,正徒唤奈何,一看,宝贝已经坐在椅子上睡着了。

宝贝累了,一觉睡到天亮。睁开眼,第一句话是:"妈妈回来了没有?"我带他和啾啾去机场,接到妈妈,他心情大好,说:"我有一个好办法——我记得这里有一个餐厅。"其实他记得什么啊,只是想用某种方式来宣泄他的好心情罢了。到达大厅终端有一家麦当劳,餐桌摆在大厅里。那里是一个死角,但宽敞,乘客不至，十分安静，我们在那里坐下。红带回了许多宁夏出的枸杞软糖，他想吃，我说是垃圾食品，他平静地说："我就喜欢吃垃圾食品。"啾啾评论："真有自知之明。"在旁边桌上看书的一个姑娘听见了，窃笑。

　　大玻璃墙外是机场外景，低空常有起落的飞机。他说："妈妈，我知道这些飞机藏哪儿了——这奇怪的房子后面。"他说的奇怪的房子，是指流线型坡顶的停车场。一家人悠闲地坐着，享受杯水风暴之后的宁静。

想象力的游戏

他盯着你的眼睛，他的眼睛中充满期待，邀请你跟在他后面开车，和他一起去为想象中的宝贝们买食物，或者让你和他一起扮演警察去打坏蛋、怪兽之类，你怎么能够拒绝呢？

叩叩对玩具不太感兴趣。他有许多玩具，也玩，但都玩不长久，便弃置一旁。一两岁的时候，和他相伴最久的是一个布娃娃，他叫它宝宝，我已经想不起它的模样了，总之是一个很普通的布娃娃。

宝宝是他关心的对象。每次外出，时间久了，他会想念宝宝。一天在外晚餐，他不停地念叨宝宝，一进家门，直奔卧室，大声说："宝宝，叩叩回来了！"接着，轻声加了一句："叩叩心疼宝宝。"我不相信，问他说什么，他看着我，重复了一遍，眼神是羞涩的。那么多情，并且知道多情是难为情的，我觉得有趣，亲了他一口。

宝宝也是他游戏的道具。有一次，我和他玩，他说宝宝要上学，我把他平时背的小书包给宝宝背上，他露出困惑的神情,说:"宝宝不要背叩叩书包。"接着告诉我:"有好多爸孩秘密。"把拉链拉开,我一看,里面是小搅拌车等玩具。我笑了,说:"真的有好多爸孩秘密啊。"还有一次,他找小搅拌车,没有找到,说:"宝宝拿走了。"他审问宝宝:"小搅拌车呢?叩叩跟宝宝一起收起来的,叩叩用手机照下来的!"好家伙,还有证据呢。

可是,就在两岁时,他对宝宝也失去了兴趣。我在书房的一个角落里发现了它,问他:"宝宝在大狗狗的书房里做什么?"他答:"做梦。"我重问一遍,他加重语气说:"它在做梦。"口气中带有冷酷和嘲笑。

两三岁的时候,他最喜欢也最擅长的是想象力的游戏,完全不要道具,用话语、手势和动作构建一个想象的情境。他玩得很投入,空手做动作,嘴里模拟各种声音,表情生动。他经常向我演示各种动作,如打针、做饭等。有一回是修电脑,两只小手忙碌着,一边说:"修啊,修啊,把它安上。"然后,突然问自己:"它们什么问题呢?"

他还有理论呢,告诉我,一个游戏可以有不同的选择。"有可能……"是他当时喜欢用的句式,借此发挥和享受他的想象力。吃方便面,一口气把长长的面条吸了进去,我表示惊讶,他

叩叩

就说："有可能是蛇，有可能是虫子，也有可能是一根活的面条。"接下来还报出一连串可能，但越来越离谱了。

他自己玩，也经常设计情节和台词，指挥我们玩。我注意到，他往往抓住生活中的片段场景，要求重演，把它变成了一个游戏。偶然形成的一个游戏，他往往要求再玩一次又一次，乐此不疲。

他对游戏充满热情。经常的情景是，憋了一泡尿，舍不得中断游戏，两只脚不停地交叉跳。我问宝贝是不是要尿，他否认，看他越跳越频繁，我问："宝贝是不是舍不得去尿？"他"嗯"一声，我说："尿完我们接着玩，不睡觉。"他这才去尿，朝厕所跑去，一边笑着说："它不能暂停，因为它不是光碟。"后来学聪明了，和我玩警察游戏，尿憋不住了，宣布说："我们全体警察都去尿一泡尿吧。"

我是他主要的玩伴。他盯着你的眼睛，他的眼睛中充满期待，邀请你跟在他后面开车，和他一起去为想象中的宝贝们买食物，或者让你和他一起扮演警察去打坏蛋、怪兽之类，你怎么能够拒绝呢？

下面是他即兴游戏的片段。

他在地上倒退着爬，一边喊："请注意，倒车。"经过妈妈，喊道：" 小心，叩背上有好多苹果！" 红假装抓了一个啃，他喊道：" 有虫！" 这是他的惯技，在我俩的游戏中，他也常常这样，比如给我喝药，我喝，他就喊：" 还没有开盖！" 总之，不失时机地揭露我们的糊涂。

他站在墙壁旁不动，说：" 你知道我这个人本来就是假的。" 接着说：" 你知道我这个人本来是樱桃树。" 他伸出两只手臂，说那是树枝，又说他结了樱桃，让我摘。突然感到脸上痒，挠了一下，自嘲说：" 这棵樱桃树还会挠痒痒。" 我说：" 这棵樱桃树可能是人变的。" 他说：" 是小鸟变的。" 朝地上一指，说：" 这里有好多小鸟，变成了各种树，那个小鸟变成山楂树了，你快摘啊。"

他告诉我：" 我手里拿的是真正的绳子，把外星人的嘴拴住，它不能咬人，也不能说话，我们就成功了，你们可以结婚了。" 我问：" 谁可以结婚了？" 他答：" 大狗狗和妈妈。"

清咽滴丸的小瓶，我倒出几粒放进嘴里。他说：" 你就变成一个假人了，它（小瓶）就变成会走路的瓶子了。" 我说话，他制止，说：" 假人不会说话的。" 我抬手，他又制止，说：" 你是一个形状，不会动。" " 形状" 这个词用得好。

我在书房里，他进来，做了一个动作，说：" 我把房子启动了。" 我凑兴说：" 真的，房子飞起来了。" 窗外有鸟叫声，他立

叩叩

刻说:"你看,我们跟小鸟一样高了!"反应真快。

他问我:"我们现在去兜风好吗?这是假想的兜风。"我赞成。兜风到了一个地方,我问:"这是哪里?"他答:"一个城堡。"突然喊:"着火了,快救我们的宝宝!"他开消防车,我从房间里抢出两只小球,说是我们的宝宝。他纠正:"这是我们宝宝的蛋,我们的宝宝还没有从蛋里钻出来呢。"

我们父子俩经常玩这类想象的情景剧。有时候,他会对我恶作剧。我俩在床上玩,他把枕头当锅,吓唬我:"你想在我的锅里睡吗?烧火了!"一会儿又奚落我:"锅在你胳膊旁边,烫吧!"手持一截塑料管假装喷我,说:"这是火龙头。"我喊救命,让他为我喷水。他仍手持那一截塑料管,说:"这是水龙头,可是没有水。"我问:"我怎么办呀?"他无情地答:"你就烧着吧!"我求他喷水,他说:"忘带钥匙了。"

毕竟是男孩,玩得最多的是各种打仗游戏,其实挺单调的,他真不怕重复,沉浸在攻击和战斗的欢快之中。不过,他会变换情节,制造趣味。

他说我是坏蛋,朝我开枪,指着我说:"这个人浑身是血,我把他判了!"我声明我是好人,他仍开枪,嬉笑着说:"我这个警察疯了。"我倒地呼救,他来扶我,我问:"刚才哪个坏蛋打枪了？"他振振有辞地表白："叩叩不是坏蛋，叩叩是救的人。"角色转换得真快。

他想象："妈妈，你坐飞机，打枪，把我打死了。"妈妈抗议。他接着想象："爸爸，你也坐飞机，撒活药。"我问："这样你又活了，是吗？"他的回答出乎我们的意料："我一半死一半活。"接着表演给我们看，那死的一半手臂下垂，活的一半手臂高举。

他宣布："我把小坏蛋打死了。"我说："不要打死，小坏蛋会变成好人的，大坏蛋不会变成好人。"他反驳："小坏蛋会变成大坏蛋！"

他冲进书房，问："看见坏蛋了吗？"我答："从窗户跳下去了。"他自语："我可不能跳下去。"我心想，倒挺明白。我抓住自己的头发，说："坏蛋抓到了！"他着急地喊："你是那个抓坏蛋的人！"

他和两个小姐姐玩捉坏蛋的游戏，一人当坏蛋，另二人当好人去追坏蛋。两个小姐姐在讨论谁当坏蛋谁当好人，他说话了："一般的人、中人也可以的。"真是智慧之言，他的意思很清楚：游戏不过是游戏，不要在乎扮好人还是坏蛋。他还发明了一个词——中人，指非好非坏之人。其实谁不是中人呢？

我喜欢看他装坏蛋，把小鼻子皱起来，眯着眼，眼中似笑非

137

叩叩

笑，可爱极了。他告诉我，坏蛋是这样笑的。

玩警察打坏蛋的游戏，他往往是警察，而我或者是坏蛋，或者是遭到坏蛋攻击的倒霉蛋。

我在电脑前工作，他把小车开到我面前，说："警察到你这里来了。"我说："你搞错了，我是好人。"他说："你是坏蛋，戴着好人面具。"我故作惊讶，问："你怎么知道的？"他说："我一猜就是。"我说："其实我是戴坏蛋面具的好人。"他将我一军："把面具摘下，让我看。"

有时他也扮坏蛋，但很快摇身一变，做起了警察，至于救不救我这个倒霉蛋，就全在他一念之间了。他假装破门而入，我报警："警察局吗，有个坏蛋，快来抓。"他立刻扮警察回话："我这个警察不来。"他当坏蛋，把我打"死"，我报警，他又当起了警察，说："我把这个坏蛋的枪抢过来了。"我问："你怎么和他穿一样的衣服？"他反应真快，说："我把他的衣服也抢过来了。"

他扮警官，带着一群假想的警察打坏蛋，其间他去尿尿，我夸道："你真棒，会武功，还会尿尿。"他同意，指着那群假想的警察说："他们是假的警察，不会尿尿。"接着邀我去警察局玩，说："我们警察局有好多糖，是给你买的。"我心想，毕竟是一个小屁孩啊。

有时他让我和他一起当警察,那便是给了我很大的荣誉了。有一次,正这么玩着,我临时要去处理一件工作,他严肃地说:"你一工作就不是警察了。"我问:"是什么?"他答:"是普通的人。"

他这么喜欢玩警察游戏,我就配合他,和他一起设计情景,按照他的要求,我们会上演第二集、第三集,乃至到第十集。有一天晚上,他搬小椅子到家里各个开关下,站上去把所有的灯都关掉,为他亲手制造的一片黑暗而欢呼。然后,我俩一人拿一个手电筒,在这一片黑暗中玩警官抓坏蛋的游戏,玩得兴高采烈。红说,你们玩得太酷了。

搞笑的老爸

和叩叩玩游戏，我会不时地出错、出洋相，孩子最喜欢看大人出洋相，每次他必大笑。我往游戏里添笑料，他也跟着添，游戏就成了搞笑竞赛。

啾啾高中毕业后，去美国学戏剧，她热爱戏剧，自己说是受了我的影响。我感到诧异，受我的影响，怎么不是学哲学？她解释说："因为你特别会搞笑。"这倒是事实，和孩子在一起，我不由自主要搞笑，她小时候是这样，叩叩小时候也是这样。

和叩叩玩游戏，我会不时地出错、出洋相，孩子最喜欢看大人出洋相，每次他必大笑。我往游戏里添笑料，他也跟着添，游戏就成了搞笑竞赛。

他扮演北极熊，做出站在冰车上滑行的样子。我学他，但装作站在一台坏冰车上，狼狈地摇晃、倒退、摔倒。他捧腹大笑，要求我重复，最后，他自己扮演这个倒霉蛋，不停地大笑着摔倒，完全收不住了。

我坐在餐桌旁吃饭，别人都已经吃完。他把餐椅排成一列火车，我坐的餐椅也被征用。我便坐在地上，抬起胳臂从餐桌上的碗里舀汤。他大笑，说："爸爸矮。"

我在书房里，他拿着一个玩具小救护车来找我，我接过来朝嘴里送，他笑着制止，喊道："不能吃！"我举起小车做刮胡子状，他说："不是刮胡刀。"跑到卫生间，取来刮胡刀，打开电源递给我。我又把小车贴近耳朵当手机，开始打电话。接着，我先后用拖鞋、帽子打电话，他笑个不停。过了一会儿，他搬来一只大纸箱，说是电话，我把它抬到耳旁打电话，他笑得喘不过气来了，自己也仿效，太吃力，便放在地上，趴在上面打电话。

我俩玩假装吃饭的游戏，开始是吃方便面，在我的提议下，又吃下了电话机和刀子。孩子对于这种出格的事总是很兴奋的，他笑喊道："吃刀刀、电话机，叩叩长高了！"

晚上，他躺在床上，小手在被窝外。我看着他的手指说："这是长饼干，我要吃。"他说："不是，是通的。"一边做动作给我看，这个手指与他的身体包括头和脚相连接，是一个整体，然后下结论说："是人。"我承认他证明得好。

双层床，他在上铺，我在下铺，我俩玩。他卖碗，我要一只玻璃碗，掉地上碎了；要一只石头碗，把脚砸出了血；要一只木

141

叩叩

头碗，烧起来引起了火灾。如此等等，他笑得喘不过气来。

我要吃他的手，他不让，随便一指，让我吃吊灯、挂钟。我假装吃了挂钟，说："碎玻璃，赶紧吐。"他说："吐不出来，我粘了胶。"我刚想接嘴，他已猜到我想说什么，立即说："没水！"脑筋转得真快，斗嘴的本领真强。红说："和啾啾小时候一样，你训练出来的。"

我躺在小床上看书，他走进来，宣布他是奥特曼，朝我开枪。他开一枪，我把一条腿伸到小床的顶板上，再开一枪，我换一条腿这样伸。他大笑。然后，他使坏，连续快开，我的腿忙乱不已。他笑得更疯了。

他冲进我的小屋，大喊："把手举起来！"我举手，他仍开枪，我倒在床上。我闭着眼，一只手的五根手指耸动，像一只昆虫朝他爬去。他紧张，兴奋，大笑，奔逃。我起身，仍闭着眼，两只手臂前伸，去追寻他。他拼命逃，兴奋到极点，笑得喘不过气。

有时我会即兴编故事，务求逗笑，现在看，有的编得不差。

在小雪开的西餐店。小雪的儿子辛巴比叩叩大四岁，两人都有一股小男子汉的劲儿，神态自信，动作有力，很像哥俩。晚餐后，我带两个孩子在户外玩。辛巴要求我讲故事，我即兴编了一个——

　　小面包背着书包去上学,书包里放了一瓶汽水。在路上,他不小心摔了一跤,汽水瓶碎了,汽水洒在小面包身上,小面包变软了,快化了。他赶紧给妈妈打电话,面包妈妈开车赶来,把小面包送进医院。那是一个大烤箱,从烤箱出来,小面包又是一个香喷喷的很棒的小面包了。

　　两个孩子一边听,一边大笑,笑得直不起腰来。

　　辛巴要我再讲一个故事,我又即兴编了一个——
　　早晨,一个叫辛巴的六岁小男孩醒来,发现一件奇怪的事情。他摸一摸脸,发现鼻子没有了,照镜子,看见眼睛和嘴巴之间是平的,只有两个小洞。原来,上学的时间到了,鼻子看主人还不起床,就离开主人,自己去上学了。它走到街上,来往的车太多,就不敢过马路。这时候,来了一个警察,弯下腰问它:"这是一个什么东西呀?"鼻子说:"我是鼻子呀。"正说着,辛巴一边哭一边跑来了,告诉警察,他的鼻子丢了。警察把鼻子捡起来,安在辛巴的脸上,辛巴高高兴兴上学去了。

　　两个孩子又跳又笑,仍不能表达听这故事的兴奋。叩叩突然做出一个前所未有的举动:他转过身,两手拉住开裆裤的两边,朝我撅起雪白的小光屁股。辛巴立刻仿效,把里外两条裤子都褪

叩叩

下来，也朝我撅起了光屁股。

　　这个故事其实脱胎于果戈理的《鼻子》。我从前极喜欢这篇小说，后来虽然没有再读，但印象深刻。叩叩上小学时，有天晚上，我躺在小床上看书，他来和我挤一块儿，要我讲故事。我即兴编了一个，也是脱胎于《鼻子》，他大笑不止。我把它插叙在这里——

　　有个小学生总是伤风，鼻子不通，他使劲揉，揉出了血。他睡着了，鼻子想，我长在他身上真倒霉，就从他脸上跳了下来，出门旅行。在一家商店，鼻子买了哈利·波特的眼镜和斗篷，穿戴起来。天亮了，它走在街上，一群小孩跟在他后面，不停地喊："哈利·波特，哈利·波特……"小学生去上学，老师和同学看见他脸上没有鼻子，惊呆了，一起哄笑。他坐在课桌后，很沮丧。这时候，在一群叫喊的孩子的簇拥下，鼻子也来到了学校，走进教室。小学生看见了，赶紧迎上来，和鼻子拥抱，又哭又笑。于是，鼻子回到了他脸上。

　　早晨，红送啾啾上学去了，刚走，叩叩就醒了，哭着要妈妈。我说穿衣起来，去找妈妈，他拒绝，愈发大哭。我说："姐姐好几天没上学了，老师感到奇怪，问周音序怎么啦，找到家里来了……"这引起了他的注意,停止了哭,我便继续说下去,编起了故事——

老师敲门,妈妈开门。老师问:"你是周音序的奶奶吗?"妈妈说不是。"你是周音序的爸爸吗?""不是。""噢,你就是周音序"……(他大笑)姐姐说:"周音序是我呀。"老师问:"你为什么不上学?"姐姐说:"我病了。""什么病?""我脚趾痒,耳朵痒"……(他大笑)

姐姐只好去上学,怎么去呢?骑鸭鸭车去?马路上好多汽车,太危险了。叩叩说:"我骑自行车送你吧。"这么小的自行车,姐姐能坐吗?(他说:不能。)叩叩变魔术,把姐姐变成一块积木,放在后备箱里。到了学校,把积木往课桌上一放,变回了姐姐。

爸爸也骑大自行车一起去了。从学校出来,我们去哪儿呢?去爸爸工作室旁边的超市。我们俩骑着车在超市里飞跑,把牛奶撞翻了,把水果撞翻了。营业员报警,警察来了,我们会变,变成苍蝇飞来飞去。警察走了,我们想变回来,可是怎么也变不回来了,一使劲,变成了冰箱。

有人把冰箱买回了家,可是奇怪,他们刚放进冰箱的东西,再开冰箱看,都没有了,其实是被我们吃掉了。他们开冰箱看见了什么?(他摇头,表示不知道。)一堆臭臭!我们吃了东西,是

145

叩叩

不是要拉臭臭？……

他笑个不停，说这个故事好玩。其实我是在拖延时间，一直讲到红回来。我说："文学的力量真大呀。"红说："是，从现实中跳出来了。"

夜晚，入睡前，他要求我讲故事，说："我指什么，你就讲什么。"他指自己的头发。我开始讲——

有一个小男孩，名字叫小叩，三岁。他感冒了，妈妈要带他去医院，他心里有点儿害怕。突然听见一个声音在叫他，他问："你是谁？你在哪里？"那个声音说："我在你的衣服上呀。"他一看，原来是他掉下的一根头发。头发说："我喜欢你，想回到你头上。"小叩说："头发掉了，就不能长回去了。"头发说："那么，你不要把我扔垃圾桶里，我是你的好朋友，要一直跟着你，帮助你。"他答应了，把它放在衣袋里。到了医院，等候的时候，头发悄悄从衣袋里出来，飘到各个诊室，去戳每个医生的鼻孔。于是，所有的医生开始一齐打喷嚏，打个不停，打得特别响，整个医院里响成一片。医生没法工作了，医院只好关门，头发回到小叩的衣袋里，小叩高高兴兴地回家了。

对他来说，这个故事正中下怀，他大笑。接下来，他指我的眼镜，我讲的故事的大意是：

一个小男孩老玩手机游戏，近视了，配了眼镜。眼睛高兴了，说："啊，我又能看清楚了。"可是鼻子不高兴了，说："干吗在我身上架这个奇怪的东西！"这个故事是批评他的，三岁的他已经开始玩手机游戏了，可是，唉，他听了也是大笑。

他正生病，我逗他，故意一本正经地说："我住在宾馆里，晚上，门响，进来了一只老鼠。"他一听，很紧张，等下文。我接着说："我追它，它跑，我抓起被子朝它身上一扑。"他知道我是在编故事了，开始笑。我问："你知道它后来怎么了？"他说："老鼠就睡着了。"出乎意料的回答，我就接着这个情节往下说："我也睡着了，被一种很大的声音吵醒，原来老鼠在打呼噜。"他大笑。我继续说："我就去呵老鼠痒痒，它边逃边笑……"我们笑成了一片，这时候的他，哪儿像是一个生病的小孩呀。

他喜欢听故事，我胡乱编一些，他都听得兴致勃勃，报以笑声。我心中惭愧，许多编得太差，没有想象力。我说："宝贝这么爱听故事，爸爸以后好好编一些，写下来，讲给宝贝听，好吗？"他认真地点头。但是，我失约了，现在他已是少年，我欠下的这笔债已成坏账。曾经有人认真地说，我适合写童话，那么，也许我应该把这笔债还给今天的孩子们吧。

第四章

他温和友善，
也非常男子气

叩叩语录

我一个人住的家在哪里？不是这个家，是我来这个家以前，我一个人住的真正的家在哪里？

妈妈，我长大了，给你暖被窝，暖完了去买菜，给你做饭。

我才不叫苦连天呢，那有什么用？

来自神秘之国

我相信,每一个孩子都来自神秘之国,在生命最初的岁月里,可能或多或少保存一些对那个国度的记忆。在叩叩的想象中,我没有理由排除有这种记忆的成分。

　　叩叩一岁剪影——

　　我和他坐在地上玩,他的表情生动极了,是笑脸,又是鬼脸。忽然他的表情停止变化了,他长时间地凝视我,眼神是沉静的,仿佛在回忆。我感到神秘。

　　他趴在地毯上有好一会儿,仿佛突然省悟,自问又问我:"叩叩刚才在干吗?"

　　他常常走着走着,突然停住了,看着远处又像一无所看,站在那里发愣。

　　夏天,红给他剃了个光头,脑袋奇大,神采奕奕。一个小光头,站在公园里,睁着一双黑亮的大眼睛,带着超然的微笑,注视过往游人。

叩叩

　　叩叩两岁时，我们全家游白洋淀。雨中乘船，他裹在妈妈的外衣里，很安静。在一个小岛上岸，突然不见了他的踪影。岛上有一个小小的庙，我们进去，只见他匍匐在供跪拜的垫子上，起身又匍匐再三，姿势十分虔诚。他双手合十，告诉我们："叩叩是小佛。"

　　三岁那年，有一些天，他极喜欢唱关于南无观世音菩萨的歌，唱得投入而准确。唱的时候，表情严肃，谁也不理，仿佛在另一个世界里。某日，红带他上街，路过法源寺，他要求进去。在寺里，一个僧人，自称和尚叔叔，很喜欢他，不停地逗他，问他喜欢这里吗，他说喜欢，僧人说："那就别走了，留下来给叔叔当徒弟吧。"他一听，立即扑进了妈妈怀里。

　　叩叩好像是很有佛性的，从小厌恶杀生。

　　两岁时，我俩游戏，分别扮大老虎和小老虎，去外面觅食。我故意说："我们去找一只小鹿来吃吧。"他一听，急了，认真地说："小鹿不是吃的，小鹿是小动物！"我说："那么吃小羊吧。"他说："也不能，小羊也是小动物。"我说："钓一条鱼吃总可以吧。"他说："只能钓一条死鱼。"我说："死鱼是臭的，不能吃，我们就没有可吃的东西了。"他说："就吃好吃的饭饭吧。"

　　三岁时，反对杀生的立场异常鲜明。红在菜市场买了活的大虾，烧了开水，准备烫熟。他坚决反对，一再坚定地说："别吃那些虾。"问他怎么办，他说放了，我们说是海里的虾，他就要去海边。反正不许烫，红只好作罢，叹一声菩萨心肠。

开车游览秦皇岛野生动物园，游客可以买活兔活鸡投喂狮子。我们看见有人投活鸡，狮子扑上去，活鸡挣扎，终于被叼走。这场面相当残忍，最受不了的是叩叩，他不停地说："太可怜了，太可怜了。"低下头不看，眼中含泪。

三家人同游八达岭温泉度假村，住了两夜。树林里有一条小溪，水中布满苔藓，非常美。叩叩玩得很高兴。可是，不同的人在溪中、林中分别捉到了青蛙、蜻蜓、蚂蚱、螳螂，拿给他，他都不要，生气地喊："放了它！"离开度假村时，他看着地上那些石块，忧愁地说："我再也见不着这些石头了。"我劝慰说："我们可以再来这里，就又能见着了。"他马上说："我再也见不着我手里拿过的那些石头了。"表情愈加忧愁。我心中惊奇：这么小，就有了时光不再的忧思。

这个小男孩，有悲悯众生之心，哪怕打死一只蚊子，也会说可怜。但是，有一回，在院子里看见死去的爬虫，他说："太可怜了。"话刚出口，看见一条活的爬虫，他想了想，一脚把它踩死了。多么有悲悯心，终究是一个小男孩啊。

叩叩

墙上挂着一幅大照片，是多年前在鸣沙山拍的。画面上，近景是幼时的啾啾在玩沙，远景是我的背影。叩叩指着照片说："你看那照片上没有我，那时候我在天上飞，后来飞到你们家来了。"又说："我去过这个地方，你们都在我肚子里的时候我去的。"我惊讶地问："我们都在你肚子里？"他点头，说："你们还会都回到我肚子里。"我更惊讶了，不知他是在言说神秘之事，还是在编故事。

两岁的时候，他开始向我们谈论远远的地方。他不让啾啾吃山楂片，啾啾说："我要生气了。"他说："我也会生气，我生气了，就去远远的地方，我就永远不回来了。"有一回，他也这么说，并且走到门口，开门，回头看我们的反应。我做出慌忙把他抢回来的样子，他在我怀里笑，可得意了。那么，是在吓唬我们？

好像不完全是。三岁时，他经常说："我回远远的家，你再也看不见我了。"远远的家，是他不断重复的一个神秘意象。

他问我："我一个人住的家在哪里？"我以为他是在和我做游戏，就随便给他指了一个位置。他否认，我又指他睡觉的房间，他仍否认，强调说："不是这个家，是我来这个家以前，我一个人住的真正的家在哪里？"我警觉了，问："真正的家？"他点头，我承认我不知道，他说："在好远好远的地方。"

他和姐姐吵嘴，说："我去远远的家，不带你去，你永远见不到我了。我带爸爸妈妈去，爸爸妈妈生气，我也不带他们去，你们都永远见不到我了。"说着流出了眼泪。这个小精灵，是真有神秘的来历，还是仍在演戏？

他还经常说，他的真正的家在南方。啾啾说，我们去过南方，他强调："我说的是我的南方，不是你们的南方。"有一回，在工作室，我在忙，有一会儿没有理他，他悲伤地说："我真的想回我南方的家，不带你们去。"

在他的想象中，在他编的故事中，除了他的远远的家、南方的家，频繁出现的还有他的宝贝。看见冬青和天堂花，他说："我的宝贝变的树，不同的树。"听见鞭炮声，他说："我的宝贝放的鞭炮。""我的宝贝"不离口，常常随手一指，喊道："看，我的宝贝在走路。"或者："看，都是我的宝贝，有好多。"可是，问他是他的宝贝的什么人，他不回答。

一些日子后，他告诉我，他的宝贝已经长高了。这时他正站在床上，给我比画说："站在床上，举起手，这么高。"后来又多次说："我的宝贝已经长大了，是大人了，自己住，换了一个房子。"我要求带我去看，他回答："还没有到时间。"

我真的觉得神秘。我相信，每一个孩子都来自神秘之国，在生命最初的岁月里，可能或多或少保存一些对那个国度的记忆。

叩叩

在叩叩的想象中,我没有理由排除有这种记忆的成分。他说的他的宝贝,或许是和他曾经有密切关系的小精灵,或许是他的前世吧。

冬天,大卧室冷,我说:"小床挡住了暖气,把它拿走,反正你不睡。"他说:"小时候睡。"我说:"小时候也不睡。"他问:"更小的时候呢?"我说:"也没睡。"他开始想象:"更小的时候睡在红水里,红的湖。"我心想,难道是对子宫的回忆?他接着说:"一边是栏杆,红的栏杆,另一边是桥,水里有荷花。"我心想,子宫里的景色真美啊。

某日,他站在客厅里,扫视周围,突然说:"难道我永远住这个家了吗?"我心中一惊,问:"你想住哪里?"他回答:"我想住宾馆。"我放心了。他是一个宾馆爱好者。

小男子汉

人在孩提时代似乎离不开医院,即使不生病,仍必须定期去打预防针或体检。叩叩怕进医院,其实哪个孩子不怕呢。不过,他基本上都是以反抗开始,以勇敢结束。

刚会走路的时候,小男孩勇猛,摔跤是经常的事。每次摔倒,叩叩只是轻轻叹息一声,然后自己爬起来,揉一揉身体触地的部位。他坚持要自己爬起来,表现出一种自尊。有一次,外婆把他搀起来,他立刻趴下,再自己爬起来。

我带他去公园,走西门的台阶,他被绊了一下,俯身摔到下面一级台阶上。他反应迅速,立即站了起来,没有哼一声。我夸他勇敢,他反驳说:"不是勇敢的问题。"我问:"是什么问题?"他答:"本来就不痛。"可是,撩起他的衣服看,肋骨旁有一块皮肤红肿了。

两岁时,在院子里,我俩骑车并行。我骑大车,他骑小车,你追我赶,玩得很快活。他转身看路边一个小孩,不慎连车带人摔倒,手擦破了皮。他愣了一会儿,又接着骑。我说:"宝贝真

叩叩

棒,摔跤不哭。"他说:"大家都不哭的,你摔跤哭一个呀。"我笑了,说:"大人哭多可笑,但有的小孩会哭。"

三岁时,在阿兰的大湖别墅做客。大而舒适的空间,他如鱼得水,自由快乐地走来走去。晚餐时,我听见那边传来惊叫声。阿兰告诉我,她和红眼看着他从阁楼的楼梯上滚下来,滚了有十来级。因为滚得比较慢,没有伤着。我问:"你从楼梯上滚下来了?"他说:"是,我变成了一个球。"

有三次受伤稍微严重。

一岁半时,一天傍晚,家里来客人,很热闹。他站在客厅的茶几旁玩,客人们围着他,我和红忙着准备晚饭。突然传来他的大哭声,我冲过去,抱起他。他磕在茶几的角上了,血从嘴唇下方的伤口流出,滴在我的衣服上。他只哭了一小会儿,晚饭后,还开心地和两个小姐姐玩捉迷藏。深夜,趁他入睡,我和红仔细观察,发现伤口内外是通的,外面的伤口稍浅,嘴内的伤口呈三角形,比较深,估计是牙齿的撞击造成的。那张玻璃茶几质地坚硬,怪我们太粗心,早就该把它移到一个安全的地方。第二天早晨,他的下嘴唇已肿起,向我们解释:"叩叩没有咬,叩叩疼。"意思大约是,他不是自己咬痛的。喂食物,他说疼,就吃一点儿流质。幸运的是,伤口愈合得快,只留下一个不易觉察的小疤痕。

两岁时，一个下午，我准备骑车去附近办事，他也想去，红决定也骑车带他随行。我多次提醒，这时又强调，那辆自行车没有护栏，他的脚有被卷进车轮的危险。我给自行车打气时，她骑车带他在院子里转悠。忽然听见他的哭声，担心的事发生了，他的右脚被卷进车轮，脚后跟上方擦伤了一大片。红很沮丧，责备我是臭嘴，自己是大笨蛋，又惊奇我能预言。我说，什么预言，不装护栏，这事迟早会发生。好在还没有上街，车速不快。去医院上药、包扎，宝贝基本没哭，只哼唧了几声。

五岁时，有一天，红带他去郊区别墅。她在院子里忙碌，他突然来找她，眉毛边有一个伤口在流血。他说是撞的，红问他在哪里撞的，他支支吾吾，开始说是楼梯，然后说是二楼的门把手。红赶紧开车带他去医院，途中，他对妈妈说："现在有点儿痛，明天就不痛了。"缝了两针，伤口上敷了纱布。回到家，看见我，他自嘲说："爸爸，我这样子还挺酷的吧。"又自豪地说："我第一次缝针。"问我："你缝过针吗？"我说："缝过。"他说："你差点儿哭吧？我是差好多点儿才哭。"我说："你根本就没哭。"他提高声调，笑着说："别的小孩抹碘酒就哭！"听我说过些天还要去医院拆线，他问拆线是什么意思，听了我的解释，他说："真好玩，像游戏。"几天后，他向妈妈承认，他受伤的真正

叩叩

原因是从客房外的石阶梯上摔下来。他如此表达:"我一直不敢告诉你真相。"他也许认为这是更严重的事故,就临时编造了磕在门把手上的情节。

一天,老六来电话,我说,现在我们过着热火朝天的生活。他笑了,提醒在上一次电话里,我的说法是水深火热。其实都对,家有幼儿,孩子健康,就热火朝天;孩子病,就水深火热。幼儿患呼吸道感染是寻常事,发烧、咳嗽、萎靡,虽然多半会雨过天晴,当时却真个是乌云密布。

我就不说那些水深火热的情景了,单说叩叩一岁时的一个表现。做父母的都知道,给小孩喂药是难事。他感冒了,给他喂药。第一次,他拒绝,硬灌了进去。毕竟是聪明孩子,知道躲不掉。第二次,红把两种药水倒在两只量杯里,他走过来,说:"叩叩咳嗽了,叩叩自己喝。"言毕,先后把两只量杯里的药水一饮而尽。红惊喜地告诉了我,他受到鼓励。第三次,给我表演他的豪气。他要求把量杯倒满,说:"倒多,叩叩喝大药。"仰起脖子,大口喝进去,脸上的表情不是快乐,而是忍耐、勇敢、自豪。

人在孩提时代似乎离不开医院,即使不生病,仍必须定期去打预防针或体检。叩叩怕进医院,其实哪个孩子不怕呢。不过,他基本上都是以反抗开始,以勇敢结束。

两岁时,红带他去打预防针,回到家,他告诉我:"叩打不生病的针了。"我问:"叩叩哭了没有?"他答:"没有。"我把他举起来,一顿夸奖。红悄悄告诉我,他一看见医院的门就大哭,不肯进,众人皆笑。不过,在打针时,他的确止哭了。

三岁时,红带他去体检,车停在医院门外,他发现事情不妙,一再问来做什么,知道是体检,他拒绝,说:"明天才体检。"红原计划的确是明天来体检。不过,红抱他坐到抽血的窗口前,他没有挣扎,也没有哭。针头插进肘窝,好一阵没有找到血管,他也没有吭一声,只是生气地看着针插的部位。回到家,他用哲人的口气说:"每个小孩都以为抽血很可怕,其实就是一滴血。"

六岁时,红带他去补打两种预防针。途中,他问:"我小时候打针哭吗?"她回答:一岁前不哭,因为不知道会痛,针进去,感到了痛,刚要哭,针拔出来了;一岁后知道会痛,哭得很厉害,把住门框不肯进注射室。到达诊所后,他向一个也去打针的陌生男孩夸口说:"我一岁前打针从来不哭。"把一岁后的情形省略掉了。

161

叩叩

叩叩小时候爱吃糖,牙坏得厉害,到换牙的年龄,基本上是一嘴坏牙了。这当然怪我们。他是北京口腔医院的常客,没有少受治牙的苦,而他真的表现得很坚强。

两岁时,我们带他去看牙,他上车后才知道,很不情愿,但没有反对。到了医院,红进楼里去联系医生,我抱他在外面等。这时候,他自己说:"我不怕看牙。"楼里传来孩子的哭声,他嘲笑说:"看牙还哭!"他已及时调整了心理。轮到他了,红抱着他,半躺在治疗椅上,医生查看了情况,决定不动门牙,补两颗臼齿上的洞。自始至终,他非常配合。

三岁时,候诊时,他躲在妈妈身后,护士一把抱起他,使眼色让红走。红悄悄看,发现他乖乖地坐在治疗椅上听任摆布。别的孩子或者大哭,或者逃跑,他始终一声不吭。其实,清洗牙是很难受的。补了两颗牙,一颗牙放药杀神经。事后他告诉妈妈:"往我嘴里滋水,吸水,还吹风,很疼的,不过我没哭。"此后,多次去口腔医院治牙、补牙,他已熟悉了小孩一片哭声的情景,告诉我们:"我一直听着哭声看牙。"还模拟治牙器械打磨牙齿的声音,说:"给妈妈听,给爸爸听,是不是难听?"我说:"爸爸也治过牙,可难受了。"他平静地说了一个字:"疼。"

身体有了疾苦,他很少诉说。有一回,他咳嗽严重,我说心疼,他说:"你再这样说,我就只好让你从早到晚和我玩游戏了。"真是独特的威胁。还有一回,他多次拉稀,屁股擦伤了。我问:"怎么一直没听你说?"他说:"我才不叫苦连天呢,那有什么用?"他头脑清醒,能忍必须忍受的痛苦。直到现在,我牙龈发炎,或者口腔溃疡,有时不免诉苦,他听了淡淡地说:"我一直这样的,但我不说。"我惭愧。

四岁时,红带他在郊区别墅,一对夫妇隔着院门问:"听说你们要卖房?"红回答:"我们不可能卖。"那对夫妇仍不停地盘问,红就不停地解释。他在院子里边玩边听着,一声不吭,突然上前,把院门的插销插上,走开了。后来,他搬一个小板凳,坐在大门口中央,搜集了一些小石子放在脚旁。有人在门外走过,倘若停住要说话,他就朝那人扔一颗小石子。红对我讲述此事,评论道:"他真像你,很温和,但沉得下脸来。"

我们和歌唱家哈辉聚餐。去餐馆前,他花很多时间装束,把用筷子自制的匕首系在腰间,挎上买来的玩具弓箭和步枪。男孩的认真让我感动。在餐馆,我们吃饭,他爬到一侧柜子上,端着枪,注视着我们。哈辉评论说,他很酷,非常男子气,是我和红身上都没有的。我说:"对,最好的东西都是老天给的,不是父母给的。"

小暖男

我心中惭愧。夫妻争吵似乎难免,但一定会在孩子心中留下阴影。
我们的争吵,他是一直放在心里的,但也一直没有表露出来,一整天对我们两人都亲近,都同情,安静地做和平小天使。

叩叩很小就懂得关心人,体贴人。家中不论是谁,只要喊一声痛,或者表现出不舒服,他就立刻上前去,用小手拍他(她),脸上满是关切的表情。

妈妈是他第一关心的人。只要听说妈妈身体不舒服,他就在屋里忙开了,端水端茶,还给她捶背,自豪地说:"妈妈病了,叩保护妈妈,叩照顾妈妈。"

平时他对妈妈也是体贴备至。他剥桂圆喂妈妈,叮嘱说:"有核,不要吃,吐出来。"并且守在旁边,用小手接了核,扔到垃圾箱里。

他剥榛子,把剥得完整的果肉放在一个碟子里,给妈妈吃,剥碎了的就自己吃。有时候,剥出的果肉大,他就用快乐、响亮的嗓音报告:"妈妈,有个特别可爱的榛子。"

妈妈在厨房里给他剥桃，他一直站在她身旁，手里拿着一张餐巾纸。妈妈剥完，他马上递上餐巾纸，让妈妈擦手。

妈妈带他在院子里玩，坐在亭子的石凳上，她嫌凉，站了起来。他马上说："妈妈，我给你暖。"他当真把石凳坐暖了，然后让给妈妈。此后母子俩一到院子里，他就抢先去暖石凳。

晚上睡觉，他叮嘱："妈妈不要摔下来。"仍不放心，把一只枕头挡在她旁边。

我们在海南度假，那里有一个高尔夫球练习场。妈妈练球，球落在近处，他跑去捡起来，扔向远处，再跑回，安慰说："妈妈你打得好远呀。"

叩叩当然也关心爸爸。

他一岁时，我生病躺在床上，他一次次从客厅跑来看我，每次都拿着一粒花生，塞进我的嘴里，以示慰问。

他两岁时，我患肾结石，他觉得新奇，说："爸爸肚肚里长了个石头。"加上一句："真可笑。"虽然觉得可笑，终归还是屡屡关切地问："爸爸肚肚还疼吗？"

他三岁时，我在工作室整理书，不小心在书柜边缘擦伤了手指。那天有饭局，红带两个孩子开车来接，我打电话让她给我带创可贴。他一直把创可贴拿在手上，我一上车，他就给我贴，然

叮叮

后问:"爸爸,是怎么受伤的?"红感慨地说,都没想到问,只有他想到了。

他最希望我在家和他玩,可是,只要听我说有好多工作要做,他就不再缠我。我出门时,他说:"有个人要去工作室了。"然后叮嘱:"爸爸,别太累了。"

他三岁时,有一些天,家里没有保姆。可爱的宝贝,看大人累,他总想帮忙,使劲找活干。

那天,只有他和红在家,红在厨房里忙,他搬一个小椅子到厨房里,说:"妈妈,你太累了,做了好多事,休息一会儿吧。"接着说:"妈妈,我给你换个垃圾袋吧。"红说:"还不用换。"他说:"里面那个满了。"他离开厨房,红听见开门、关门的声音,一会儿,他来告诉她:"换好了。"原来,他把小卫生间那个垃圾桶里的污纸取了出来,塑料袋包得好好的,很像样地摆在了宅门外,还在垃圾桶里套了新的塑料袋。红给他洗了半天的手,然后,他把她的茶杯端给她,说:"妈妈,你喝一口,我再给你加热的。"

另一天,我在厨房里洗碗,他来告诉我:"我把毛巾都洗了,洗了我的、姐姐的,还有一个黄的。"我说:"黄的是我的。"他说:"我用了肥皂,还用了洗手液,和在一起。"我夸道:"宝贝真棒！"红告诉我，他站在小凳子上，在池里洗了有半小时，衣服连同肚皮都湿透了。他解释："我还洗肚皮了。"

五岁的叩叩，有一天突然孝心大发，对红说："妈妈，我长大了，给你暖被窝，暖完了去买菜，给你做饭。"红大表感动。他立即跑到我面前，说："爸爸，对你也一样。"我很惊奇，因为通常的情况是，在向妈妈示好之后，他是要故意气我的。仿佛意犹未尽，他加上一句："还给你晒被子、晒衣服、晒裤子。"

公园里，一对年轻的恋人在亲热，男生轻轻地拧女生的脸。叩叩跑到红面前，责问道："你和爸爸为什么不那样？"红问："我们怎么样？"他说："你们老吵架。"红说："我们只吵一小会儿。"他说："以后不要吵。"

他看电视，突然说："图图的爸爸妈妈从来不吵架。"图图是动画片里的一个小孩。我说："图图不是真的人。"他说："中秋的爸爸妈妈也从来不吵架。"中秋是他的小伙伴。我说："他们吵架的时候，你没看见。"他说："中秋告诉我的。"

我心中惭愧。夫妻争吵似乎难免，但一定会在孩子心中留下阴影。从两三岁开始，只要我和红发生争论，叩叩必劝阻，说："你们不要吵架。"有时候他会说："你们两个都是对的。"用此法平息争论。他会更多地陪伴比较受委屈的一方，给予安慰，寻找

叩叩

让两人和好的机会。

有一回,我和红都觉得委屈,一整天互相不说话。晚饭后,我在看书,他见我闷闷不乐,就对红说:"妈妈,你说'老公你高兴点儿。'"他说得有趣,我忍不住笑了。他问:"爸爸,现在你高兴点儿了吗?"我说:"宝贝这么可爱,我太高兴了。"他转过脸微笑着问红:"妈妈,你和他和好啦?"她故作糊涂,问:"和谁?"他伸手做一个手势,大拇指朝她,小拇指朝我,用这个姿势回答。她把他抱进怀里,说:"我不和他和好。"他不满地喊叫起来。我说:"宝贝,没关系,爸爸和她和好就行了。"他仍喊叫。红对我说:"以后你得让着我。"我说:"一个人让不行,互相都让才不会吵。"她表示同意,他立即笑容满面。

多么好的孩子。我们的争吵,他是一直放在心里的,但也一直没有表露出来,一整天对我们两人都亲近,都同情,安静地做和平小天使。

小绅士

他最爱妈妈,因此也最受不了妈妈对他粗暴。红催他去幼儿园,态度急躁,口气严厉。他委屈极了,哭着说:"妈妈你太傻了。"他舍不得对妈妈说狠话,这是他能说出的最严重的谴责话了。

很小的时候,叩叩说话就总是很礼貌,提要求都用询问的语气。

他想喝奶了,问红:"妈妈买新的奶粉了吗?"红答:"在车里,忘记拿回家了。"他问:"家里还有吗?"红说有,他这才说:"叩叩能喝吗?"

他在吃杧果,看见我,把另半只递给我,说:"给爸爸吃。"想起需要小勺,跑到厨房里,对保姆说:"阿姨能给我一个勺子吗?"

书桌上有一些白纸,他拿来绘画,画掉了几张,还想画,问我:"你还要用吗?我可以画完吗?"

跟妈妈外出,在车里困了,他问:"妈妈,我可以睡觉吗?"

晚上,啾啾在洗澡,红想和他一起在客厅里洗脚,让他去拿

叩叩

盆。他走到卫生间门外，问："请问我可以进来吗？"

在大湖别墅，阿兰和客人们坐在沙发上看电视。我坐在阿兰旁边，他想到我这里来，阿兰挡住了通道，他问："让我走过去，好吗？"阿兰赶紧说好，向我做了一个表示惊讶和欣赏的表情。

他还善于用委婉的方式实现自己一个小小的心思。

保姆递给他一块饼，他不接，问妈妈："叩叩洗手了吗？"红说没有。他又问保姆："阿姨洗手了吗？"回答是洗了。于是他说："阿姨喂叩叩吃吧。"

临睡前，他想喝奶，妈妈说："你已经喝过了，喝多会吐的。"他说："喝一点点。"妈妈答应了。他接着说："你是不是偷偷地给我多倒一点儿？"妈妈倒奶回来，他看着奶瓶笑了，说："不太少，有一点点多。"

晚上，月亮又大又圆又明亮。红带他上床后，拉开窗帘，让他欣赏，告诉他说："如果你去野外，看见的就是这个景象。"过了一会儿，他说："妈妈，我不能去野外，会睡不着的。"红明白了，把窗帘拉上，他很快就睡着了。红感叹："宝贝说话多么委婉！"

叩叩很有自尊。他要吃零食，红拿了出来，开玩笑地朝沙发上一扔，他立刻大声哭了起来，说："妈妈你不要这样。"妈妈道歉，说了许多爱他的话，他才释然。

他最爱妈妈，因此也最受不了妈妈对他粗暴。

早晨，红催他去幼儿园，态度急躁，口气严厉。他委屈极了，哭着说："妈妈你太傻了。"他舍不得对妈妈说狠话，这是他能说出的最严重的谴责话了。说完，扑进了妈妈怀里。红问："你是不是喜欢傻的人？"他被绕糊涂了，说："是。"想了想，觉得不对，说："你不是第一，我也给你贴画，我对你这么好，你为什么和我说话这么大声？"红保证改正，他在她手上亲了一口。他在家里经常玩奖贴画的游戏，谁第一吃完饭，就把贴画奖给谁，但他偏心，总是奖给不是第一的妈妈。

在郊外别墅，他突然走到我身边，情绪低落，告诉我说："妈妈说我没有良心。"然后，他上到近旁的小阳台上，在栏杆旁站着。过了一会儿，他下来，仍闷闷不乐，问我："什么是没有良心？"我知道他真的为妈妈的不明责备伤心了，就说："没有良心就是妈妈爱你，你不爱妈妈。你不是这样的，对吗？你去跟妈妈说，不是这样的。"他立即去找妈妈了。红后来告诉我，他对她说："我们俩不是很好吗？"她说："是啊。"他问："那你为什么说我没有良心？"她承认说错了，他露出了笑容。

叩叩很大方。

叩叩

红带他外出,用餐时给他点了一杯饮料,表示自己想喝一口。他说:"你喝吧,你喝够了,叩叩再喝完。"

买了大杨梅,他极爱吃,仍不断地给我们每人送来。只剩下四颗了,他要每人都各吃一颗,坚决地说:"人人都吃。"我们很感动,都没有吃,藏了起来。他吃完了他的那一颗,我们三人一齐把自己的那一颗拿出来给他,他露出惊喜的表情。

啾啾放学,红开车去接。邻居家的孩子钱成与啾啾同校,按照拼车的安排,那家的保姆小黄同车去接。红给啾啾带了肉脯,叩叩说:"给钱成哥哥也带一个。"接着说:"给小黄姐姐也带一个。"红说:"小黄姐姐大了,肉脯少,给她带一块米花糖吧。"他不同意,硬是让带肉脯,说:"小黄姐姐会高兴的。"肉脯是他特别爱吃的东西,他渴望与人分享。

雯娟偕父母来家里做客,他剥葡萄,边剥边把皮放在雯娟父亲的手心上。雯娟父亲笑说:"很会利用工具呀。"剥完了,他把这颗剥尽了皮的葡萄塞进雯娟父亲嘴里,雯娟父亲大为感动。

叩叩守公德。

一岁时,我们上街,胡同很窄,留出的人行道只能走一人。我抱着他走人行道,红就在马路上走。他指着人行道,对妈妈严厉地命令说:"这个!"当然,红立即服从。

两岁时，在超市，红打死了一只蚊子。他把死蚊子放在自己的小手上，去找垃圾箱，扔了进去。守公德到这般地步，也算登峰造极了。

五岁时，在公园，他看见湖边有游客扔的空塑料瓶，说："这是不遵守世界规则。"一会儿，看见一个游人吐痰，他惊呼："这人把痰吐在地上！"出公园，过马路，有一辆车闯红灯，他又批评说："不遵守世界规则。"不久前我们去澳洲旅行，他印象深刻，接着说："澳洲人遵守规则，中国人不遵守，澳洲人开车看见你要过马路，就停住了，或者慢慢开。"

在围棋班，他对老师说："冬天了，家长在走廊里很冷，可不可以让他们进来？"老师接受了他的意见。可是，有些家长在教室里大声聊天，影响了孩子们学棋。我问他该怎么办，他答："让聊天的人出去，不聊天的人留下。"

叩叩两岁时，他站在窗前，看见院子里有三个人带着一条小狗慢慢走，惊叹道："这么多主人！"我说："他们是一家人。"他说："我也总这么说，爸爸、妈妈、阿姨、姐姐、叩叩是一家人。"阿姨和我们是一家人，这是他的坚定不移的信念。

他小时候，保姆留不住，换了好多茬，除了个别性情乖僻的，他和每个保姆都相处融洽。他对保姆有一种极其自然的平

叩叩

等态度，内心深处的确把她们视为家里平等的一员。他对保姆说话，总是用商量的口气："阿姨你可以和我玩一会儿吗？""阿姨我可以喝饮料吗？"他自己喜欢吃的东西，餐桌上有螃蟹之类不常有的美味，他一定要让阿姨也尝一尝。

他两岁时，有一个保姆叫雪梅，脾气好，他喜欢，这样夸她："阿姨你真乖。"我们去外地旅游，他说："让阿姨也去，是一家人。"旅途中还常表示想阿姨了。我们在公园里划船，他玩得高兴，就说："下次我要阿姨也来。"因为丈夫生病，雪梅要回老家，离开前，他哭了，雪梅也恋恋不舍，目不转睛地看他。雪梅走后的几天里，不管他玩得多么高兴，也会突然神色黯然，说："阿姨回自己的家了。"

接替雪梅的保姆叫代艳，他也喜欢。她周末休假回来，他听见动静，总是立刻跑到厨房，拉着她的手。代艳转述他们之间的谈话，他问她："你们家生小宝宝了吗？"她感到突然，听明白后说生了，他问："怎么不带来？"看她在做饭，他说："以后爸爸老了，妈妈老了，阿姨老了，姐姐老了，我自己做饭。"

他四岁时，有一个保姆叫梦杰。梦杰转述他们的对话，他问："阿姨你有钱吗？"她答："我没有钱，我是穷光蛋。"他说："我有好多钱，给你花，你使劲花吧。"他请她看动画片，问她想看什么，她只记得《奥特曼》，他就找出来播给她看，还热心地

174

讲解，她去厨房，他就按暂停键等她回。有一回，我们吃饭，发现芋头不熟，他说："我去骂阿姨。"他走到厨房门口，使劲蹬地，用力推门，站在那里瞪眼喘气，竭力做出一副凶相，而开口骂出的话是："阿姨芋头不熟。"

他六岁时，家里用的是一个年纪大的保姆，她总是愁眉苦脸，心事重重，但不肯说因为什么。叩叩同情她，而她也愿意和叩叩说话。有一天，她对叩叩说，她不想活了。叩叩告诉了妈妈。他因保姆的话也情绪不好，整个晚上坐在沙发上发愣。我问他："你是怎么安慰阿姨的？"他生气地盯着我，说："以后你对阿姨好一些！"这个保姆总是不开心的样子，我对她的确比较冷淡。宝贝比我善良得多，我认错。后来知道，她的儿子在北京遭到一个赌博诈骗小团伙的陷害，红立即买了火车票，让她带儿子躲回老家了。

旅行掠影

进院门，一条大金毛狗热情地迎来，他有了兴趣。高潮是晚上，屋里的壁炉烧了柴，女人和孩子在那里烤土豆。他对妈妈说："我觉得这是最好的日子。"

叩叩一岁半时，我们去上海度假。去程乘火车，他扒在车窗前往外看，有别的火车驶过，他兴奋地喊："大火车！"啾啾告诉他，我们也在大火车里，他说："叩叩没有看见。"到站下车后，啾啾让他回头看我们乘的这列车，他高兴地说："叩叩看见了。"

返程乘飞机。在机场候机室，透过玻璃墙，他看见停机坪上的飞机，不停地欢呼："好多飞机！""这个飞机飞了！"……进登机口，他突然失去了控制，在妈妈怀里仰天大笑，笑得合不拢嘴，不断地笑喊："叩叩要坐大飞机了，哈哈哈！"这的确是一架大飞机，机型777，我们坐在后排，他靠窗。听说马上要起飞，他再次笑得合不拢嘴，喊道："要飞了，要飞了！"可是，真的起飞时，他困了，不一会儿就睡着了，直到飞机降落。

夏日，在内蒙古自驾游。辉腾锡勒草原上有羊群，有骆驼和马，叩叩很高兴，在草原上尽兴奔跑。对孩子来说，草原是既自由又安全的场所。

可是，孩子对参观古迹不感兴趣。在成吉思汗陵，他感兴趣的是一处厕所旁铺路的碎石子，抓了许多，塞满裤袋，不时拿几粒出来，放在沿途的花上，说是喂花吃。

在昭君墓，啾啾捉了一只蚂蚱，放在地上。他蹲在旁边，仔细看。没道理的是，他不让姐姐看，姐姐一走近，他就叫喊，竟然还打姐姐。啾啾有些不快，但毫不计较，大度地走开了。阿良看见了，严厉地责备他，他用极其敌视的目光回应。随后爬山，阿良力气大，独自抱他走在前面，登上山顶。他和这个刚才批评过他的干爹单独在一起，露出惶惑的表情，终于看见刚才他欺负过的姐姐跟来了，顿时笑得那么开心。

春天，一家出版社邀请我们到长沙小住。这天，女编辑小朱带领我们一家人沿湘江岸边走，准备去游览天心阁。叩叩两岁时，穿一条背带裤，裤脚肥长，前面两只裤袋里装着瓜子仁，他把两只手插在裤袋里，不时捏出一粒瓜子塞进嘴里，那样子可爱极了，整个一个卡通小男孩。

途经岸上的一个沙坑，他被迷住了，一心一意玩沙，眼中不

叩叩

复有世界和我们。于是，红和小朱陪着他，我和啾啾去天心阁了。后来发生的事，是小朱悄悄告诉红的，让红笑喷了。看他这么喜欢玩沙，红离开了一会儿，去买玩沙的玩具。她刚走，他就从沙坑里站起来，拍掉手上的沙粒，从裤袋里捏出一粒瓜子，放在小朱的手心上。一个陌生的阿姨单独带他，他立刻想到，当务之急是和她搞好关系。

正月初二，阿兰和老六请朋友二十余人同游海南。在度假村，住别墅式酒店，他快乐极了，四处奔跑，一路歌唱。可是，在人群里，他有一股劲儿，独来独往，倘若有人逗他，他不理睬，唱着《假行僧》扬长而去。

他打电话到前台，老练地说："叫一个电瓶车。——四位。——谢谢，再见。"我们笑着夸他，他一脸严肃。

他蹑手蹑脚走进一个房间，一个妈妈带着不满周岁的女儿住在那里，女婴在睡觉。阿兰恰好在那里，夸他真懂事。可是，出乎所有人的意料，他走到床边，突然大叫一声"啊"。原来是一个恶作剧。

游戏室里，两个女孩陪他玩跑步机，天天六岁，静静十岁。三人排着队，站在移动的传送带上，到尾端时依次跳下，如此循环。两个女孩边玩边喊："我们是运果酱的！""我们是运大米的!"所运的东西不可重复。他也喊,比如:"我们是运石头的!"完全遵守不可重复的规则。有一回,天天喊:"我们是运静静的!"静静喊:"我们是运天天的!"他喊:"我们是运嘎嘎的!"我暗暗吃惊,两个女孩喊了彼此的名字,他必须也喊人名,但又不能喊自己的名字,就创造了一个人名。

回到北京的家,他躺在床上,发表感想,说:"妈妈,这天花板怎么光溜溜的?"红说:"家就是这样的,家不是宾馆。"他表示理解,说:"没有家的人才老去住宾馆,对吧?"听说我几天后要出差,他说:"我也要出差。"红问他什么是出差,他答:"出差就是我和妈妈在宾馆里睡觉。"

夏天,红带两个孩子回丹江口老家。叩叩很兴奋,自己动手准备行装,在小书包里装了许多塑料彩球,轻盈又充实。然后,背在背后,兴致勃勃地下楼,一副出门旅行的模样。

车快到丹江口了,他不停地打趣说:"妈妈,要到家了,你很激动吧?"在丹江口,娘儿三个住宾馆,他高兴,她说:"你不会住着不走吧?"他说:"住着不走不就成工作人员了吗?"可是,红亲戚多,饭局不断,他厌烦了,问:"妈妈,你家里怎么有这么多人?"离开时,外婆让他再来,他说:"我再也不来这地方了。"

叩叩

我经常出差，我留在家里而娘儿三个都出门，这是第一回。我去西站接他们，车进站，三个脸蛋贴在窗户后，看见我，一齐笑。

又到了冬天，一家人在三亚度假。

孩子都喜欢玩沙，沙既坚硬又柔软，是施展想象力的绝好材料。他把沙弄平，用模子在沙上压了一个印，很学术地表述说："我在一个平面上做了一个形状。"他在沙上挖了几个坑，然后连成一条沟，用小桶舀海水往沟里灌，声称要把它变成一条河。这当然不可能，灌进去的水立刻渗透掉了。我试图给他讲道理，他不听，宣布宏伟理想："我要把海全弄到这里来。"我想起了浮士德。

他在花园里跑得飞快，对妈妈说："你看见我后面有一溜黑烟吧。"进餐厅，一个小女孩追随他，他昂头背手迈步，视若不见。另一个小女孩坐在平台上，小手掌贴地，她的妈妈站在旁边。他却围着这个小女孩跳跃，从台上跳到台下，从她身后过，再跳到台上，一圈又一圈。后来他去厕所，小女孩跟随，她妈妈说："宝贝你就这样走啦？"小女孩回头一笑，继续跟随。果然获得了芳心。

踏上归途，在三亚机场，他说："妈妈，我是你的行李。"红说:"那就把你托运了。"他说:"不可以,我是宝贝行李!"

春天,小菲和大S在三亚举办婚礼,阿兰包机,带一众朋友参加,到达后发现,只有我们是全家被邀请的。

老六在日本给叩叩买了小和服,是黑色的武士衣裤,胸背各有一个"忍"字,特别酷。他穿上了,拳打脚踢,说自己会功夫。红说了一句俏皮话:"这个'忍'字揭示了婚姻的本质。"婚礼结束,一个黑衣小人儿,紧紧捧着一只白色大气球,走在衣冠楚楚的人群中。

中午,在餐厅,一位活佛在座。他躲在活佛座位的隔断后,不断探身逗引活佛,活佛也不断笑着对他做手势。活佛对我说:"你的儿子很欢喜。"

晚上的欢迎派对,红带两个孩子去看"漂亮姐姐"大S。大S和啾啾说话,他忧伤地说:"漂亮姐姐怎么不理我?"红转述,大S立即带了他去向宾客介绍。

归程,起飞了,机舱里响起他的亮亮的声音:"再见海南。"

初冬,澳洲之旅,叩叩第一次出国。他很兴奋,临行前,几乎跟院子里遇见的每个人都说了,包括收废品的。

雪白的云,大团大团的,边缘清晰,飞机穿行其间,美极

叩叩

了。下了飞机,他把自己想象成飞机,一边摇摇晃晃地走,一边说:"遇到气流了。"

航海时,船到海中央,他看着海平线说:"地球真的是圆的。"

在澳洲,两次看吴桥杂技团演出,他印象深刻,尤喜欢模仿变脸,不断给我们表演。他甩一下脸,变一个表情,或挤眼皱鼻,或朝上翻白眼,或歪嘴伸舌,把漂亮的小脸弄出千奇百怪。我说:"我可以带我的宝贝去街头卖艺啦。"他说:"得了钱买一万个棉花糖。"说完,用手背抹了一下鼻涕。

夏天,受俊明邀请,全家香格里拉之行。

到达的当天下午,叩叩就出现高原反应——腹痛、呕吐。第二天早晨,吸了氧,症状缓解,但仍没有食欲。上午,在松赞林寺,他精神还算好,基本自己走。他对庙宇有兴趣,把指示牌上的文字都看一遍。最大的庙宇供奉着宗喀巴,在他要求下,我们每人点了一盏蜡烛。进大雄宝殿,有人在磕头,我突然发现,他站在那人旁边,闭目合十,也在有节奏地弯腰拜佛。

午餐时,他又呕吐了。接着,他说心脏痛。吸氧,仍痛。我问:"宝贝去医院好吗?"他竟然同意了,这使我感到问题严重,因为他一般是坚决不去医院的。和俊明商量,正准备送他去医院,他说不去了,肚子仍痛,但心脏不痛了。他居然能分辨这两种痛。俊明仍劝他去,他说:"你去吧,给你打无数次针。"俊明大笑。

他真的大大好转了。阿良从上海来和我们会合,也有高原反应。红说阿良:"你来香格里拉就是为了高原反应的。"他帮腔:"为了难受一会儿,头痛一会儿。"在宾馆,他拿起自己房间里的一罐氧气,朝阿良的房间跑,一边大笑着说:"哈哈,只有阿良爸爸要这个。"车路过一家医院,他嘲笑说:"还不如让阿良爸爸直接来这里呢。"

在古镇,住马哥客栈,这是一对夫妇经营的民宿。刚到客栈,上一个土坡,进一个简陋的门,看见的是一大块空地,种了一些菜,养了几只鸡。他不屑地说:"就住这么一个小破地方,就是一个农村。"我们都笑了。他提出要求:"在这里只住一天。"进院门,一条大金毛狗热情地迎来,他有了兴趣。高潮是晚上,屋里的壁炉烧了柴,女人和孩子在那里烤土豆。他对妈妈说:"我觉得这是最好的日子。"

在哈达村,看见一个农妇在水稻田里劳作,他问:"她一直这么干活,为什么不觉得无聊呢?"接着自己回答:"因为她习惯了。"看见各家路边堆放的木柴,他感慨地说:"没有木柴就不能取暖,农民还是很艰难的。"这是他对农民的初步印象。

叩叩

陪伴我们的江女士有一个女儿叫小艺,和他同岁,伶牙俐齿,很可爱。两人总在一起玩,看上去情投意合,他居然给她喂饭,而她也只让他喂。他邀请她来北京,说:"北京好,院子里有许多小朋友。"她说:"可是我不认识他们。"他说:"我可以把你介绍给他们呀。"然而,送行的那天,在机场,要进安检口了,我找他,只见他孤零零地坐在最远的长椅上,背朝大家。原来他在生小艺的气,茶馆送他一袋爆米花,小艺说是她的。一对青梅竹马,到头来为这区区小事不欢而散。

渴望友谊

我很好奇他们都聊些什么,但这是他们的秘密,我必须尊重。一切诚挚的友谊都有其动人之处,我愿这种友谊在他们各自的成长中发挥积极的作用。

在我们院子里,叩叩比我出名得多,大人孩子都认识他,孩子们因为认识他也就认识了我。穿过院子,常常会有某个孩子招呼我:"叩叩的爸爸!"一个小女孩在玩,看见我,向我热情地招手。因为叩叩,我和这些幼儿也有了一种亲近的关系。我原是属于他们爷爷辈的人,而现在,他们觉得我是父亲辈的,连我自己也这样觉得。叩叩给我带来了多大的荣耀啊。

叩叩喜欢和小朋友玩。有孩子在楼下呼喊啾啾去玩,红回答说啾啾没有时间,他立即喊道:"叩有时间,我们去吧!"拉着我兴高采烈地下楼。

这是两岁的叩叩。院子里有一拨比他大的男孩,经常在一起玩,而大男孩是不屑于和他这样的小屁孩玩的。看见他们在玩,他很羡慕,朝他们叫喊,显然想参与进去。似乎为了证明自己有

叩叩

这个资格,每当我要搀扶他时,他就大叫"不要",把我甩开。可是,大男孩们眼里哪儿有他呀,他远远地望着,跟着,一副落寞的样子。有一回,几个比他大的男孩子和女孩子在骑车和玩滑板,他眼巴巴地望着他们的身影,问:"他们怎么不停下来呢?"他滑板已经玩得很好,我上楼取来,让他也玩,但大孩子们仍然自己一伙,他孤零零的,觉得无聊,就要求回家了。

然而,一天傍晚,我到院子里,看见他正和四个大小不一的孩子在玩。他指着他们说:"这些都是我的好朋友。"我笑了,逐一问这四个孩子:"你是不是叩叩的好朋友?"回答都是肯定的。我对他说:"真的,你有许多好朋友。"以前,看见姐姐与同龄孩子玩,他曾告诉我,她们都是姐姐的好朋友。他心中一定很羡慕,现在通过自己的宣布找补回来了。

叩叩一岁时,我们经常带他去东东家做客。东东家常有外国客人,有一回,来了一个挪威女人,一进门就逗他,他退避。她趴在地上,躲在柱子后逗他,他觉得有趣,不停地畅怀大笑。东东的法国男友小康说,没见过一个幼儿这么笑,真健康。小康渴望也有这么一个活泼可爱的男孩,很快如愿以偿。东东生了豆豆,两家人常来常往,他负起了做哥哥的责任。

他两岁时,两家人在餐馆吃饭。豆豆淘气,不停地转桌上的转盘，他制止，豆豆不听。他生气了，跑到一张空桌旁，钻在底下不出来。豆豆追去，也要钻进去，他大喊："我不想看见你！"他满餐厅跑，豆豆跟着他，突然看见豆豆朝大门外跑，他追去，大喊："豆豆！"及时拉住了，还真有哥哥样。

他四岁生日时，从早晨开始，就急切地盼客人来。下午，他不断地说："豆豆给我过生日怎么还没到，都快晚上了！"可是，豆豆来后，他的全部心思都用在防备豆豆抢他的新手电筒上了，那是红给他买的生日礼物。不久后，红带他去参加豆豆的生日派对，他起先反对去，后来同意了，但声明："我不带手电筒。"豆豆抢他的手电筒，成了他的心病。红问："我们给豆豆买什么礼物呢？"他答："买一根棒棒糖就可以了。"

每次去东东家之前，他都表示担心，怕豆豆缠他。他对妈妈说："你可不要生小弟弟小妹妹，让我带，我太累了。"可是，到了东东家，他就总是耐心地和豆豆玩，还想出各种玩的花样。豆豆喜欢这个哥哥，和他在一起，欢笑不止，告别的时候，依依不舍，神情黯然。

对于比自己小的男孩，叩叩的心情是矛盾的。他有当哥哥的雅量，会带着玩，但毕竟累；会忍让，但毕竟委屈。霰儿的儿子宝宝比他小三岁，也是一例。两家相聚，宝宝必追随他玩，他便不得安宁。他六岁时，一次聚餐，听说宝宝在家里睡着了，他大

叩叩

喜。宝宝还是来了,他有些郁闷,但仍带宝宝玩。吃饭时,宝宝夺他的筷子,他很克制,低着头努力用被宝宝握着的筷子夹菜。宝宝突然抓他的脸,红看见了,大叫制止。他平静地说:"他很小,抓了不痛。"可是,回家后发现,鼻梁上破了一小块皮。

在女孩面前,叩叩比较矜持。

一岁时,在院子里,一个比他小一点儿的女孩想跟他玩,他不理睬。女孩的妈妈问:"叩叩不想跟我们玩呀?"他站在那里,自语道:"我就不可以不想跟别人玩吗?"

五岁时,在院子里,两个和他年龄相近的女孩围着他,他不理睬。他让妈妈拿来纸笔,坐在亭子里绘画,很专心,那两个女孩就在亭子旁转悠。他画了三幅,把奥特曼和怪兽画得极可爱。红解释:他是在炫技。

他和西西蹲在一起,两人用粉笔在地上涂写。娟娟来了,问他:"你喜欢我还是喜欢西西。"他仍低头涂写,轻声答:"西西。"她责问:"那你为什么还邀请我去游泳?"他不答。西西说:"那是因为我不在。"娟娟悲痛地跑回家,一会儿又来,问红:"叩叩学英语了吗?"又说:"我还会下国际象棋。"她是有意说给叩叩听的吧,用才华争取青睐。红感慨地说:"好像是预演,人生真残酷。"

云南大理的一间画室里，四个比他大的女孩围着他，问他会不会卖萌。他眨眼睛，女孩们齐声欢呼。事后他说："我就眨几下眼睛，她们至于那么激动吗？"

叩叩最渴望也最看重的是男孩之间的友谊。有一段时间，他最亲密的小伙伴是中秋。听说中秋要来家里玩，他弯下腰，出声地笑，然后用这个姿势跳着走，表达由衷的高兴。中秋比他大一岁，早一年上小学，家长极重视其学业，虽然同住一院，从此再见不到面。在那之后，来往最多的是辰辰，两人直到今天仍是亲密的朋友。

叩叩温和，辰辰比较任性，两人性格截然不同，开始的时候难免发生摩擦。那些天里，他沉醉于做手工，用魔棍做了两件作品，造型很特别，他说是新型武器，喜欢之极，放在陈列柜里展示。辰辰来家里玩，从陈列柜里拿出其中一件，把它拧直了。他很伤心，把另一件藏了起来，躲到大卧室里，不理睬辰辰。我安慰他说："你可以再做。"他说："做不了了，我做了很久，不可能做成那样了。"的确如此，做的过程有随机性，无法重复。我说："辰辰不知道是作品，他以为只是玩具，原谅他。"他眼中是深深的怨恨，说："我永远也不会原谅他的。"但是，第二天上午，他还没有起床，辰辰就来找他，也钻进他的被窝，他没有拒

叩叩

绝。两个小男孩盖同一条被子，露出两个小脑袋，一片祥和。

辰辰家也住我们院。有一天下午，他去辰辰家，说定六时回家，却没有回。我去找他，发现他和辰辰在院子里奔走，去若干单元，为辰辰第二天过生日请小朋友。我找到他时，已请了四人。我跟着他。有一家据说有狗，辰辰怕狗，他就独自跑上六楼，下来时汗流浃背。晚上，他对我说："爸爸，明天我会很忙。"我问原因，他说："因为我要去辰辰家，去两次，第一次是帮他布置。"他自己过生日，不曾见过他这样出力气。

辰辰是一个很特别的孩子，智商极高，看书过目不忘，有数学天赋，属于神童级别。可是，辰辰的情绪容易失控，和人沟通有困难。有一回，他在我家玩，他的家人来接他，他不想走，立即躺在地上哭喊。他走后，叩叩说："他这样不管用。"红问："什么办法管用？"叩叩答："谈判。"

叩叩和辰辰上的是同一所小学，现在又在同一所中学读初中。上学之前，辰辰就已经读大部头的书了，叩叩却没认几个字，也不想认。上学之后，辰辰经常称病缺课，但学习成绩优秀，叩叩也是聪明孩子，但学习成绩处于中下游。这两个孩子太不一样了，却一直是好朋友。叩叩一派天真，辰辰学习优秀，叩叩没有感到丝毫压力，说起辰辰情绪失控的表现，他也只是宽容一笑。上小学时，他俩经常在院子里并肩散步，边走边说个没完。现在，他俩经常在网上聊天，一聊好几个小时。我很好奇他们都聊些什么，但这是他们的秘密，我必须尊重。一切诚挚的友谊都有其动人之处，我愿这种友谊在他们各自的成长中发挥积极的作用。

野蛮女友

我以为他是在游戏，后来，在被丽丽打了以后，他又跑去躺在那里，告诉我："叩叩要躲在找不到的地方。"我恍然大悟，明白他是在用心良苦地躲丽丽。

叩叩性情温和，待人友善。

他一岁时，在院子里，一个两岁的男孩拿着塑料铲和桶，他看见了，想要玩，向男孩跑去，男孩逃跑，不让他靠近。他站住了，看着满院子奔跑的男孩，有些失落。我回家给他取来塑料桶和一把真正可以挖土的铁铲，他蹲在花圃旁，开始专心地铲土，倒进小桶里。男孩看见了，走近他，也用自己的塑料小铲铲土，觉得不好用，就从他手上去拿铁铲，他不争。可是，男孩铲着铲着，不把土倒进桶里，而是倒在叩叩的头上了，倒了两次，好在土不多。我赶紧把叩叩抱起来，而男孩的妈妈则把她的淘气儿子拖走了。

他两岁时，在公园里，红在公园商店给他买了一个玩具小吊车，他在空地上玩。游人走过逗他，问能不能让他们玩，他低头不语,把小车推向他们脚下。一个妈妈带着一个刚学走路的小男孩来了,小男孩要玩小车,他让玩,自己在旁边夸张地踏着太空步行走。

也是他两岁时,在院子里,几个小孩用粉笔在地上涂画,他加入。他手里的粉笔头越来越短,我建议回去拿我们家的粉笔,他同意,立刻问:"能给他们吗?"我说当然,心里赞赏他的大方,他一定觉得能把好东西给别人是特别光荣的。拿了一盒粉笔,他走到那些小孩旁边,把粉笔全倒在地上。

就是这个温和友善的小男孩,现在要遭遇很大的不快了。我们参加一趟旅游,团体里有一个女孩叫丽丽,比他小一个月。在整个旅程中,丽丽成了他的一个无时不在的威胁,他心头的一个阴影。

江南水乡,风景如画。绿树围绕的木板平台上,大人们在聊天,叩叩突然扑地,哭了。丽丽在他旁边,一脸坏笑。我们没有看见经过的情形。他爬起来,伤心地说:"是丽丽推的,叩没有想到。"丽丽倒也痛快地承认。

他在草地上捉到一个甲虫,养在小盒里。丽丽看见了,突然哭喊起来,说不能杀生。丽丽的妈妈信佛,也说应该放生。他自语说:"叩没有杀生,叩养小甲虫。"丽丽硬是从他手里夺了小

193

叩叩

盒，把甲虫放了，这下轮到他伤心地哭了。

去餐厅，路边有一个小店，丽丽的爸爸买了两个万花筒，给两个孩子一人一个。丽丽拿了万花筒，马上举起来朝他头上砸，幸亏被他用手捏住。餐厅门口，丽丽突然飞快地举手，打他一个响耳光。他闷闷的，没有任何反应，我心疼地把他抱走。坐在餐桌旁，他拿起一双筷子，丽丽又抢夺，他沮丧地说："这样要分开单过了。"意思是不想和这家人同行了。我给丽丽另找了一双筷子，她不屑地把它们丢在了桌上。

只要两人在一起，丽丽常常冷不防地打他，出手极快，防不胜防。他躲丽丽，丽丽一挨近，他就神情紧张，眼睛里充满忧虑。一次用餐，大家围桌而坐，他跑到远远的一张空餐桌边，躺在一排椅子上，躲在椅背后面。我以为他是在游戏，后来，在被丽丽打了以后，他又跑去躺在那里，告诉我："叩叩要躲在找不到的地方。"我恍然大悟，明白他是在用心良苦地躲丽丽。

他试图软化和感动丽丽，和她友好相处，但无效。

一次吃农家饭，天井里有一个躺椅，他躺上去，丽丽过来，使劲摇晃躺椅，又爬上去挤他，他只是皱眉表示不快。红说："两个人并排躺。"他平和地接受了，可是丽丽立即下躺椅，一会儿回来，手里举着一根树枝要打他，被红制止，而他禁不住流泪了。

另一回，在宾馆的大厅里，他骑木马，我推摇，他高兴地笑。丽丽来了，要骑，他让她，说："我们来推你。"可是，她坐上木马后，又举手要打，我只好把他抱走。

还有一回，在湿地，我们上了船，船没有开，驾驶座空着。他极感兴趣，导游小姐鼓励他坐上去，他握住方向盘，玩得高兴极了。丽丽又来了，也要玩，他让她坐在自己旁边，说："我们一起开。"可是，她立刻霸占了方向盘，不许他碰。

不能和平相处，他又不愿意和她战斗，至多防卫性地伸手阻挡。他从来没有这种经验，也不喜欢获取这种经验，所以始终处在不安之中。

叩叩本来有很酷的一面。他在大堂里展示武功，对我拳打脚踢，一招一式都很有样，赢得一片赞扬。红说："应该给你请一个老师，教你真正的武功。"他说："我已经会了。"红说："给你请一个厉害的老师。"他说："我已经很厉害了，怎么办？"红只好说："给你请一个老师，你来教他。"

可是，这个自封的武功高手，现在被一个同龄小女孩折磨得苦恼不堪。他在草地上走，向我们宣布："我决定要疯了，一拳把汽车打坏，一脚把楼房踢倒。"丽丽说要和他结婚，他逃跑，

叩叩

大喊:"救命呀!"然后,回过身来威胁道:"你以为我是傻蛋吗?我会跆拳道!"

丽丽的爸爸妈妈知道我们心疼叩叩,女儿这样,他们非常尴尬,一再向我们表示歉意,最后决定提前结束旅游。他们一走,叩叩顿时放松了,笑声不断。临走前,丽丽来和他告别,送给他一片白色松软的东西,说是面包。他信以为真,咬了一口,诧异地问妈妈:"这个地方的面包味道怎么像布?"红一看,其实是一块洗碗用的泡沫塑料,形状和颜色的确很像切片面包。在分手的时候,这个聪明小子还是被一个傻妞捉弄了一下。

第五章

幼儿园里要命的纪律,把所有的喜欢全消解了

叩叩语录

政府就是管国家的,管得不好就换一个人。

我希望来一个让不上幼儿园的政府。

初上幼儿园

我们坚持一点：无论他多么乐意去，仍由他自己决定在幼儿园里呆多久，经常仍是在午饭后接他回家，不让他产生厌烦情绪。

叩叩满三岁了，红决定让他试上幼儿园。说试上，是因为不是学年的开始，幼儿园还没有正式招生。家附近有一家民办幼儿园，她已联系好，春节长假后的一天，她送他去。幼儿园在一个大杂院里，是夹在居民楼之间的一座简朴小楼。她抱他穿过三四米宽的前院，走进楼厅，一个笑眯眯的胖老师从她手里把他接了过去。她赶紧离开，背后传来宝贝的大哭声。

老师把叩叩带到教室，他看见教室里还有别的孩子，立刻止哭。老师让他和小朋友们一起玩，他不理睬，自个儿背着手走来走去，一边不停地说："这儿的味真难闻。"开饭了，他坐到餐桌前，看一眼饭菜，抬头望天花板，说："恶心。"站起来，又背着手走动。看见一个男孩吃了四小碗饭，他很惊讶，就也吃了一小碗，倒不难吃。午睡时间，他不肯睡，说："天还亮着呢。"仍是

叩叩

背着手走动。他要求下楼玩，老师说睡觉起来才可以去，他不情愿地躺下，居然睡着了。老师给红打电话，对他的评价是：非常聪明，讲道理，比别的孩子第一天的情况好得多。

  叩叩上幼儿园第一天的表现，得到了一片赞扬。可是，傍晚，我从工作室回到家里，问他幼儿园里的事，他沉默，然后自语似的说："明天不去幼儿园。"接着用坚决的语气轻声说："只去今天一次。"当天夜里，他发烧了，烧到了三十九度三，没有别的症状，显然是精神因素所致。他不哭不闹，只是表面上平静，内心其实很紧张。

  在家里休息了几天。我陪他玩，他很高兴，一说起幼儿园，他顿时神情黯然。下面是我俩的一次对话——

  "宝贝去过幼儿园了，是吗？"

  "嗯，我自己去的。"

  "对，宝贝自己去的，爸爸妈妈没有在那里。"

  "可是我不想去。"

  "现在宝贝病了，不用去。病好了，有时候去，有时候不去——"

  "可是我不想去。"

  "你不想去就不去，想去的时候再去。"

"我永远不去。"

说到这里,他几乎要哭了,垂着头,朝卧室走去,钻进妈妈的怀里。

后来当然还是去了。不过,和他约定,每天只去两小时,午饭后就接回家。我们是想让他逐步适应,而事实上,他性格开朗,善于交往,适应得相当快。他告诉妈妈,老师都认识他,小朋友都喜欢他。有一天,红送他去,他一路唱着歌,欢快地说:"妈妈,我会想你的,哪儿都想,臭臭都想。"到了幼儿园门口,他拉着守门老师的手就进去了,头也不回。红评论说:"你儿子太搞笑了。"我说:"多好,多阳光。"我们坚持一点:无论他多么乐意去,仍由他自己决定在幼儿园里呆多久,经常仍是在午饭后接他回家,不让他产生厌烦情绪。

红自己起床晚,一般是上午十时左右送他去幼儿园。有一天,她上午有事,一早就送他去了。叩叩第一个到幼儿园,有了重大发现,回家后说:"妈妈,你知道吗,小朋友是一个一个地来的。"以前他去时,小朋友都已经在那里了,从未看到过这个情景。他觉得有意思,在那以后,就经常要求妈妈不睡懒觉,带他早去幼儿园,说:"我想看小朋友一个一个地来。"

六一儿童节,幼儿园有活动,孩子们表演,规定家长只能去

叩叩

一人，我表示也想去。早上，红送他去幼儿园，回来告诉我，他底气十足，看见班主任，第一句话就是："我爸爸也想来。"老师说："好啊，欢迎他来。"我们一家人都去了。他参加的节目有三个，表演很投入，动作自然而有韵律。别的孩子表演时，他靠墙柱安静地坐着，有一种疏离感。演完节目，拌沙拉，我们这一桌四个孩子，只有他动手，像模像样地切黄瓜和香肠。拌好沙拉，他叉到盘子里，先后递给家里三人。然后，突然离座，捧着一盘沙拉，走到隔两桌的一张桌子旁，把沙拉放下，那是献给他的女友的。我头一回目睹他在幼儿园里的表现，感到十分新鲜。

叩叩告诉红，一个小朋友对他说"都得听我的"。红问："你听吗？"他答："我听呀。"红问："要是两个小朋友都这么说，你怎么办？"他答："我就这边听听，那边听听。"

他还告诉红，图画课上，老师让画小飞机，他画了，老师说不像，他又画，老师还说不像。他说："我画的是炸弹。"老师说只让画飞机，他说："我就想画炸弹。"

可是，这个机灵又自信的小家伙，在幼儿园里也有受委屈的时候。

一天放学，他站在走廊里，一个男孩突然朝他走来，双手紧紧抓住他两边的脸颊不放。班主任看见了，把那个男孩拖开，送回了教室。红去接他时，他闷闷不乐，脸颊上有细微的伤痕。红问："你为什么不打他?"他说："他以前没有打过我。"意思是很意外，猝不及防。红教他，以后小朋友打他，他也回打。我知道，他太温和善良，是不会接受这个教唆的。回家后，红带着他在院子里玩。天暖和，院子里有许多孩子，他独自站在一棵松树旁，手抓松枝，郁郁寡欢的样子。当天夜里的前半夜，他不断地哭醒，后半夜，他发烧了。

另一回，吃午饭前，他肚子痛，想妈妈，哭了。当班的是一个新来的老师，训斥道："谁哭就让他去医院，别回来！"他忍着泪，忍着肚子痛，把一碗饭吃完了。这个女老师只有二十来岁，素质如此坏，竟这样威胁一个孩子。红去接他，他一看见妈妈，立即大哭，跑向她，说肚子痛，扑进她怀里。回家后，他情绪极为低落，一想起来就默默地抹眼泪，眼神悲哀。宝贝受的刺激实在太大，结果也是当晚就发烧了。

他受不得的是无理的欺负，对于无心的伤害，其实是很宽容的。有一天，从幼儿园回来，我们发现，他的额头上隆起了两个包，问他是怎么回事。他说，班上个儿最大的一个男生玩爬高游戏，摔下来了，砸在他头上。问他哭了没有，答没有，告诉老师没有，答没有，我夸他是小男子汉。

叩叩

幼儿园出现两例手足口病患儿，宣布休园十天。可是，叩叩已经被染上了，手和口腔很快出现了红疹，发低烧，流鼻涕。然后，啾啾也被传染了，症状比叩叩的还严重。

这家幼儿园卫生状况太差。我早发现，那里几乎没有室外空间，孩子整天被关在封闭的屋子里。红还告诉我，孩子们没有个人专用的餐具和卧具，都是混用的，而午睡的地方在一张帘子后面，密不透气。

我们决定退园。叩叩上这家幼儿园共计四个月有余。已是夏天，暑期开始了。托朋友去联系条件比较好的幼儿园，我想好了，如果不成功，我们就自己带。

槐柏树

从周一到周五，天天全日上幼儿园，对孩子来说终归是乏味的，幼儿园里会有多少新鲜事呢。只要可能，叩叩是宁愿逃一逃学的。

朋友替我们联系成了一所有名的公立幼儿园，以所在的街道命名，叫槐柏树幼儿园。

开学第一天，红送叩叩去，一起在那里呆了大半天。按年龄分班，小 2 班的孩子是 2007 年出生的，他年龄最大，但个儿属于最小之列。教室宽敞明亮，院子里有许多游戏设施。他很兴奋，话语特多，对什么都发表议论。他的漂亮和活泼引人注目，妈妈们纷纷赞叹。

午饭后，他在院子里玩设施，走悬空的绳网。绳网中间有一个洞，连接软梯通往地面。红担心他有困难，不料他轻松利落，飞快地走了好几趟。一个小女孩站在网洞边不敢下，哭了，他鼓励她："你试试吧。"结果仍是她爸爸抱她下去的。他自豪地说："我怎么就喜欢冒险呀。"

叩叩

回家的路上,他心情极好,一再说:"好不容易找到一个好幼儿园。"幼儿园附近有一条路,是回家必经的,两侧树木的枝叶在上端交错连接,遮蔽了天空,宛若一条长长的顶棚。他告诉妈妈:"我特喜欢这条路,像施了魔法。"

现在叩叩比较安心上幼儿园了。老师都喜欢他。一次午睡,他尿床了,对老师说:"我出了好多汗。"老师笑了,觉得他太可爱,替他把衣裤洗了。从园长到老师,对他共同的评价是懂道理,讲道理,什么都明白。

上课的时候,老师拿一本书边讲故事边提问,他聚精会神,回答问题最踊跃,还不断有表情动作。他很自信,经常发表议论,比如"我觉得挺搞笑的",惹得老师大笑。有一回,老师讲一个故事,题目是《梦》。内容是一个小孩问梦是什么,各种动物回答,是外语写的书、飞机、望远镜等。回到家里,小孩问妈妈:"梦到底是什么?"妈妈没有回答。故事结束了。老师讲完,他立刻大声说:"我知道梦是什么,就是睡觉呀。"又惹得老师大笑。

晚餐时,他问啾啾:"姐姐,你难道老是学习第一名吗?"啾啾说:"当然不是。"他说:"我老是学习第一名。"接着开始自夸:"我脑子最清楚了,老师提问,有时候一整天都是我回答问题,最多一天回答二十次,得了两个贴画。"我问:"别的小朋友得了吗?"他说:"全没得,因为只有我回答了呀。"进一步自夸:"我每句答的都是对的,别的小朋友每句答的都是错的。"他没有注意到自相矛盾,继续自夸,但改变了话题:"我还特能喝水,老师惊讶地问,你能喝这么大一杯水呀。然后,别的小朋友都尿完了,我还在尿。"

其实,他心目中真正的第一名不是他自己,不止一次告诉我们,班上两个小朋友最爱回答问题,另一个是王世琪。说起王世琪,他的口气是崇拜的,形容说:"他回答问题瞄得准,只有一次错了。"我趁机问:"你错了几次?"他顾左右而言他。

一天,我和红一同送他去幼儿园,他很高兴。出门前,他自己穿好了鞋,我夸他,他说:"在幼儿园就是自己穿的。"我问:"老师教的?"他答:"每天教十遍,学会了还每天教十遍。"口气是嘲笑的。

途中,他问我:"你是第一次送我吧?"我犹豫,说我以前好像送过,他否认,我就承认是第一次。他又问:"你送到里面吗?"我问:"你想让我送到里面吗?"他点头,我说我也想呀,他笑了。到教室门口,两扇门,红推开一扇,我透过另一扇的玻璃窗朝里面看,没想到他用小手拉我,让我和正在迎接他的老师

叩叩

见面。老师看见我,说:"爸爸今天有空呀,爸爸妈妈一起送,宝贝真美。"幼儿园的老师都知道我,我能感觉到,我送他,他感到自豪。

他走进教室,孩子们正在上课,齐声叫他的名字。只见他向右转,双手捂耳,摇摆着身体,朝一侧的厕所走去。他正憋着一泡尿呢。红评论说,这小子的身体语言太丰富。

从周一到周五,天天全日上幼儿园,对孩子来说终归是乏味的,幼儿园里会有多少新鲜事呢。只要可能,叩叩是宁愿逃一逃学的。不过,每个星期五他必去,很在乎,因为这天他值日。值日这么重要?是的,值日生的权力可大了,午餐的时候,可以站起来,看谁没有吃干净,命令改正。

按照要求,一日三餐都在幼儿园吃。红起床晚,带得他也晚,一般是早饭后送他去。某个周五,老师对他说,如果下周一他去幼儿园吃早饭,就让他当升旗手。他多么盼望当升旗手啊,照片会贴在壁报上,人人都能看到。周末他一直惦着,时常叮嘱妈妈。周一娘儿俩终于早起了一回,他如愿以偿。

孩子看重荣誉,也重视集体活动。幼儿园组织春游,是去马驹桥的温室植物园。几天前,他就开始盼望和谈论。春游前一天,我从工作室回到家,他指着门柜上的东西大声问我:"爸爸你看这是什么？"我看了，是装在塑料袋里的食品。那些最常见的面包、水果、饮料，若是我们买的，他一定不屑于吃，因为是幼儿园发的，春游时要用的，在他眼里就有了不同寻常的意义。晚上，他不停地铿锵宣布："明天八点二十分准时到校！"第二天，他不到七时就起床了，催促红送他去幼儿园。可惜这是个雨天，春游草草结束。他拔了三个沾满泥浆的大萝卜，放在家里陈列了好几天。

叩叩告诉妈妈："我在幼儿园有三个女朋友。"全班十九个男孩，十一个女孩。红评论：占用资源太多。这难免招来嫉妒。幼儿园里的一个情景：两个女孩一齐搂住他，一个男孩冲上来，猛地一推，三人一起倒地。

小可是班里年龄最小的女孩，不在他眼里，委屈地对他说："我不让你当我的朋友了。"他回答："我本来就不是你的朋友。"但他有同情心。有一天从幼儿园回来，惦着要给小可送一个贴画，他告诉妈妈："她这么小，脑子还不聪明，所以老得不着奖励。"

三个女朋友里，他最喜欢小晴。幼儿园里有一个活动，女生喜欢哪个男生，就朝那个男生眨眼，然后那个男生就带这个女生唱歌。问他有几个女生朝他眨眼，他答："都数不清了。"但他每

叩叩

次的选择都是带小晴唱歌。有一个周末，我们全家要去杭州玩，周五下午走，周一晚上回。周四的晚上，他叮嘱妈妈说："明天早点儿去幼儿园，要不看到小晴的时间太少了，不到四小时，星期一整天都看不到。"还真像在恋爱。在餐馆里得到一个玩具娃娃，他捧在手上，回到院子里，遇见两个经常一起玩的女孩，他对她们说："这是送给我要和她结婚的小朋友的。"两个女孩一脸困惑。

他告诉妈妈："我已经和小晴说好了，以后我们俩都开40路公共汽车，我在前面开，她在后面开。"红叹道："多浪漫的爱情！"他对我说："爸爸，我和小晴结婚了，就也要当爸爸了。"我问："你为什么要和她结婚？"他说："因为我喜欢她呀。"我问："她喜欢你吗？"他答非所问："别的小朋友也喜欢她，但只有我喜欢到要和她结婚。"红问他："结婚是什么？"他答："就是变成一家人，生小宝宝，喂奶。"红和我谈论一个闺蜜临产，住进了医院，他听见了，神色凝重地说："女生都要受苦的。"立刻想到他的心上人，说："小晴也要受苦的。"红去厨房给他冲奶粉，他跟去，说："我要看你怎么冲奶粉，我和小晴结婚后，她生小孩，我就知道怎么冲了。"真是深谋远虑啊。

他一直说小晴漂亮，后来红见到了，告诉我，其实不漂亮，是个胖妞，全班唯一超重的。断奶之后，他养成了一个习惯，必须摸着妈妈的肚皮才能入睡。红说起院子里某位妈妈真胖,肚皮上全是肉。他叹道:"要是我妈妈有这么多肉多好啊。"看来他特别的审美观的形成,原因在此。

告别幼儿园

多么有趣的情景,我完全可以想象,这些孩子被固定在座位上和床上,上厕所是唯一自由走动的机会,因此,只要一个孩子带头,就会有不可抵挡的感染效应。

在叩叩眼中,槐柏树是一个好幼儿园,但绝不是一个乐园。事实上,他在幼儿园里度过了许多寂寞的甚至痛苦的时光。

开始上幼儿园,只去半天,逐步过渡到全天。第一次全天上,红送他,路上,他眼泪汪汪,问:"妈妈你爱我吗?"答:"当然爱,你是我的宝贝呀。"他说:"可是我不想在幼儿园睡觉。"红问:"是睡不着吗?"他说:"是的,我在幼儿园睡觉,心里一直叫妈妈、妈妈,我想你了。"下午,我们去接他,他问我:"爸爸你想我了吗?"我说:"想啊。"他说:"我也想你了。"然后说:"我一直在看全家福。"那是幼儿园墙上的照片栏,贴着每个孩子的全家福。

某日夜晚,他叹息:"一天又过去了,真快。"红问:"你希望快还是慢?"他答:"不希望快,因为很快会老死,也不希望慢，因为上幼儿园一天太长了。"接着说："在幼儿园一天都坐着。"我问："玩的时候也坐着？"他答："拿了玩具就坐下。"我问："没有站的时候？"他答："午睡起来，小便，洗手，然后就坐着了。"叙述得极为清晰。我心想，要命的纪律，别说孩子，大人也受不了。

因为一件什么事，他命令我："耐心等待。"然后告诉我，他在上跆拳道课时就这么对自己说。啾啾问："等什么？"他答："等跆拳道课上完呀。"啾啾问："你不是喜欢上跆拳道课吗？"他说："太长了。"为什么觉得太长了？他解释原因，一是不让喝水，二是只能尿一次。又是要命的纪律。

为了不上幼儿园，他和妈妈斗智斗勇。早晨醒来，他故作高兴地说："妈妈，我有一个好消息。"红问是什么，他说："一天上幼儿园，一天不上幼儿园。"红说："你想得美。"他退而求其次，说："今天不去，这是最后的最后一次不去幼儿园。"当然，他发的是假誓。红没有理会他，仍然送，他哭，红说："不去幼儿园，该成小混混了。妈妈不工作，也会是小混混。"他纠正："是大混混。"红感叹："一边哭一边还这么清醒。"

我心软，有时替他求情。一点儿小感冒，我说明天别去幼儿园了，红同意，他立刻把头靠在妈妈身上，脸上显出想压抑又压抑不住的笑容，仿佛得到了一个渴求而又不敢奢望的礼物。红也

叩叩

有妥协的时候，比如避开午睡时间，下午送他去上他喜欢的绘画课。临出门，问他要带什么，他愉快地说："带一个妈妈。"

买了两只小鸭，一只死了，他很伤心，这又成了不去幼儿园的一个充足理由。院子里有一个小女孩叫小米，也养了两只小鸭，听说了这件事，就对她的妈妈说："等我的小鸭死了，我也可以不上幼儿园了。"不上幼儿园，中国孩子的共同理想，为此宁可让自己喜爱的宠物死去。

最大的痛苦是午睡。叩叩喜欢幼儿园里有玩伴，有玩具，有绘画课，等等，可是，对午睡的恐惧把所有的喜欢全消解了，只剩下了恐惧。他每次去幼儿园前都要求不睡觉，实在是因为那痛苦非常真实。以前啾啾上幼儿园，感到最痛苦的也是午睡。整整两个小时，睡不着也必须躺在床上，还必须装作睡着了，不许有动作、声音，以免被老师批评，这是怎样的折磨啊。

新来了一位年轻的女老师，她宣布，以后午睡时间不准小便。这天午睡时间，叩叩小便了，他敏感，觉得老师是在批评他，为此很郁闷。第二天，他哭求不去幼儿园，红答应了。第三天，避开午睡时间，红下午送他去，和那位老师沟通。老师解释说，那天是因为十几个孩子午睡时都上厕所，有的是故意的，所以说了那番话，让叩叩不必担忧，要上厕所没问题。

老师所说应该是实情,叩叩自己曾经告诉我,在幼儿园里,小朋友偷懒。问他怎样偷懒,他描述说:"一个小朋友尿尿,全班小朋友都跟着去尿尿。"多么有趣的情景,我完全可以想象,这些孩子被固定在座位上和床上,上厕所是唯一自由走动的机会,因此,只要一个孩子带头,就会有不可抵挡的感染效应。

雯娟来家里做客,问他:"喜欢去幼儿园吗?"他说:"不喜欢,她们(指老师)老让我睡觉,我睡不着。"她说:"你可以和她们商量,你睡不着就看书,不会影响别人。"他说:"那是不可能的。"接着说:"她们就事多,老是这事那事的。"雯娟向我转述,我很惊讶,他的怨言哪儿像是一个孩子的。

有一回,他躺下装睡,我们以为他真睡着了。他很得意,说:"我骗了一百次了,一万次了,很懂得怎么骗。"他说的是幼儿园里的午睡。我问:"怎么骗?"他说:"老师来了,我就装睡,老师走了,我就玩。"我问:"怎么玩?"他说:"心里玩。"我问:"眼睛睁开吗?"答:"睁开。"他经常玩想象力的游戏,练出了这个能力。谈到幼儿园里的午睡,他总是告诉我们,他一分钟也没睡着,就在心里做游戏和胡思乱想。

上午醒来,他告诉妈妈:"真倒霉,从七点钟到醒来一直在做梦,梦的都是幼儿园。"接着问:"你知道我有多么不喜欢幼儿

叩叩

园吗?"妈妈说不知道,他说:"无数倍!"妈妈说:"太多了。"他换了一个说法:"三兆。"问他为什么不喜欢,他说了三个原因:必须午睡,吃饭必须多吃,妈妈没守着他。

开车出行,往返途中,我和他做算术题。我出应用题,幼儿园有几个班,每班有多少小孩,总共多少,诸如此类。做了一会儿,他说:"不说幼儿园了,我要气死了。"红说起幼儿园有公立和私立的区别,他问什么是公立幼儿园,红说就是政府办的幼儿园。我问:"知道什么是政府吗?"他答:"知道,就是管国家的。"然后加一句:"管得不好就换一个人。"怎么算管得好?他提出了他的标准,说:"我希望来一个让不上幼儿园的政府。"红说,他说出了全中国小朋友的理想。

他对上幼儿园越来越抵触了,每次去都像赴刑场,问他为什么,他说不想睡午觉,然后咬牙切齿吐出四个字:"世界末日!"还发狠话:"我想杀了幼儿园。"我很震惊,提醒他幼儿园里也有快乐的事情,比如上绘画课。他画得好,老师让他参加全国比赛。他听了诅咒道:"那些破烂玩意儿。"睡午觉的痛苦竟然压倒了一切。强制性的午睡是中国幼儿园最不人道的规矩,我呼吁废除。

终于盼来了幼儿园结业的日子,拍了全体合影,他坐在园长身边,样子极可爱。还拍了标准照,也是极可爱的样子,红发到微信上，一片叫好声。然而，他对幼儿园居然毫不留恋，问他会不会有一点儿想念，他回答说："我高兴！"听说上小学可以不睡午觉，他很满意。但是，他又有些担心地问妈妈："我上小学会是好学生吗？"是的，这个男孩充满活力，不肯受任何约束，能够适应今日的小学体制吗？

可爱，可爱

临睡前，一家四口在卫生间里洗脚，每人面前一个盆，情景很温馨也很可笑。他叹息道："妈妈，我们的日子挺好的吧，真是好日子啊。"

上幼儿园之前的叩叩，活泼开朗，能静能动，做各种动作皆生动有趣。他自己说："叩是个快乐的人。"一位朋友描述他："一脸的天真，又有一点儿小主意。"我眼前掠过他一岁到三岁的一个个小场景，心中重复着一个声音：可爱，可爱……

他在他的小鸭车后备箱里放一瓶矿泉水，一根麻花，盖上盖子，骑上去，对我说："我骑摩托车，去好远的地方，比最远还远。"其实只是在家里转了一圈。

我要刷牙，他说他也要刷，搬来小椅子，站上去。我给他准备好牙刷和水杯，他犹豫，对我说："我是要假刷牙。"我责备他淘气，把他连椅子端起来，抱在胸前，在屋子里巡游，他咯咯大笑。这么玩了一会儿，放下后，我刷牙，他说他也刷，刷牙后还要这样玩。当然，我欣然答应，而他真的很认真地刷了牙。看我仰头漱喉咙，他仿效，水流进了衣领，湿了一大片。

我们坐在餐桌周围，他摇铃，喊道："吃饭了！"实际上我们已经开始吃了，他喊道："走路！你们都走路！"原来，他要求我们都装作不知道吃饭时间已到，听见了铃声才知道。当然，我们只好都站起来走路，情景十分可笑。

傍晚，我在小屋里看书，他搬一只鼓进来，放到地上，鼓槌早已不见，就用两支铅笔敲打。我恍然大悟，欢呼"开饭啦"，起身去客厅。我佩服地说："你就是管敲鼓的人呀。"他自豪地说："对呀，而且我还管发餐巾纸，我管的事多吗？"我叹道："真多！"

红带啾啾去上钢琴课，让他一起去。他正在电脑上绘画，说："我不能走，我是管理员，我课多着呢，有巧克力课、小童车课……"

红带孩子在公园里玩，打电话让我去会合。我看见的情景是，他骑着小自行车，车后拖着一根足有四米长的柳枝，神气得很。

我在工作室里，正准备收工，突然听见走廊里传来孩子的歌声，由远及近，停在了我的门外。红带他来接我了。他唱的是从光盘里听来的圣诞歌，他嗓门很大，底气十足，又带着一种男孩子的粗哑感。我把这个穿着棉衣的可爱宝贝高高举起。

叩叩

每次从工作室回到院子里，如果他在院子里玩，一定是远远地就看见了我，嘹亮地喊"爸爸"，朝我奔来。我也大声答应，把他搂进怀里，高高举起。院子里还有别的孩子和父母，在众人的目光中，我充满幸福感。

上幼儿园之后，虽然有强迫午睡的阴影，他的性格在整体上仍是阳光灿烂。

在幼儿园学了一支新歌，回到家，他对妈妈说："妈妈，我给你唱一支歌，里面有一句我不做，唱起来有点儿不好意思。"那一句是"我自己洗澡，不用妈妈帮忙。"

红问他，幼儿园哪里好玩。他说阳台，想想不对，纠正说："你不知道的地方好玩。"很哲学的回答啊。

家里养了各种小动物，他说："我好忙呀，又要上幼儿园，又要睡觉，还要喂动物。"快乐地说："我们家动物真多呀。"自称是专门管动物的，除了兔子，还负责喂金鱼，现在蚕又大批孵出来了，跟妈妈去采桑叶，无比兴奋自豪。

晚上，他当老师，给我们布置各种任务。红叫他宝贝，他纠正："叫周老师！"我们这些学生都不太专心，但他很耐心，一遍遍督促。有一会儿，我们在讨论一件事情，谈得热烈，他站在旁边，插不进话。我们说完，他一脸严肃，说："你们这些同学太没意思了。"然后,边离开边自语似的说:"郭红同学、周国平同学都挺没意思的。"我大笑,一下子把这个气呼呼的小老师举到空中。

这个小老师马上暴露了其实是一个娃娃的事实。他要喝奶,红到厨房倒,他跟过去。红双手各举一只奶瓶,里面分别是鲜奶和奶粉液,走回卧室。他靠在她腿前,抬头看着两只奶瓶,边走边出声地笑,这样一直到床上,迫不及待地吸奶瓶,一只手更迫不及待地伸进妈妈的衣服里。

临睡前,一家四口在卫生间里洗脚,每人面前一个盆,情景很温馨也很可笑。他叹息道:"妈妈,我们的日子挺好的吧,真是好日子啊。"

他在床上翻跟头,没成功,还把脖子扭了一下,并且磕在了妈妈的膝盖上。他跑来对我说:"我是中国最倒霉的人,翻个跟头没成功,脖子断了,还有人踢我。"我不明所以,问:"谁踢的?"他答:"空气。"红给他传授要领,他翻成功了,翻了一遍又一遍,由衷地笑,欢呼:"我会翻跟头了!"握紧双拳,说出一句出人意料的话:"从此以后过着幸福快乐的生活。"

早晨起床,他笑着告诉我:"夜里我只能用一个鼻孔呼吸,有时候两个都不通。"仿佛这是一件高兴的事似的。

玩电脑上的游戏,他兴奋地喊:"我真倒霉,我死了!"我

叩叩

说:"那还这么高兴?"他解释:"声音是高兴的,实际上是不高兴的。"

下棋,我让着他,他赢了,两眼放光笑盈盈,对我说:"你没看见我的眼睛变成彩色的了吗?"

他兴奋地说他的理想:"坐飞机去南极扔一条鱼,给小企鹅吃,再坐飞机回来。"

他站在床上,让我看想象中的我们家的地图。我明白他的意思,看了以后惊呼:"我看见床上站着一个小孩!"他在床上又笑又跳。我继续惊呼:"这个小孩在跳!"他笑得跳得更欢了。

他朝我喊:"爸爸,你看我的房子。"我好不容易找到了他,在沙发的一角,用许多垫子搭一个所谓房子,他躲在里面,只露一双眼睛。他就这样从缝隙里看了一晚上的电视。

四岁时,过年,我给他压岁钱,是二百张新的五角纸币。他大喜,让我替他保管,然后一次次来找我,要拿给妈妈看。他夸耀说:"现在我是我们家最最最有钱的人。"

六岁时,过年,在上海,朋友们来宾馆看我们,给他红包,他不接,一副满不在乎的样子。可是,一会儿,发现他躲在卧室里数钱,见者皆大笑。

他谈他的理想:"我以后当画家,开好多画展,挣好多钱。"

红问:"要这么多钱做什么?"他答:"开一个银行,大家都把钱存在我这里,我就有更多钱了。"我问:"要更多钱做什么?"他答:"住很多宾馆,成天坐飞机。"原来他的理想是:画家—银行家—旅行家。

一个朋友听说了这个段子,对他说:"以后你开了银行,我把钱都存你那里。"他一听,大喜,说:"那可要好几个柜子。"仍觉得不够,纠正说:"我在外国买一个房子装钱。"

这个好像很看重钱的小子,其实对钱没有任何具体的概念。

上小学之前,叩叩基本不认字。上小学后,他学会了拼音。那是十月份,离感恩节还有一个月,不知为什么,他认为马上要过感恩节了,就给每人准备礼物。他剪了四张爱心形状的纸片,每张上都画了一个大爱心和许多小爱心,用拼音写上一句话,分别是爸爸、妈妈、姐姐、阿姨我爱你。

我的宝贝,他学会拼音,能够用文字表达了,首先表达的是爱。

《猫头鹰》叩叩 5 岁作品

《栈桥》叩叩 8 岁作品

《一只有性格的猫》叩叩 8 岁作品

《致敬毕加索》 叩叩 8 岁作品

《飞天》叩叩 8 岁作品

《风景》叩叩 8 岁作品

《有魂的小鹿》 叩叩 9 岁作品

《醒狮》叩叩 9 岁作品

《鹰》叩叩 9 岁作品

《花》叩叩 9 岁作品

《永乐宫壁画》叩叩 9 岁作品

《小丑》叩叩 9 岁作品

《小狗》叩叩 9 岁作品

《星空》叩叩 9 岁作品

《致敬草间弥生》叩叩 10 岁作品

《爆炸》叩叩 10 岁作品

第六章

他不能忍受无趣，
我的责任是和他一起共创有趣

叩叩语录

我们人类就是这样的，一直特想干一件事，可是干不成，到你把它忘掉了，它就会出现。

小灰尘从腿上掉下去了，腿是灰尘的悬崖。

不要去公园，那里太冷了。如果你去公园，一会儿我要去找一块人形的戴眼镜的冰了。

象爸爸特别爱它的宝贝，象宝贝也特别爱它的爸爸，就像我们一样。

妈妈，你以为我真生你气了？没有，我一辈子爱你，爱到一辈子用不完，生气了还用不完。

奶粉和哲学

我相信这并非捕风捉影，四至六岁的幼童，正是自发的哲学思考活跃的时期，我的这个儿子也的确经常发出具有哲学意味的困惑或洞见。

雾灵山顶，有一块大石，叩叩坐在上面远眺群峰，表情严肃，若有所思，不论谁唤他，都不理睬。

我的儿子啊。

此时此刻，他脑中在想什么？我自己是一个容易出神地想世界和人生大问题的人，因此会在孩子身上留意类似的迹象。我相信这并非捕风捉影，四至六岁的幼童，正是自发的哲学思考活跃的时期，我的这个儿子也的确经常发出具有哲学意味的困惑或洞见。

当然，孩子毕竟是孩子。某日，他坐在屋子里，脸上是深思的神情。我问："你在做什么？"他答："我在思考。"我问："思考什么？"他答："思考妈妈什么时候能把奶粉冲好。"我笑了。

好吧，奶粉和哲学，这二者都是真实的。

叩叩

叩叩喜欢对世界上发生的事情发表自己的看法。

看电视,他议论说:"电视上不是可笑的事情,就是可怕的事情。为什么可笑的事情和可怕的事情都要告诉我们呢?"问得有理。

一家四口海南行,娘儿三个陪同我参加一个笔会。与会者都是教授学者,一个小人儿置身其中,沉默不言,人们惊讶他的眼神之丰富有力。在海上餐厅吃渔家乐,屋边隔出一个水塘,里面养着玳瑁、海龟。有人用网把海龟捞起来,众人兴奋围观。他冷眼旁观,突然说:"总有一天会出事!"

他站在客厅里,注视窗外良久,自语道:"有的人好累呀,从早到晚都在外面。"接着自问:"世界上每天有多少人出门,多少人回家?"红悄声说,他有一种俯视的角度。

开车出行,途中,他看着车窗外,说:"树好,能给人挡雨。"接着说:"世界上只有树没有人就好了。"很有禅机啊。

他问妈妈:"世界上什么人都没有的时候,怎么会有人的呢?"一个天问,追问人的起源,更是追问无中怎么能生有。

电视里播《霍金的宇宙》,他满怀兴趣地看,担忧地问道:"全世界的人都老了死了怎么办?和我一样大的人都老了死了怎么办?这是个问题!"

他发表高见:"我们人类就是这样的,一直特想干一件事,可是干不成,到你把它忘掉了,它就会出现。"

他说:"世界上有的东西在到来。"我想起了里尔克的诗句:"谁此刻在世界上某处走"。

啾啾为自己的身高发愁,他说:"身高不重要。"啾啾问:"什么重要?"他答:"聪明、想象力。"啾啾惊叹:"宝贝你太高了。"

晚上,已上床,他突然起身,去客厅里看他新买的玩具——一个会发光的塑料刺猬。回到床上,他对妈妈说:"你爱的人你忘记了也会想起来的。"

他问妈妈:"我们为什么会生活下去?"问了好几次。妈妈答:"因为第一,我们活着;第二,我们总在做事,时间就过去了。"他问:"就这么一点儿吗?"难以判断他问的究竟是什么,但可以肯定,他对时间和人生发出了朦胧的困惑。

上床后,他说:"从睡觉到明天早晨起来,中间一段时间好像被减掉了。其实我知道没减,还是慢慢过的。"这是在思考时间的连续性。人无法凭感觉进行把握,必须用理性加以设定。

时间流逝,一年一次生日。他有时候盼生日,问:"能不能快进?"四岁生日前一天,他问我:"爸爸,明天我过生日了,要变四岁了,你不想让我变四岁吧?"我说:"是的,我不想。"

叩叩

他说:"可是就是那样的,那个号已经到了。"接着说:"其实每天都有许多不认识的人过生日。"我惊讶他的明白和理智。五岁生日,他觉得四岁过得很快,问:"为什么三岁慢,四岁快?"红问他:"五岁是不是更快?"他说:"拜托,还没到六岁,我怎么知道!"

红看旧笔记本,记有他两岁时的趣事,说了起来。他若有所思,问:"我是怎么来这个家的?"在电脑上看婴儿期的照片,他说:"我是他的未来。"又说:"我在妈妈肚子里的时候,不知道我会生活在这样的地方。"照片上也出现当时的我们,他叹息道:"我喜欢那时候的你们,真年轻。"

我和红说起2006年的一件事,他说:"那时候我在妈妈肚子里。"我问:"2005年你在哪里?"他笑了,答:"我还在天上呢,还没有到妈妈肚子里。"我说:"你还在选去谁的肚子好。选对了吗?"我以为他该向妈妈抒情了,没想到他冷静地说:"不知道。"一个哲学的回答。

他问妈妈:"我在你肚子里的时候是什么感觉?"她说:"这要问你自己。"他遗憾地说:"我忘了。"

大人聊天时,他在一边玩,会突然插话,其精辟令我们吃惊。

我对红说起有一家出版社想编我的语录,而我是不会满意的。他在客厅那一头玩,突然插话说:"他们想尽量让你满意。"我说:"是啊,但是这很难。"他立即问:"那么有人让你满意过吗?"红轻声说,问到了要害。我答:"没有,我都得自己重新做。"他又立即问:"那么你对自己满意吗?"我吃惊,大笑,句句点中穴位,而其时他一直低着头在玩他自己的。

红和啾啾嘲笑我吃剩菜、过期食品,我喊冤,说:"没人吃的东西我吃,还要挨骂。"啾啾说:"我们是心疼你。"我说:"东西没有坏,想到许多人没东西吃,我就不能扔掉。"她说:"你不扔掉,他们还是没东西吃。"我说:"好啊,朱门酒肉不臭,仍然路有冻死骨,那就让朱门酒肉臭吧。什么逻辑!"她们都笑了。我接着说:"东西过期不过期,这是事实判断,该不该扔掉,这是价值判断。"这时叩叩说话了:"我知道了,你的是道德判断。"我很惊讶,他把价值判断换成了道德判断,多么准确,仿佛他知道什么是道德判断似的。然后,他继续发表高论:"没有事实判断和道德判断,只有不对判断和很对判断。"我明白他的意思,不管事实判断还是道德判断,最后都归结为对和错。

小武会算命。年初,我们的朋友林先生正在办调动,小武预言要到十一月才见分晓,而且不是去现在要去的这个单位,而是另一个单位。这个预言得到了证实。林先生当时对小武的预言是

叩叩

不信的态度,我让她对林先生重提此事。这时叩叩发表意见了,说:"他要不信的话,他肯定会把它尽快忘记,而且他肯定会问你当时是不是真的说了。"我很惊奇,他对心理现象的描述多么准确。

他爬上柜顶,我怕他摔跤,在旁边守着。他用第三人称说自己:"他再也不下来了。"我说:"那我就不守了。"他说:"可是你不知道他再也不下来了。"巧妙的逻辑。

因为他表现好,红亲了他一下。过了一会儿,他说:"我忘记你亲我的感觉了,再亲一个。"红遵命。听红说起这件事,我问他:"你是想妈妈多亲你一个?"他答:"不是,你想感觉怎么能记住呢?"说得对,记忆中只有观念,没有感觉。

一个男孩摔了一跤,哭了。我问:"你像他那样摔一跤,会哭吗?"他答:"不知道,我怎么能知道他的感觉?"我想起了"子非鱼"。

他善于观察和思考。

邻居送他一只乌龟,我带他买回了给乌龟吃的小鱼。乌龟吞食一条小鱼后,抬起了头,伸长了脖子。他说:"我知道它为什么抬头,它要让吞进的小鱼下去。"

养了一只兔子,根据毛色,他给取名黑白花。他告诉妈妈:"黑白花渴了。"红在兔笼里放上水,黑白花果然使劲喝。她问他怎么知道的,他答:"我看见食盒里有兔粮,可是它不吃,老是朝水盒那一边看。"

一包软包装中华香烟,我说里面的烟容易揉坏。他看没有坏,解释说:"因为是满的,谁都保护谁了。"

我剪指甲,他看见我的指甲硬,剪得比较费力,解释说:"因为很久没剪,长完了长短就长硬厚了。"

保姆出门,又返回找手机。他问:"你记得最后在哪里看见它?"她说,记得是放在厨房的操作台上的,可是那里没有。他说:"阿姨,把你的包给我。"手机真的在包里。他解释说:"在最后看见的地方没有,就说明已经放在你的包里了。"思维真清晰。

他问红:"怪兽和怪物有什么区别?"红答:"我觉得是一样的。"他不同意,琢磨了一会儿,说:"怪兽是可怕,怪物是难看。"红连连称是。他责问:"那你还说是一样的?"红承认自己笨。他接着责问:"你什么时候能不这样笨呀?"

幽默和诗

他看着窗外,对妈妈说:"刮风了,晒在外面的被子在抖动,响起了轻声的雷,要下雨了。"
一个小伤口已结痂,他说:"痂是小肉肉在长的时候的屋顶。"

叩叩性格开朗,喜欢逗趣,富于幽默感。他的幽默是暖色调的。

某日,红送啾啾去音乐老师家学琴,他也去。进楼道,红喊一声,灯未亮,他大喊一声,亮了。他说:"这个灯怕我们男人。"

他曾经目睹我们养的一只小鸡被乌鸦抓走。红问他:"如果没有抓走,会怎么样?"他答:"把它养大。"红问:"养大了怎么办,是不是杀了吃掉?"他说不,红问那怎么办,他说:"那时候就让乌鸦抓走吧。"

我俩正在玩,红喊他喝奶。他把手中的剑、弓、枪放下,说:"我放下屠刀立地成佛了。"言毕,这位武士躺在妈妈怀里吸起了奶嘴。

我说，我小时候，世界上还没有电脑。他一笑，说："我说你那么老了嘛。"

他练武，我跟着学。他上厕所，尿毕，我帮他提裤子，叫了一声宝贝。他说："有没有搞错，是教练！"

晚上，他玩 iPad 游戏，我旁观，困了，打了一个呵欠。他问："你想睡觉是吗？"我真心说是。他说："可是你特崇拜我，不想走了，是吧。"我违心说是。

他在小黑板上涂颜色，发出粉笔与黑板的摩擦声。他问我："你听出我发出的声音是'诽谤、诽谤'吗？"诽谤成了象声词，有点儿像。我问："诽谤是什么意思？"他答："就是说你的坏话。"

他的一大爱好是给人贴创可贴，但苦于常常找不到贴的对象。他要求姐姐："你用刀割一个口子，我给你贴。"啾啾喊道："太过分了！"

晚饭时，谈起不同的习惯，比如吃东西，我先吃差的，后吃好的。啾啾说自己也是这样。我说我们是悲观主义者，红相反，是乐观主义者。红喊道："我怎么这么会挑老公、生孩子！"我说："你福气好。"他应声道："这是老天爷干的。"

他喜欢和妈妈一起睡大床。后半夜，红把他挪到了小床上。早晨醒来，他想回大床睡，看红为难，就出主意道："我们给这

235

叩叩

小床起一个名字吧,叫大床。"

包饺子,他包得很不规整,我仍夸他包得好。他纠正:"不是好,我包得很特别。"有一只包得皱皱巴巴,他说:"这个应该说包得复杂。"红安慰说:"你包的饺子好玩。"他说:"我肯定要包成好玩的样子,因为我不知道正确的包法是什么。"

晚上,他走到我身边,问:"你知道谁来打败你吗?——释迦牟尼。"我一听,慌忙说:"我不打,我投降。"他逼近一步,瞪着我,说:"我就是释迦牟尼。"我说:"我也投降。"他得意地说:"我怎么能放过你呢!"他做了一个威严的动作,说:"我把你变成石头了。"我站在那里不动,做石头状,他扬长而去。

我俩玩,我打电话给他,他报告:"您好,您拨打的电话正在通话中。"我做沮丧状。他问:"你怎么不打了?"我再打,他报告:"您拨打的电话已关机。"然后得意地大笑。

我俩躺在床上,他摸我的手,说:"你的手老了,这么多皱纹。"我说:"把你的小嫩手借给我吧。"他答:"不能,这个小嫩手是小孩用的,你用不了。"

看我剃胡子,他说:"以后就不要剃了,那时候你太老了,胡子已经是身体的一部分了。"

在浙江度假,他要把宾馆里的铅笔带回家,说:"我们家最缺铅笔,尤其有一个作家,老是写字。"原来是在挖苦我。

红说起他夜里睡不着,她就和他聊天。我假装沮丧,说:"我睡不着就没人聊天,只好看书。"他说:"看书也算是聊天,是和字聊天。"虽然对,但他是得了便宜又卖乖。

晚上,红催他去刷牙,他赖在床上不动,突然一骨碌爬起来,站在她面前,拉她的手,说:"来,兄弟!"

红伸开两臂躺在地上。他抬起她的一条胳膊,放到她胸前,另一条同样办理,说:"我把你当衣服叠起来。"

红把垃圾桶拿到门外,说:"要不蟑螂该排着队来了。"他立即问:"那么有秩序吗?"

他告诉我:"人不能喝油。"我问:"喝油会怎么样?"回答出乎意料:"会变成汽车。"

他看影碟,针对一个情节大声地自语:"我胆子特别小,要是他们说投降就放过我的话,我就会投降的。"我大笑,说:"我也会的。"

邻居打电话约他去公园滑冰,我们议论说,今天是周末,人多,冰薄的地方危险,改天吧。他给邻居回电话,只有一句话:"今天人多,沉了没地方跑。"

他说:"爸爸的工作是写书,妈妈的工作是打手机,姐姐的工作是做作业。"我问:"叩叩的呢?"他刚尿完尿,说:"尿尿

叩叩

是叩叩的工作。"

他说:"爸爸是西瓜,妈妈是哈密瓜,姐姐是蜜桃,我是青苹果。"我问:"为什么是青苹果?"答:"你们都会被吃掉,青苹果涩,没人吃。"

红说起辰辰的妈妈怀孕,怀的是双胞胎,可是怀到一半,另一个不见了,只剩下辰辰。他议论道:"那一个是骗子吧。"

他看着窗外,对妈妈说:"刮风了,晒在外面的被子在抖动,响起了轻声的雷,要下雨了。"可是,最后并未下雨,他说:"它耍我们呢。"

他要教我魔法,我问要付多少学费,他说:"一分钱。"我惊叹:"这么便宜!"他解释说:"对我们神来说,魔法太简单了。"

晚上,我俩各用磁条组装一个武器,组装完后,未及交战,就睡觉了。第二天起床,他看见这两个武器,说:"怎么没听见打仗的声音,只听见它们发出不同的打呼声,原来都睡着了。"

他用魔棍拼成一个复杂的武器,向我炫耀。我问:"你能拼成一个正方体吗?"然后给他解释什么是正方体。他大声说:"你想让我拼个魔方出来吗?到你老死也别想让我拼!"我问:"是太难了吗?"他说:"太弱智了!"

他说起在幼儿园里跳绳,说有的小朋友真够笨的,一个也不会跳,也有的小朋友会单脚跳、反着跳、跑着跳,而他也会。我问:"你会躺着跳、坐着跳吗?"他平静地说:"我想请你先跳。"

开车出行,车速快,我怕超速,会被警察拦住。他接茬说:"警察说,你是作家周国平?给五十本书吧。"

早晨,我俩躺在床上,我编故事:夜里有一只蚊子,坐在我的床上,打开了录音机,吵得我睡不着觉。我骂它,它说,你和我下围棋,我就关掉录音机。他问:"下了几盘?"我答:"五盘。"问:"谁赢了?"答:"我赢三盘,它赢两盘。"问:"真下了?"答:"真的。"他立即下床,跑去客厅看围棋盘。这回是天真到家了,我不好意思再说是幽默。

在这个年龄段,他有一些生动的表达,有的颇有诗意,我也记录在这里。

看见我在电脑上发邮件,他说:"你写的字我不认识。"我说:"宝贝写的字我也不认识。"他说:"是,我写的是另一个国的字。"

我要去齐齐哈尔出差,他讲他对这个城市名称的印象:"好多人站在那儿聊天。"

动画片里,一个人物的嘴夸张地向两边拉开,呈一条宽线。他说:"他一着嘴。"把"一"用作动词,精炼而形象。

叩叩

砂糖粒掉地上了,他说:"蚂蚁正在拨电话呢。"多么可爱的想象。

一个小伤口已结痂,他说:"痂是小肉肉在长的时候的屋顶。"

他向我报告:"小灰尘从腿上掉下去了,腿是灰尘的悬崖。"

一个台钟,钟面外侧是密密麻麻的秒针刻度,他形容说:"疯狂的小数。"

那个感应垃圾箱的电池没有电了,他让我找三个七号电池。家里没有新的,有一些用过的,我在录音笔上一个个试,看有没有电。这些电池摊在桌上,他形容说:"它们在排队体检。"

冬夜,室外奇冷,我去散步。他叮嘱我就在院子里,不要去公园,那里太冷了,我答应。他说:"如果你去公园,一会儿我要去找一块人形的戴眼镜的冰了。"我心想:一篇童话。

共创有趣

他不能忍受无趣,就用编打仗故事的方式来创造有趣。我的责任是和他一起共创有趣,鼓励他编出好玩的情节,我自己也为游戏增添好玩的情节。

四岁到六岁,叩叩仍然热衷于和我玩想象力的游戏。他叙说他想象的情景,内容大多还是打仗,角色是警察、大王、坏蛋、怪兽之类,很是老一套。可他真是投入,绘声绘色地说,引诱我加入。我的角色是他派定的,而结局大抵预定我败。虽然觉得单调,但是,看他这么兴奋,我常常也就大呼小叫地配合。有时候,我只是消极应付,他就围着我连珠炮似的喊"爸爸、爸爸",热烈地描述战斗的情景,促使我进入角色,而我也就真的进入了。

他经常站到我面前,小脸蛋容光焕发,亮眼睛看着我,铿锵有力地说出一个复杂的词组,那是他刚想出的一种新武器的名称,等待我做出反应。他的模样太可爱了,我只想抱起他,亲他,但我克制住这个冲动,因为他要的不是这个。于是,我发出

叩叩

一声惊叹,投入战斗,心甘情愿地充当这种新武器的炮灰。

他只和我玩打仗游戏,知道和家里两个女子玩不起来。有一回,在车里,我困倦,他只好邀请姐姐玩。啾啾说:"你一说打仗,我就想睡觉。"我说:"宝贝自己一个人玩也兴致勃勃。"啾啾说:"因为他心里能看见打仗的情形。"说得对。

这个小男孩身体里有太多的能量,想象中的打仗使能量得到发泄。他不能忍受无趣,就用编打仗故事的方式来创造有趣。我的责任是和他一起共创有趣,鼓励他编出好玩的情节,我自己也为游戏增添好玩的情节。

我还没有起床,他就来找我了,脖子上挂着一条又宽又长的领带。领带是别人送我的,我从来不用,一直丢在衣柜里。我惊叹:"宝贝真酷!"他说:"你看我这么酷的人,当然是大警官。"我同意,表示我甘当小警官。看我还没穿衣服,他替我把衣服取来,说:"我这个大警官好吧,把你的衣服也拿来了。"我睡在小卧室双层床的下铺,睡上铺的啾啾已起床。他指一下床,说:"我还把你的床、你女儿的床也搬来了,我这个警察力气大吧,我一只手就搬来了,太轻了。"我知道,他实在游戏心切,既要照顾我此时的情状,又要形成一种游戏的情境,就这么现编故事。

我问:"今天警察局有什么事?"他朝四周张望一下,看见一个皮酒壶,说:"今天警察可以喝酒。"双层床立刻变成了餐厅,按照他的规定,大警官在上铺喝,小警官在下铺喝。他爬到上铺,我俩干杯,他朝下看着我说:"只好屁股和脑袋干杯了。"我不明白,他解释说:"我的杯子的屁股和你的杯子的脑袋。"可不,因为我俩位置的差异,他的杯子在上,我的杯子在下。当然,是想象中的杯子。

角色转换,现在他让我当好人,他自己当坏蛋,然后不断变身。我说:"我要变成一个——"他打断我说:"你什么也不能变。"我问:"我能变成我自己吗?"他答:"能,因为你现在就是你。"向我解释游戏规则:只有坏人能变身,好人不能。我心想,哼,什么破规则,真正的规则只有一个,就是不论我当警察、坏蛋还是好人,都必须居于下风。

他问我:"爸爸,你学到我的一点儿功夫没有?"我承认没有,他说:"我教你。"立即做示范,站在沙发靠背的顶上做各种动作,然后突然跳下来,端坐在沙发上,双手合十,他说自己是阿弥陀佛。

在此之前,他多次玩同一个游戏,不断添加情节,逐步发展出了这套所谓功夫。开始时,他站在沙发靠背顶上,对我喊:

叩叩

"有人要跳楼。"我大惊,赶紧打电话,叫消防队来,而在消防队架云梯时,他已经往下跳了。后来,为了加大惊险度,他在消防队员登上楼顶的一刹那才跳。一遍遍玩,那楼层不断加高,最后,他报出了一万一千一百八十层。情节也越来越离奇,他跳下成佛之后,我变成记者采访他,而他却变成小鸟飞走了。

可是,在他做示范之后,我仍然没有学会他的功夫,请求他饶了这个徒弟。

玩游戏时,他善于根据眼前的情景编情节。

在工作室,他和我玩青蛙游戏。他是青蛙,向我叙说:"我生了一个宝宝,名字叫小彩虹,我是它的妈妈。后来我又生了一个宝宝。我们青蛙喝水,鼻子都在滴水。"当时他正用果冻小杯喝水,鼻子的确浸了水。"我们青蛙今天去呱呱幼儿园上课,一人嘴里叼一个滚球,今天上的是滚球课。"当时他嘴里叼着果冻小杯。

工作室的天花板上有许多管道,他这个青蛙承担给我送饭的任务,看着这些管道,他说:"我想出了一个办法,用这些管道送饭,给你送,也给每家送。"我夸他的办法好,他当仁不让,说:"是我的发明。"

窗外响起了下雨的声音,这时我坐在沙发上,他走过来,和我脸对脸，含笑看着我，说："大雨都下到你嘴里，把耳朵、鼻子都堵住，你爆炸了。"我装作恐惧大叫，他开心大笑。

没有午饭，我找出两块破点心，很难吃，他居然吃了一点儿，后来我们又吃了一点儿方便面。他边吃边玩，摔了一跤，说："青蛙吃得太多了，摔了一跤，吃的东西都逃了出来，我就变成了一个讲故事的人。"

在游戏中，我常常故意搞笑。

他操纵变形金刚来攻击我，我总是被打败。我问："总是你厉害，这个游戏还有什么意思？"他改变规则，说："在第一版，你也有厉害的时候，可是总体上是变形金刚厉害。"打来打去，实在无聊，我决定改变玩法。我派出小兵，乘直升机，掏出小鸡鸡，在变形金刚头顶上撒尿。然后，我做惊恐状，说变形金刚向小鸡鸡开火了。他大笑不止，一高兴，宣布帮我打变形金刚，成了我的人。玩了一会儿，他又宣布回到变形金刚一边，解释说："变形金刚得有人弄，它自己不会动，我是来教你的。"

夜晚，他已很困了，但我理应和他玩一会儿。仍是那一套，很古怪的战争。他用变形金刚当道具，派出中王攻打火山部队。我临时发挥，说中王把敌方的小兵放在嘴里嚼一嚼吐在地上了。他大笑。他接着派出大王，我说大王抓起一个个小兵种在地里

245

叩叩

了。他笑得更厉害了。最后,他派出水晶王,我说水晶王把小兵都放在包里了,要带回家给自己的宝贝玩。他笑得喘不过气了。

晚上,他看电视,然后自己关了,向我发动进攻。我已很累,仍努力配合。两个部队打完仗,开饭了。他说,他的士兵吃的是西餐,有沙拉之类。我说:"我的士兵吃的是大锅饭,一口大锅,士兵们用手捞饭吃。"他大笑,起了怜悯之心,送我们红烧肉。我说:"我的士兵都把脑袋埋在红烧肉里吃,鼻子、头发上都是肉汤。接着喝肉粥,士兵们干脆跳进了粥里。一个个这么脏,怎么办?我举起水管给他们冲洗。"他不停地大笑。

我俩玩打仗游戏,我派小兵攻击他的营地,他说他的营地包了三百层铁。我搞笑地说,我的一万个小兵有绝招,在他的营地拉臭。他大笑,然后说:"除了三百层铁,我忘了还有一层马桶。"这回轮到我大笑了。

那天在车上玩打仗游戏,他提醒我说:"你的小兵不吃臭袜子啦?"那是很久前游戏时我想出的搞笑情节。我说:"吃啊,我们的部队穷,只好吃臭袜子。"他立即纠正说:"是你们吃惯了。"红评论:精辟。

我俩斗法,他要消灭我的武器。我把武器藏在太阳上、星星上乃至宇宙之外,他都穷追不舍。最后,我灵机一动,说:"我的武器藏在你的笑声里了。"他一愣,随即绷住笑,终于忍不住,笑出声来。我成功了。

有一些天，我俩常玩一个游戏。他用枪和剑杀我，或者用火喷我，我变成了鬼魂，就不怕枪、剑或者火了。然后，他大声问我："怕什么？"我说出一个我怕的事情，这类事情都比较搞笑，比如怕有人皱鼻子、放屁之类，他就做出皱鼻子的样子，模拟放屁的声音，我立即倒地，他则开怀大笑。有时候，我用这个法子诱使他做他不肯做的事，比如他感冒了，我就说怕他吃药；到睡觉的时间了，我就说怕他上床睡觉。天真的宝贝基本上都会上当。不过，他喜欢这个游戏，给游戏编了号，我相继成为第二集、第三集的鬼魂，直至第 N 集。

因为是叩叩的爸爸，院子里的孩子都喜欢和我玩，我把这个法子也用上了。一天晚上，我带叩叩下楼，两个女孩也在院子里，她们的妈妈在聊天，三个孩子便要求和我玩。我是魔鬼，抓他们，追闹了一会儿。我想让他们静下来，说："你们知道我最怕什么？"他们一齐问："怕什么？"我说："怕你们唱歌。"他们一齐大声唱起来。唱完，我说："我不怕唱歌了。"他们问："怕什么？"我答："怕你们从一数到一百。"他们开始数，真的一口气数到了一百。接着我变成了僵尸，他们用植物攻击我。一个妈妈说："该回家了。"我就说："现在我最怕你们回家。"叩叩立

叩叩

刻朝我家的门洞跑,上楼梯,两个女孩跟着。叩叩喊:"这是我家!"我对她们说:"我最怕你们去找自己的妈妈。"她们这才恋恋不舍地回院子里了。红听了这个经过,说:"阴险啊。"

有时候,我的搞笑的确不太厚道。

叩叩让我搬出战斗机模型,放在客厅里作为象征,和我玩起了空战游戏。他拥有歼5和歼10,我只有歼1和歼2,当然总是我输。我派出的飞机总是被击落,狗急跳墙了,我宣布:"我派出一百个垃圾桶。"他说:"垃圾桶不是武器!"我又宣布:"我派出一百个妈妈。"他急了,喊道:"嘿,你还是说正常的话吧!"

去餐馆的路上,我俩一直在用话打仗。他是天上的大王,我是地上的大王。当然,输的永远是我。他手下还有中王、小王。他宣布:"大王有一万条命,中王有一千条命,小王有一百条命,你只有一条命。"进位的概念还挺清楚。我派出各种兵种,都输了。于是,灵机一动,我说:"我派出一万个妈妈皮。"他不假思索,立即说:"我直接……"停住了,我替他接上:"摸皮。"红打抱不平:"不能这样欺负宝贝!"

开车外出,在车里,他和啾啾对唱《因为爱情》,唱得风情万种,转入了游戏,他宣布自己有九十万个攻击力。红问:"还是刚才唱歌的那个小孩吗?"我先后派出他崇拜的王菲、陈奕迅和他打,他不在乎,说:"我把他们打到天上去了。"我派出红,他尴尬地笑,安慰自己说:"反正是游戏。"然后鼓起勇气说:"一耙就打倒了。"

对于我的搞笑,他常能机智地应对。

他是警察,我向他报告:"有一个坏蛋,开车逃跑了,车牌号是京CM7871,我们去把这个坏蛋杀了。"我报的是他妈妈的车号。他反应真快,立即纠正说:"是京CM7879。"然后说:"我有一天看见你的车是京CM7879。你自杀吧!"

我俩玩,他设想敌方是葵花部队,会把我们香死。我出对策:给它们浇臭臭。他指着我责问道:"你不是要它们长得更快,更容易把我们香死吗?"

无论多么投入地玩游戏,他也分得清想象和现实的不同。

红带他在银行里,我去找他们,只见他挎着一杆步枪,是刚买的。我假装责问:"你竟然带枪进银行!"他赶紧解释:"玩具枪是可以的。"守卫银行的那个保安笑了。

去浙江度假,我开玩笑说把家里养的小兔也带去,他说:"安检通不过。"我说:"你是火箭王,一冲就冲过去了。"他说:"在游戏里才这样,其实我是个普通人。"还算有自知之明。

故意气老爸

他曾问妈妈:"爸爸为什么这么爱我?"可见他故意气我,正是因为他知道我多么爱他。

故意气老爸,是叩叩的一大乐趣。

他向我宣布:"妈妈、姐姐都有礼物,你没有。"他给妈妈扇扇子,对我说:"不给你扇。"他和妈妈下楼玩,对我说:"不带你去。"红喂饭,为了哄他吃,就说帮妈妈吃一口,帮姐姐吃一口,他跑来告诉我:"我帮妈妈和姐姐都吃了一口,不帮你吃。"

他小心翼翼地剥榛子,尽量剥出完整的果仁,也有少许裂成了两半。然后,他把完整的都给了妈妈,而且一颗颗喂进嘴里,把裂成两半的留给我。我夸道:"宝贝对妈妈真好。"他补充:"对爸爸半好。"

他对妈妈说:"以后我也开车,你想去哪儿我带你去哪儿。"接着说:"也带姐姐、阿姨去。"我知道接着该奚落我了,赶紧争取主动权,说:"我不想去哪儿,你就带我去哪儿。"他马上说:

"我现在就带你去……去恐龙时代。"

早晨,他在床上,我要抱他,说:"爸爸的宝贝。"他躲进红的怀里,说:"妈妈的。"我说:"爸爸和妈妈的宝贝。"他说:"都是妈妈的。"我说:"有一根头发是爸爸的。"他否认。我说:"有一滴鼻涕是爸爸的。"他笑,说:"干了,变成鼻脏脏了。"红的旁白:最恶心的两个人。

他说:"妈妈给我穿衣服,我奖给她一杯咖啡。"我说:"我为你打一个喷嚏,你也奖给我一杯咖啡吧。"他说:"我给你喝苦药。"话刚出口,他自己真打了一个喷嚏,我俩都笑了。

他不停地喊"妈妈""爸爸",喊妈妈的声音温柔,喊爸爸的声音凶狠,解释说:"我喊谁的声音温柔,就是喜欢谁。"

他做表情,夸张的笑脸是给妈妈的,温和的笑脸是给姐姐的,低头看我,无笑,是给我的。他解释:"爸爸,这是瞧不起你。"

幼儿园里,老师奖励哪个孩子,就给一个小贴画。给贴画是权力的象征,他把这个法子用到家里,而我基本上是那个得不到贴画的倒霉蛋。

他给我们布置作业,让每个人弹钢琴。妈妈和姐姐弹完,他给她们各奖一个贴画。我弹完,他说:"你弹得不好,浇一桶

叩叩

水。"我大喊委屈。

早餐时,他拿着一本小贴画宣布:"谁第一个吃完就给他贴画。"我吃完了,他在我的毛衣上贴了一个。红起床晚,他宣布:"最后一个吃完也给。"红说:"我快快吃。"他说:"慢慢吃也可以给。"红说:"宝贝对妈妈太好了。"他说:"爸爸慢也一样。"我说:"宝贝是公正的。"他纠正道:"应该说贴画是公正的。"奖贴画大多是比吃饭的快慢,他总是为妈妈修改规则,这一次算是给我留了情面,好像是唯一的一次,且看其他各次他是怎么做的。

A次,我第一个吃完饭,红仍在吃。他宣布:"现在开始重新计时。"直接把我的成绩作废了。B次,我先吃完饭,在喝汤。他说:"喝完汤再给你。"红和啾啾吃完饭,去盛汤,他立即给她们贴画。我抗议,他说:"笨人要喝完汤,不是笨人就不用喝完汤。"C次,他宣布:"一前一后有奖。姐姐第一吃完,你第二,妈妈第三,所以姐姐和妈妈有奖,你没有。"D次,发贴画前,他问谁先吃完饭,回答是姐姐第一、爸爸第二、妈妈第三。他宣布:"今天不比谁先吃完饭了,今天比谁说话少。"接着对我说:"爸爸,你说话最多。"我委屈地说:"我得的贴画真少。"他纠正:"不是少,是没有。"出于怜悯,他给我一个特别小的贴画,我快活地说:"我终于得到了一个贴画。"他鄙夷地说:"又是'终于',听得我都不想听了。"

我在客厅里,他特地来对我说:"我给谁贴画,谁就能当警察。"我表示我想当,他拿着贴画,从我面前走过,进小卧室,给在上铺躺着的啾啾贴了一个。我做委屈状,他重玩这个把戏,再次从我面前走过时宣布:"贴两个就能升级,当警官。"当然,他去给啾啾贴了第二个。回客厅,他看我仍在等贴画,就说:"天黑了,警察局关门了,怎么还不回家?"一会儿,他宣布天亮了,说:"再给那个女孩贴一个,她能当大警官了。"啾啾评论:"他气你不用打草稿。"不过,他终于也给我贴了,一连贴了三个,欢送我去工作室。他开着房门,看我上电梯,我走到院子里,他又在阳台上看我,不停地喊再见。

节日画贺卡,或者分发他的画作时,他也常常不失时机地气我。

他和啾啾给妈妈各画了一个贺卡,作为情人节礼物。他说:"妈妈,我给你画得没有一点儿难看。"我让他也给我画一个,他拒绝,然后开始兴高采烈地折磨我。他问:"画画、贺卡、贴画,你要哪一个?"我说:"贺卡。"他说:"画画和贺卡都锁定了,你只能要贴画。"我只好同意他把一个贴画粘在我的袖子上。一会儿,他来找我,说:"我给你画了贺卡,画的是垃圾,还在

叩叩

马桶里放过了。"我委屈地大叫,他哈哈大笑。我在电脑前工作,他不断来找我。我说:"你给妈妈好贺卡,给我垃圾贺卡,还不让我工作,你到底想干什么?"他简短地答:"我想让你气死。"我笑了,说:"你没有把我气死,把我气笑了,没有达到目的吧?"他点头承认。

两张带信封的贺卡,他当作礼物,一张给妈妈,一张给爸爸。给妈妈的那张,他画了爱心,给我的那张,什么也没画。我表示委屈。他解释:"因为我爱妈妈。"我更委屈了。他说:"我对爸爸有点儿爱有点儿不爱,所以不画。或者画一个爱心和两把枪。"我哭笑不得,说:"还是不画吧。"

父亲节,啾啾埋头工作,为我制作贺卡。她画了一个头像,用文字标上她心目中爸爸的特点,比如智商高、细心、眼睛明亮、有长寿眉之类。他看见了,也要给我做礼物,是一个简单的折纸。做好了,他说:"这个是给妈妈的,爸爸有一个就够了。"啾啾惊诧,说今天是父亲节,不是母亲节,他似懂非懂,但终究给了我。

他一气画了好几幅水彩画,给妈妈和姐姐各两幅。然后,他跑来叫我,说:"画展开始了。"我向他要画,他不给,说:"已经给妈妈和姐姐了,你是画展开始了来的,所以没有。"他终于让步,说:"再画一张给你吧,但是我要给你胡画。"他的确乱涂一气,我仍说好,他不屑地说:"这个不值钱。"

我裁了一些便条纸,他拿走了,找订书机,说要做书。一会儿,真做了一本小书,四页,每页有一幅画。第一页画的是两个小人儿,每人长几根短直头发,一只大眼,有毕加索之风,可爱极了。我启发他画一幅大的,他画好了,也是这个形象,四个人,分别是我们家四人。旁边还有一人,肚子里有一小人儿,他说是姐姐以后的样子。他强调:"是给妈妈画的。"我要求他给我画一幅小的,他说:"小的也不给。"接着说:"姐姐也有,阿姨也有,就不给你。"我使劲亲他的身体,作为抗议,他挣扎和大笑。

他在iPad上做陶罐,说:"特值钱。"作品的水平是用钱数表示的。我要求看,不出所料,他宣布:"给妈妈看,不给你看。"我到阳台上,向兔子黑白花诉苦:"叩叩不让我看,我就来看你吧。"他做完陶罐,也到阳台上,举在黑白花眼前,说:"黑白花,给你看。"为了气我,真是无所不用其极啊。

他给我们家的成员排队:"妈妈第一,姐姐第二——"我说:"好,我第三。"他瞟我一眼,接着说:"黑白花第三,阿姨第四,你第五。"我欢呼:"第五,真棒!"

他宣布:"我第一想妈妈,第二想姐姐……"停顿一下,下

叩叩

面该是第三想爸爸了吧,不,我们听到的是:"第三不想爸爸。"

他气我,我或叫屈,或欢呼,红评论道:这是父子俩的调情。他曾问妈妈:"爸爸为什么这么爱我?"可见他故意气我,正是因为他知道我多么爱他。事实上,这个他宣布排在末位并且不想的人,他是格外难舍难分。

有一回,我出差,红打电话告诉我,他指着一本书封面上的我的照片说:"我好想这个人哪,他不在家,我真没有意思。"有几次,我早早去工作室,他醒来不见我,就伤心流泪。红说,太爱爸爸了,都成了心病了。我赶紧向他保证,每天一定和他玩之后再去工作室。我在工作室里,他连续来电话,打到座机和手机,红说他疯了。我问他在做什么,他说:"没做什么,什么都错,什么都叉叉,什么都零,什么都别说。"我夸他一个意思有许多表达。

一天晚上,我去公园散步,他很困了,红让他睡觉。我回来,听见大卧室里有动静,走进去。他盖了被子坐着,看见我,发出热烈的欢呼。红说,他就一直这样坐着,要等我回来。我和他玩了一会儿,然后去小卧室休息,突然传来他的大哭声。我赶紧过去,原来他没有玩够,哭得很伤心,鼻涕眼泪一齐下。我使劲安慰他,在给他擦鼻涕时不小心,餐巾纸触到了他的眼珠,他很痛,但反过来安慰我说没事。我们仍是玩编故事的游戏,他高兴极了，笑个不停。红让他睡，他不肯，我答应明天一早还和他玩，他才睡。我向他道晚安，他回礼说："宝贝晚安——你也是宝贝——爸爸宝贝。"

快乐的俄狄浦斯

他跑去找啾啾,兴高采烈地报告:"姐姐,我杀了你的爸爸。"

叩叩不停地来找我,逗引我和他玩。来的时候,他常常是全副武装,带着枪和剑,或者宣称他身上有什么厉害的武器,一天不知要把我杀死多少回。面对我,他似乎有一种暴力冲动,弗洛伊德会说这是俄狄浦斯情结。希腊神话里的俄狄浦斯是一个悲苦的形象,可是,宝贝是一个快乐的俄狄浦斯。

我在阳台上,他把阳台门关上,说:"到晚上也不开。"我说:"太冷了,我晚上怎么睡觉?"他微笑说:"好好睡一晚上吧。"一会儿,他说:"放人了。"把门打开,我正要高兴,他手一挥,说:"玻璃墙。"又用想象的玻璃墙把我阻隔在阳台上。

楼上在装修,传来震耳的电钻声。他立即宣称,他的一只手是高级电钻,另一只手是飞镖,头上和两肩上各有一支箭,一支能变二十支。接着,他用电钻钻我,用飞镖砸我,用箭刺我,一系列酷刑之后，一枪把我击毙。我说："我死了，现在可以放我了吧。"不，他宣布："复活。"然后，发明一种带枪的摄像头，继续折磨我。

他问："你还记得我这个武功高手的名字吗？"我说不记得，让他告诉我。他想了想，说："山明月。"我问："是从电视上看来的吗？"他说："不是，我自己想的。"责问我："你为什么说是从电视上看来的？"言毕，砰，朝我开了枪，把我最终解决。

在这之后，他跑去找啾啾，兴高采烈地报告："姐姐，我杀了你的爸爸。"

在三亚度假。海滩上，他穿一件小浴衣，两边的衣兜里分别插了一把小铲子和一把小耙子，背后的腰带上也插了一把小铲子，样子既神气又好笑。他问我："爸爸，你看我的武器多吗？"我说："多，是不是遇到坏蛋就拔出来用？"他说："是，你就是我遇到的坏蛋。"我问："我能当好人吗？"他答："不能，你化装了我还知道你是坏蛋。"

我求饶，他警告我："我只能放过你一次，明天就不能放过你。"我正要庆幸，他补上一句："现在就是明天。"砰，朝我开了枪，我大喊冤枉，倒在沙滩上。他立刻打电话："110，喂，警察局吗，有一个人装死。"真是恶人先告状。

叩叩

我俩玩,有一会儿,我们的脸凑得很近,四目相视,他的眼神是深情的、喜悦的。可是,突然,他仿佛醒过来了,做了一个姿势,发出狠话:"最厉害的武器,砰!"

我和红坐在沙发上,聊从前的事,说那时候还没有叩叩呢。他立即说:"我在妈妈的肚子里。"妈妈的肚子——几乎是所有幼儿的史前概念,对幼儿来说,那就是时间的开端。我问:"你为什么要出来?"他答:"要和你打架,把你打……"下面当然是那个不逊之词,他打住了,改口说:"把你从沙发上打下来。"

晚上,红让我陪他两分钟。我说:"我陪你一百分钟。"他往上说,一直说到陪他一万分钟。我说:"那时候你该上大学了。"他说:"你已经死了,埋在土里,只剩下骨头。"我说:"我可不愿意那样,我就见不到你了。"他说:"这是老天爷规定的。"这时隔壁的水管传来尖锐的声音。他说:"这是恶魔的爸爸在叫,老爷爷说别说这么可怕的事了。"

其实,宝贝是一个善良细心的孩子,可疼爸爸了。

我在工作室,准备收工了,红来电话,说马上有暴雨,让快回。一看,窗外真的是一片黑暗。正要动身,红又来电话,说叩叩不放心,一定要来接爸爸。她开车带他来接,途中已下雨,刚到家,转为暴雨。我说:"宝贝救了爸爸。"

晚饭后，我要去公园散步，他说："今天风大，你在院子里散步。"我表示不怕，出门了。风的确大，我就在院子里走了几圈。回到家，他在门口等我，红说他一直在担心。

家里来客人，客人走时，已是深夜。我收拾屋子，正洗一个玻璃杯，杯有裂痕，突然碎裂了，右手食指尖被割出一个深口子，直冒鲜血。红给我包扎，他坐在旁边的椅子上，合目默诵，神情认真，模样可爱。听妈妈说没有止住血，他安慰我说："一定要流够神规定的那么多的血。"接着说："我念了无数个阿弥陀佛，佛会保佑你的。"

红带他逛动物园，他恳求我也去，不要工作了，我快乐地答应，他喜出望外。我们在大象馆外停留。大象——显然是一家三口，都在馆外空地上，象爸爸在一处，象妈妈和象宝贝在另一处，其间有栏杆阻隔。象爸爸和象宝贝隔着栏杆亲昵，象爸爸把长鼻伸向象宝贝，象宝贝用自己的鼻子缠绕它，彼此玩了很久。我们一直观看，我耳边响起宝贝的声音："爸爸特别爱它的宝贝，宝贝也特别爱它的爸爸，就像我们一样。"我听了心里暖暖的。

我应邀去韩国，在家里准备行装。我走到哪个房间，他都跟随着我。那些天，他发明了一个特技：跳起来，四肢迅速撑住门框两侧，朝上攀爬，在高处定格。现在他就在每个房间的门框上

叩叩

表演给我看,定格时朝我甜甜地笑。我心里明白,他是用这个方式表达对我的依恋。

我在韩国时,他给我打电话,说:"爸爸,有一天我做了十个梦,每个梦里都是你。"当然,这是他的虚构,他以此告诉我,他对我的想念有多么强烈。

从韩国回来,到家后,我收拾东西,他围着我转。天气极闷热,我埋怨了一句,他问我:"你到哪个房间最多?我给你开空调。"我说:"在客厅最多,已经开了。"他又问:"哪个房间第二多?我也给你开。"不知从哪里找出一听啤酒,让我喝,叮嘱说:"小心盖子上有灰尘。"他想了想,拿着去厨房里冲洗了一下。他向我宣布:"世界最欢迎你的是我的小朋友,因为你最搞笑,会演睡眼怪,我们都叫你大睡眼怪。"他是在想方设法向我示好。

我说起同行者都觉得我年轻,他问:"爸爸你能活多少岁?"我说:"一百岁。"他说:"一万岁。"不过随后如此说:"妈妈能活一百万岁,姐姐能活两百万岁,我能活一亿岁。"我说:"这样吧,我们全家都活无数岁。"他欣然同意。

红感慨地说:"真想爸爸了,这些天也没看他怎么样嘛,他不说。"

情话连篇

红督促他吃饭,他不肯,说:"我生你气了。"一会儿,他主动和解,说:"妈妈,你以为我真生你气了?没有,我一辈子爱你,爱到一辈子用不完,生气了还用不完。"

和啾啾小时候一样,叩叩对妈妈也是情话连篇。

我们要外出一整天,怕他缠,红是偷偷出门的。担心他发现后会闹,但没有,他一直乖乖地跟着保姆。其实他是忍着,我们一到家,他搂着红的脖子说:"好想你,妈妈你为什么好长时间不回来?"红问:"哪儿想?"他答:"从南到北都想。"

红督促他吃饭,他不肯,说:"我生你气了。"一会儿,他主动和解,说:"妈妈,你以为我真生你气了?没有,我一辈子爱你,爱到一辈子用不完,生气了还用不完。"真会抒情。

情人节,啾啾向妈妈献花,他仿效,单腿跪下,献上一个陶瓷小狗。然后,拿出纸和笔,说:"我要记你的好玩的事。"他知道我记他的好玩的事,学我,但用在了妈妈身上。红问:"我有什么好玩的事?"他答:"你的事都是我喜欢的,你的事都是温

叩叩

柔事。"

他对妈妈说:"我想和你在同一天去世。"妈妈说:"那怎么行,妈妈老了去世的时候,你还没有老。"他说:"我想我十兆岁才去世。"妈妈说:"你想想那是什么样子,你十兆岁,我比十兆岁还多四十岁,两个老得不成样子的人。"他说:"你别说了,我听不下去了。"

红开玩笑,问他:"有人要用别墅和我换宝贝,我不换,又要用游轮换,我还不换,你知道为什么?"他说不知道,她说:"因为宝贝会拉臭,游轮会吗?"他大笑,扑进妈妈怀里。

红教训我:"你得对我好,不想一想,是谁给你生了两个可爱的孩子?"我说:"你说了不算,得有证明材料。"他喊道:"有!"立即找来一张纸片,画上一个妈妈和一颗爱心。我宣布:"证明有效。"

我俩装恐龙玩,红要抱他,我阻止。事后,我问他:"人能做恐龙的妈妈吗?"他答:"不能。"我说:"好,我们去告诉她,她不是你的妈妈。"他说:"不,这是我们俩的秘密,不能告诉她,我还要和她睡觉,这可是个麻烦事。"真是深谋远虑啊。

玩警官游戏,我指着红说:"发现了一个坏蛋。"他立即上前拉着这个坏蛋,做出亲热的样子,转过脸对我说:"她不是坏蛋。"我问:"你了解她吗?"他点头,说:"我每天都跟她睡觉。"

哈哈,原因在这里。我早就说过,感情是睡出来的。他自白:"妈妈,我最最最最喜欢的是妈妈皮和奶粉。"直到四岁,每天早晚,他在床上,看见妈妈拿来了冲好的奶粉,便像小狗一样欢叫,然后陶醉地偎着妈妈一边喝奶,一边摸妈妈的肚皮。

早晨,他醒了,手摸到枕头,说:"原来是枕头先生,我还以为是妈妈皮呢。"过了一会儿,他把手伸进妈妈的被窝,说:"原来这就是传说中的妈妈皮呀。"看见红在练瑜伽,他大喊:"不准做减肥操,你肚子已经够小的了!"谈他的理想:"我要是有一个胖妈妈就好了。"

红和他约定,满五岁后,他一天自己睡小床,一天和妈妈一起睡大床。第一天睡小床,早晨醒来,发现自己不在妈妈旁边,他扒在床沿上,眼泪汪汪。但是,他仍遵守约定。此后,睡小床的次日,一醒来,他就立即自己把被子搬到大床上,欢呼道:"今天晚上可以和妈妈睡了!"过了一些日子,他习惯自己睡小床了,红让他进她的被窝,他不肯,她说要再生一个小妹妹,让小妹妹进她的被窝。他反驳道:"小妹妹也会长大,你就要再生一个,那就没完啦。"

叩叩

在任何场合,他都护着妈妈。

餐桌上,红开玩笑,说换了家具要换老公,我说我也正好换老婆。他走到我背后,举起小拳头捶我。我补充:"换老婆,但不换儿子。"他仍捶我。我纠正:"老婆、儿子都不换了。"他放下拳头,笑着离开,临走时宣布:"谁都不许欺负我妈妈。"

我俩斗嘴,他说他一万是妈妈的,我说一万一千是我的,他说他一万一千一百是妈妈的,我说一万一千二百是我的,就这样报的数越来越大。他改变战术,用一句话表达了他的意思:"你不能比妈妈多!"红的旁白:找到了问题的关键。

我在厨房忙,他喊我,大声说:"爸爸,我和妈妈用一样的吸管,喝同一瓶水。"我探头看,母子俩坐在餐桌旁,果然如此。他对我挑衅地笑。我说:"真肉麻!"一会儿,他拉着妈妈的手去卧室了,自嘲说:"两个肉麻的人走了。"

红在厨房里洗碗,他大声问一件事,她没有听见,未理睬。我朝厨房喊:"宝贝问了好几遍了,你怎么不回答?"他走到我身边,做出拳打脚踢的样子,说:"我给妈妈报仇来了。"

红惹他生气了,他打了她一巴掌,仍觉得不解气。我喊道:"我来帮你打妈妈。"他立刻扑在妈妈怀里,朝我伸出小拳头。这一招屡试不爽,使他瞬间由妈妈的敌人变成了妈妈的卫士。

有时候，他也奚落妈妈。

手电筒没有电了，需要大电池，他马上要，我说商店关门了，工作室有，明天我拿回来。他问："爸爸你能记住吗？"我说能，他说："妈妈就记不住，早上说的晚上就忘了，晚上说的明天早上就忘了。"他说的是事实。

红在厨房里切腌鱼，很用力，声音很大。他说："妈妈，你切得这么响，我还以为是在切我呢。"

玩 iPad 游戏，他说："妈妈，你是不是很笨，只会玩一种低智商的游戏——水果连连看。"尽管如此，他很照顾妈妈的低智商，告诉她："妈妈，我对你好吧，三个 iPad 我都给你装上了水果连连看。"

他问红："你小时候也喜欢抱东西睡觉吗？"红答："是啊。"他接着问："你抱什么呢？"他知道妈妈小时候在农村，家里穷，没有毛绒玩具之类。红回答不出，他替她回答："你小时候是抱麦子吧。"

他最受不了妈妈对他凶。他不好好吃饭，红生气地训斥说："让我操尽了心，下辈子你当妈！"他伤心地说："妈妈，我一定不是你生的，你一定是从什么地方把我捡来的，要不你为什么这么待我？"红一看，他已泪流满面。

叩叩

他从小怕两件事,一是洗澡,二是睡觉。这两件事,妈妈是直接操作者或督促者。

怕洗澡,可能是因为出生在冬天,洗澡要脱衣、穿衣、防寒,最早的经验是不舒服的。这个天性快乐的小孩,一放进澡盆就放声大哭。因此,无论夏天多么热,红也常常只好趁他睡着时给他擦擦身。

为了诱使他洗澡,红常采用一个法子。她在浴缸里放了水,他照例不肯洗,在客厅里磨蹭。她就大声喊啾啾去洗,啾啾也大声响应。他一听,急忙朝卫生间跑,抢先进了浴缸。这是老花样了——挑动他的竞争心。他不肯吃饭或做别的事,红也会用这个法子。难道他真的认为姐姐会抢先去洗澡吗?有一回我就这样问他,他微笑不语。可见他心里是明白的,只是接受了一个游戏规则,给自己也给妈妈一个台阶下罢了。

这个法子也有不灵的时候。他已经四岁了,一天晚上,卧室卫生间的门紧关着,里面传出他的持久的号哭声。这是红在给他洗澡,太久没洗了,她说必须洗。"迫害"结束,他在床上玩贴画,眼中含着泪。我问:"刚才是谁欺负我的宝贝?"他摇头说没有。我问:"是谁给宝贝洗了一个舒服的澡?"他仍摇头。我问:"是谁给宝贝洗了一个不舒服的澡?"他再次摇头。无论多么委屈,他都不恨妈妈。

长久不洗澡，身上痒，他就挠。有一次，他这么挠着，突然笑起来，说："要是爸爸、妈妈、姐姐都不洗澡，我们全家一起挠痒痒，是不是有点儿可笑？"还算能反省。

他还不喜欢刷牙。晚上，他在床上，红让他去刷牙，他哼哼说："我累得起不来了。"然后下床，趴下，爬往卫生间，到了卫生间门口，说爬不动了，要妈妈抱他回床上。红评论：一个戏精。

他怕睡觉，实在是因为精力太充沛，贪玩，觉得睡觉是浪费生命。到该睡觉的时间了，他会宣布："我还有一百个力气。"或者叹息："一天过得真快。"

对于他不肯睡觉，红也有对付的法子。想哄他上床了，就威胁说："外星人要来了。"在他心目中，外星人是最厉害的。这一招很灵，他往往就跟妈妈上床了。他真的相信吗？有时候，他说："我觉得老天爷那里有许多按钮，到外星人时间按外星人，还有恶魔时间、吸血鬼时间。"后两个时间，他相信是做噩梦的时间。有时候，他又说："为什么我要有外星人时间呢？我不想有。"但是，他真的困了，会自己提醒妈妈："外星人时间到了吗？"所以，他实际上也是接受了一个游戏规则，借此可以既被动又主动地进入规定的情境之中。

相映成趣

看着叩叩懵懂地成长，看着啾啾毅然决然地去美国上学，我心想，他们会有他们的生活，我不能规划，不能参与，只能祝福。父母对于子女，除此之外还能怎样呢？

在公园里，红和啾啾手拉手走在叩叩前面，他看见了，说："不要拉手。"我们都笑了，以为他又是嫉妒，不让姐姐和妈妈亲热。接下来的事情却是，他走上前，站到中间，两只手各拉着妈妈和姐姐的手，快乐地继续前行。

这是一岁多的叩叩。事实上，三岁以前，我们经常看到的是他和姐姐争宠的情景。红在给啾啾剪脚趾甲，他看见了，吩咐说："妈妈，给姐姐剪疼一点儿。"红给他唱催眠歌："妈妈爱，叩乖乖，叩叩是妈妈的好乖乖……"他吩咐说："妈妈，给姐姐唱'啾啾是妈妈的坏乖乖'。"

他和妈妈睡大卧室，啾啾有时想加入，他不让。准备睡觉了，啾啾走进大卧室，他指着她说："这个宝贝不爱妈妈。"指着自己说："这个宝贝爱妈妈。"啾啾叫起来，表示抗议。他赶啾啾走，说："我一个人的妈妈。"啾啾说："我要变成叩叩，让叩叩变成啾啾。"他激烈地反对，说："我不想让姐姐变叩叩，我只要一个叩叩，我要让她就是啾啾！"啾啾大度地说："好吧，亲一个就走。"他得意地喊："上当啦！"

妈妈总是被他占着，啾啾很克制，但一有机会就要和妈妈亲热一下，他看见了就会喊叫。三岁以后，他显得比较有风度了。一天晚餐时，他看见啾啾依在妈妈怀里，便大声对她说："你喝汤呀，凉了！"然后大度地走开了。一次我俩玩游戏，啾啾趁机依在妈妈怀里，母女俩笑，看他的反应。他平静地说："我玩游戏就是给姐姐机会。"

不过，有反复。他已多次邀姐姐一起睡，可是，四岁时，有一晚，啾啾想在大卧室睡，他坚决不让，哭了。啾啾回自己的房间，也哭。他知道姐姐在哭，心中不安，让我去告诉她，他批准了。我转告啾啾，她轻轻一笑，说："还挺耍大牌。"

直到进了小学，他仍有争宠的意识。他问红："全家你最喜欢谁？"红答："男子组你第一，女子组姐姐第一。"他说："只能有一个第一。"红说："你最小，最需要照顾，就你第一吧。"他庆幸地说："我长大了还是全家最小，永远第一。"

争宠是欢乐生活中的小插曲，主旋律是姐弟情。

叩叩

因为一条漂亮的丝带被他弄坏，啾啾哭了。红让他摊开手心，打了三下。他抱着妈妈的腿，哭着说："对不起。"啾啾哭着说："宝贝，没关系。"姐弟俩都哭，他哭得特别伤心，几小时后眼睛仍是肿的。啾啾向我讲述此事，我分析："他是既内疚又委屈，为你的哭而内疚，为他自己并不知道是做了错事而委屈。"她同意。

他喜欢姐姐。啾啾放学回家，他总是围着她，姐姐长姐姐短的，兴致勃勃地说啊说，两人有说不完的话，屋子里洋溢着欢乐的声音。妈妈买了他爱吃的东西，嘱咐他放好，他说："我放在一个姐姐也知道的地方，姐姐想吃就可以吃。"他最怕洗澡，可是，某晚，卫生间里欢声笑语，原来是在他邀请下，姐弟俩在一个澡盆里同浴。

啾啾爱弟弟。

她给叩叩做了一张名片，除了别的内容外，在"爱好"下面写道："捣点儿小乱，画点儿小画，玩玩玩。"

叩叩在她屋里玩，桌上摊了许多东西，包括奖状之类。我对她说："你把最重要的东西收起来。"我的意思是，免得被叩叩弄坏弄丢。她开玩笑说："最重要的东西就是叩叩。"他立即质问："我怎么能收起来呢？"

叩叩在电脑上玩一个游戏,觉得难,不停地叹息,说如果姐姐帮忙就好了。她在做作业,我不让他去打扰。她自己来帮忙了,他可高兴了。她坐椅子,他站在她背后,话语不断。他说:"姐姐,你觉得我说话声音大,可怕吧。"她说:"不可怕,可爱死了。"

叩叩把她新买的mini iPad的屏幕摔裂了,她在手机上制作了三幅照片。一、mini iPad碎裂的屏幕;二、叩叩低头的照片,旁白:姐姐我错了;三、叩叩生气的照片,旁白:你还想怎么样?我夸她说:"你的iPad被摔坏,你的注意力没有放在物品上,而是放在你想象发生的故事上,这就是一种超脱的艺术眼光。"

啾啾喜欢揶揄弟弟。

鱼缸里养着一只白色异种蛙、一条金鱼。叩叩发现,那条金鱼死了,应该是久不换水所致。他用纸把死鱼包起来,贴上胶条,说要埋在土里。然后,他和阿姨一起给蛙换了水。在新的水里,蛙游个不停。他惊喜地说:"它真爱游啊。"啾啾嘲笑说:"就像你真爱玩,因为没有别的事可做。"

叩叩制作的所谓"毒药",有一瓶臭了。他宣布:"大家屏住呼吸,我去扔了它。"啾啾发表评论:"可怜,这是科学家必须承

叨叨

担的事。"

　　姐弟俩有趣的小场景。

　　他看姐姐情绪不高,问:"怎么啦?"啾啾答:"没事。"他问:"什么没事?"啾啾顿住了,想了想,说:"全都没事。"旁听姐弟俩的问答,我觉得特荒谬也特有水平。

　　啾啾向妈妈告状:"叨叨尿尿,要我给他扶小鸡鸡,我不会。"妈妈问:"他自己为什么不扶?"答:"他说他的手还要拿香蕉。"他的确准备吃香蕉,自己扶就必须洗手了。

　　啾啾说了一个段子。他给她编故事:"有个姐姐对弟弟特别不好,后来她弟弟死了。"他是在威胁和教育姐姐。

　　姐弟俩性格迥异,却相映成趣。

　　啾啾小时候安静,家里来了客人,无论客厅里多么热火朝天,她都始终呆在自己的屋子里。叨叨相反,家里来了客人,他比谁都高兴,总在客人面前晃来晃去。倘若客人走得晚,妈妈让他去睡觉,不一会儿,我们会发现,他站在走廊的墙边,探出半个身体,朝客人笑。

　　在海南度假时,海滩上,啾啾总是自己埋头玩沙、垒城堡、做蛋糕,或者自己站在海边嬉浪。叨叨话语不断,看见在旁默默玩的姐姐，突然问："姐姐为什么不爱说话？"啾啾答："都被你说完了。"

家里有两个可爱的孩子，生活充满了快乐。

早晨，叩叩醒了，我从门缝扔进一小一大两个毛绒玩具，然后，我自己也像被扔似的蹦了进去。他和妈妈大笑。原来，他俩正在议论说，第三个是爸爸自己，说中了。

啾啾评论说："爸爸不在家里，家里很安静。叩叩不在家里，家里也很安静。家里不能同时有两个男人，他俩好的时候，很闹，不好的时候，也很闹。"

在北京出席一个活动，主办人开车送我回家，途中我打电话给啾啾，让她拿一本《宝贝，宝贝》到院子门口，我要送给这位先生。车在院子门口刚停下，我看见姐弟俩出现在院内小道上，朝我走来。两人都穿着鲜艳的红色衣服，啾啾是裙子，叩叩是短衫，两人都无比可爱。那个瞬间，我心中洋溢着幸福之感。

在无锡出席一个活动，晚上，讲台上正举行圆桌对话，突然，全场一千多听众以及另两位嘉宾都望着我笑。我回头看，大屏幕上是啾啾和叩叩的视频，在向我祝贺父亲节。原来这天是父亲节，主办方真是别出心裁，两个孩子真是光彩照人，给了我意外的惊喜和感动。

叩叩

一家人开车外出,车里经常的情景是姐弟俩一路高歌。有时是两人合唱,往往是唱车上音响播的某一支英文歌,啾啾绝对是专业水平,而讨厌英语课的叩叩竟然也能唱下来。有时是两人对唱,唱得最多的是《因为爱情》。啾啾唱得极好,音色、情调酷似王菲,叩叩并不比陈奕迅逊色,声音阳刚而明亮。他还经常自己独唱这整支歌,女声部演绎得非常好。一次去郊区别墅,他在车上唱,同去的一个朋友听了大惊,说他这么有天赋,应该让他学唱歌,要不浪费了。我家照料他的阿姨立即说,他的天赋太多,不知道哪个不该浪费。

看着姐弟俩的可爱模样,我心想:没有他们的时候,无法想象有他们的情形,现在有了他们,也无法想象没有他们的情形。可见人的思想是受生活现实支配的。

在这个世界上,最让我牵挂的是这一双儿女。但是,我只能当下牵挂,对于他们的未来,我无法预知。鉴于我的年龄,也可断定将看不到他们的大部分未来。这真是无可奈何之事,只好如此。看着叩叩懵懂地成长,看着啾啾毅然决然地去美国上学,我心想,他们会有他们的生活,我不能规划,不能参与,只能祝福。父母对于子女,除此之外还能怎样呢?

第七章

他的理想是成为很有名的画家，开十个画廊

叩叩语录

我画画好，将来要做画家，可是我爬树也好，是个爬树家，怎么办？

妈妈，你老了，可以免费看我的画展。

我积累了不同种类的笑容，画画时会用上。比如那幅解构达·芬奇的画，我画她的眼睛，画了第一笔，就知道要用这一种笑容。

灵魂把生命当儿戏，地球在宇宙里是微不足道的，人类更是。

上帝是灵魂作家，我们一辈子做的每件事，说的每句话，它都已经写好。

使命在暗处，不容易发现，多数人浪费掉了。

叩叩的梦

他有些沮丧，自嘲说："我们把梦锁上了，可惜丢了钥匙。"我安慰他说："宝贝这句话很精彩，也许比那个梦更精彩呢。"

　　叩叩说梦，比啾啾小时候少。我发现，他有时候说梦，其实是在编故事。他给我们讲故事，往往是在说想象的情景，和梦差不多。那么，我就把二者放在一起。

　　他讲故事："有个坏蛋打小宝贝，一个大侠把坏蛋吃了，妈妈把小宝贝抱回家了，给他过生日。"很完整。

　　他讲故事："有一个人，名字叫破，他的衣服是破的，上面有很多小星星。"很童话。

　　他拿着一本书，说是他写的，然后给我讲书里的故事："以前有个小宝宝死掉了，病人车（救护车）把他接到医院里，后来他慢慢好了，他妈妈就把他接回家了。"讲完后，他说："再给你讲一个不可怕的故事。"这个故事是："以前有个小宝宝没死掉，后来他妈妈给他讲故事、喝（喂）奶。"很幼稚。

叩叩

他一边在纸上画,一边解释:"飞机扔炸弹,扔好多炸弹,一个人跳伞了,病人车快来救他,炸弹把病人车的司机炸死了。"啾啾在旁边笑着评论:这个故事很奇怪,驾驶员跳伞,他的飞机把来救他的人炸死了。

他告诉我:"我做了一个梦,大河走路,它一下子站起来了。"多么奇特的梦。

早晨醒来,他说他的梦:"小床走路,从窗户走出去,是歪着下去的。"红不停地问后来怎么了,他说:"它挖了一个洞,打虫子,还打蚂蚁。"我估计后面的情节是被迫现编的。

他说:"妈妈,给你讲一个可怕的梦。有一天我梦见一个鬼魂,我坐在它头上,把它爆炸了。它死了,我没死。然后我自己回宾馆,吃一个枣,那时候我自己住。然后我变成一个小鸟,飞到我们家。"他看一眼桌子,桌上有香蕉和橘子,他接着说:"吃香蕉皮和橘子皮。"显然他是边说边编的。可是,我问他,他说是真的做梦。

他讲故事:"有个小孩只有一个眼睛,分成两个了,一个睡觉,一个玩。他有两个爸爸、两个妈妈、两个姐姐。"睡觉不妨碍玩是他的理想,爸爸、妈妈、姐姐是他最亲的人,就拷贝一份。

他说梦:"电话在开会,好多电话一起响,声音不一样,颜色也不一样。后来电话都去上学了,坐大巴去,那是电话学院。"我们纠正,说应该是电话幼儿园,或电话小学。他都否认,坚持说是电话学院。红问他:"上学时做什么?"他说:"每个电话发一颗糖。"问:"还有呢?"答:"发一个鸡翅。"问:"还有呢?"答:"没有了。"他叮嘱她:"不要告诉别人。"

我带他在公园里,他说起他的梦:"我梦见我有——让我数一数——有六条腿,走得特别快。"这时他看见路旁的两棵大树,接着说:"我跳过了两棵大树,把一个屋顶捅破了,掉在了卫生间里。——搞笑吧?"我叹道:"太搞笑了。"这时我们正路过公园的一间公厕,我怀疑他是见景即兴编造的,但是问他,他强调是真正做的梦。

他说梦:"在飞机上,突然出现一个椅子,上面有眼睛、眉毛,还有屁股。地上有一个人走路,没有眼睛、眉毛,也没有屁股。"这个梦应该也是编的,但编得有水平,很魔幻,而且简单而奇特。

他说梦:"草地上,在变魔术,一个花瓶,放进花朵,变出壶,放进一万零八百个花朵,变出一万零八百个壶。"我逗他说:"我也做了一个梦,把壶放进花瓶,变出花朵。你看,我们的梦是通的,你梦里的花朵到我的梦里来了,我梦里的壶到你的梦里

叩叩

去了。"

红说梦见了大水。他问："我在哪儿呢？"红说："没看见。"他说："我看见了，就在那个岛上。"接着解释："我也梦见大水了。"

我在工作室，他来电话，特意要把他昨晚做的一个梦告诉我。梦很老一套，他讲述："我们都睡着了，有人敲门，你去开门，是外星人，把你抓走了。妈妈去看，他们又抓走了妈妈。我去把外星人的飞船打坏了，把外星人都打死了。"我说："谢谢宝贝救了爸爸妈妈，我把这个梦记下来。"他"嗯"了一声，问："你去讲课，讲这个梦吗？"真小儿科，但我仍然喊道："当然呀！"

我拿香蕉皮喂兔子。他议论说："动物肚子里有一种寄生菌，要不怎么能吃香蕉皮，吃坏了的东西呢？"我问："你怎么知道的？"他答："在妈妈肚子里知道的。我在妈妈肚子里打电脑，现在妈妈肚子里还留着我的小电脑。"又在编梦了。

半夜，红给他把尿，去厕所和回来的过程中，他用快乐的嗓音断断续续地说："刚才还做梦呢，一把尿就断了……我的梦是一根面条，那么长……刚睡觉十分钟就开始做了，一直做到现在，然后面条就断了。"回到床上，立刻睡着了。

他给妈妈讲梦。他说："小米粒睁开眼睛跟我说话了，还写了一封信给我。"红问："写了什么？"他回答："可是它的信这么小，上面写的字都看不清。"但立刻纠正说，写了三个字，就是大、小、中。这是他会写的字。他接着叙述："我写了一封信，它看到了，没那么小的纸，大点儿的纸更好，它可以把眼睛睁得这么大。"红问："你写了什么？"他回答："我给它画了一个画，是小猫钓鱼。"讲完了，他补充说："小米粒住在一个尖楼上，那样它就不会发芽了。"

在工作室，用一条布艺大蟒蛇做道具，我俩玩想象力的游戏。大蛇生了十条小蛇，我想把小蛇借回家养。他宣布："蛇消失了，它们穿越去了蛇国，人到不了。"我表示伤心，他变出一个洞，我可以进入去蛇国。在蛇国，我想家了，他说："人国一污染就回不去了。"然后用"穿越望远镜"看，告诉我："人国发生混乱，是坏人造成的。"简直是对现实的讽刺寓言。

红说自己做的梦，有一个奇特的情节：一个老头驾一辆大马车，车上的设备是一些大锅，又蒸又煮，产品是新电影片，可供观赏。她说完，叩叩也说自己做的一个梦，梦中是巨大的草原，有一座三百层的高楼，我们家住在顶层。红说她想去他的梦里，他回答："你已经在梦里了，我每次都是梦见全家，连阿姨也梦

叩叩

进去了。"

他说梦:"屋子里有三张床,我们一家四人睡着。门突然掉下来了,有一个机关,爸爸一踩,门复原了。又掉下来,妈妈一踩,她自己被吸进去了。那是外星人的飞船,妈妈被带走了。"我问:"后来呢?"他说:"我醒了,是吓醒的。"

(他对这个梦印象深刻,后来多次说起。较近的版本是:"我们在家里,来了一个外星人,带一个大箱子,盖子自动打开。我、爸爸、姐姐先后到门口,跳到盖子上,我们都安全地过去了。妈妈跳到盖子上,盖子合拢,把她关在箱子里,外星人把她带走了。"据他说,妈妈被带走之后,他有了第三者的视角,看见妈妈在牢房里,牢房里还有一个女子,轮廓像妈妈,但不是,用手背撑着下巴,在沉思。)

他描述他的狗窝,门特小,我进不了,但里面很大,有三百平方公里,还有花园,朋友们在花园里聊天。我大呼小叫,表示羡慕死了。

他手上扎了一根小刺,非常小,几乎看不见,拔出来,命名为小扎,拿在手里当宝贝。给它编故事:"它说它想去草原,它绑了五个气球,飞到了珠穆朗玛峰顶上,自己跳下来了。"后来小刺丢了,他几乎流泪。

我俩玩游戏,他说:"爸爸,你有三百个中王,我把其中五十个变成黄金人了。"我问:"那他们还能活吗?"他答:"你要到珠穆朗玛峰的一个洞,打败里面的一个怪物,拿到一种药。"我很惊讶,这不是民间故事的典型情节吗?问他是不是从动画片里看来的,他说不是,是他自己想的。红替他作证。

他做了一个有趣的梦,告诉了红,她向我说起,我让她讲梦的内容,她忘了。他自己也忘了,使劲回忆,又督促妈妈回忆,但都想不起了。他有些沮丧,自嘲说:"我们把梦锁上了,可惜丢了钥匙。"我安慰他说:"宝贝这句话很精彩,也许比那个梦更精彩呢。"

我问他:"你有没有这个情况,做噩梦,知道是梦,就醒了。"他说没有,然后讲他的一个梦:"在一条走廊里,外星人追我,把我抓住了。我说,我去找我的弟弟,找到了一起跟你们走。他们同意,我就逃走了。其实我知道,我没有弟弟。"我夸他在梦里急中生智,比我逃到梦外更胜一筹。

他说梦:"有一个人在地上爬,嘴里含着巧克力。一个员工给他五角钱,让他唱歌,然后又给五角,再让他唱。员工决定把他带回家,那个人爬进汽车里。在家里,员工仍给钱,让他唱歌。老板知道了,把员工开除,划掉了名字。"情境平常而荒诞,有卡夫卡之风。

叩叩

他给我讲一个笑话。一个人买了一件衣服，回家后发现上面有一个大洞。他去找售货员要求退，破口大骂。售货员让他出示发票，看了后说，你看一看，你是在隔壁店里买的。这个人一听，生气地喊道："我骂了这半天白骂啦？"我听了大笑，说结尾真精彩，问他在哪里听来的。他正色道："什么听来的？我自己编的！"我惊奇，表示要记下来，他阻止，说："我自己写。"我给他找来一个新的厚本子，他写了起来。我悄悄看，标题竟是《自编笑话大全》。有不会写的字，他就问我，很快写完了，大约一百来字。我告诉他，你这是在写作，现在你也是一个作家了。可惜此后没有再写，我保存着这个本子，《自编笑话大全》标题下只有这一个作品。

他说做了一夜梦，能回忆起来的是："我带小狗黑米在院子里溜，黑米和狗链都不见了。我进各个门洞寻找，有一个门洞的电梯显示有'-2'，我觉得奇怪，因为我们小区的地库只有'-1'。我就下到那里，看见许多大玻璃桶，里面都装满塑料包装的小饼。我找到了一个黑褐色的小饼，知道就是黑米，把它拿回家了。"

一个奇特的梦："雪山的半腰上，我建了一个万能咖啡馆。员工是一株带着枝杈的干枯的树干。客人形状各异，其中之一是一块长了两只眼睛和两只手的冰。突然，山不见了，万能咖啡馆在森林里了。我用望远镜看外星人，看见外星人在和树干打仗，树干爆炸，长出许多手。又看见天空有云，戴上眼镜，发现我是在水里。"

　　回忆以前，他经常做同样的梦。其一，过池塘，必定身体一歪，摔进去淹死。其二，高层楼房，花栏是我家后院那样的，从那里过，吃一粒花籽，被毒死了。他说，现在不做同样的梦了，做也不怕了，因为知道是梦。

圣诞老人

我的感觉是，对于这出合谋的戏剧，他始终心照不宣，心甘情愿地配合。因为入戏很深，他常常也就忘记这是戏了。

一家人在吃晚饭，叩叩坐在餐桌旁，突然欢喊起来："叩叩要过圣诞节啦！"欢喊了好多遍，然后爬下椅子，在屋子里边跑边这么欢喊。他跑到我身边，拍一下我的肩，亲切地说："老爸要过圣诞节了。"他在屋子里狂奔，嘴里一直喊着："叩叩要过圣诞节啦！宝宝（玩具娃娃）要过圣诞节啦！"我问他："过圣诞节怎么好，这样高兴？"他就地转了一个圈，说："转圈也高兴。"接着告诉我："刚才史诺比过圣诞节了。"原来如此，他在动画片《史诺比》中看到了这个情节。另一个原因是，这些天啾啾一直在装点圣诞树，谈论圣诞礼物。

他的生日在一月初，再过几天就两周岁了，按照实足年龄叙述，这是他一岁的圣诞节。他为要过圣诞节兴奋，却没有想到给自己要圣诞礼物。啾啾惦记圣诞礼物，他跟随我们去商场给姐姐买,顺便给自己买了一个小玩具,但不认为那是圣诞礼物。

两岁的圣诞节前夕,红说:"快过圣诞节了。"他问:"是我过吗?"红说:"你过,姐姐过,爸爸妈妈也和你们一起过。"问他:"你想要什么礼物?告诉圣诞老人,圣诞老人会给你的。"他回答:"我不告诉你。"看见我,加上一句:"我也不告诉爸爸。"我说:"对,这是秘密,只能告诉圣诞老人。"红问:"你给妈妈什么礼物呀?"他答:"可是我不会变成圣诞老人。"

三岁的圣诞节,他戴一顶圣诞老人的帽子,自称圣诞宝贝,封我们为圣诞妈妈、圣诞爸爸、圣诞姐姐。他向圣诞老人许的愿是要一本海盗迷宫书,我在书店没有找到,给他买了许多别样的迷宫书。他在圣诞树下发现了这礼物,很高兴,立刻玩了起来。他夸自己酷,可是,看了几个迷宫,都不会,他叹道:"圣诞老人送的迷宫太难了!"

四岁的圣诞节,围绕圣诞老人演绎的人间喜剧真正开场了。

这一年,他许愿要的是一包不同种类的糖果。趁他不注意,我把临时拼凑的一包糖果、一盒巧克力、一袋山楂饼装在一个篮子里,放在圣诞树下。然后,我突然熄灯,说:"我听见一个声音,圣诞老人可能来过了。"他到圣诞树旁看,做大喜状,吃巧克力、山楂饼,还分给我们吃。

叩叩

过一会儿,他用压低的变声说:"圣诞老人又来了。"指着圣诞树上挂的一个小球说:"你看圣诞老人在这上面贴了好多小贴画。"我说:"是你贴的吧。"他说:"不是,我的贴画一个没少。"红的旁白:"现在不知道是谁忽悠谁了。"

他继续表演,举起玩具魔棍,一端弯成了钩,说:"圣诞老人竟然给我送一个挂衣钩,老了还可以当拐杖。"接着,他把魔棍弯成另一个形状,说:"圣诞老人又来了一次,把魔棍变这样了。"他不断地拿圣诞老人做文章,一会儿说:"圣诞老人怎么把圣诞帽挪地方了。"一会儿说:"圣诞老人会不会来帮我玩大战僵尸呀。"

圣诞礼物都已取出,我悄悄把篮子收走。他问:"圣诞老人的篮子哪里去了?"我说:"圣诞老人还要给别人送礼物,应该是他拿走了。"他说:"我还以为你拿走了呢。"接着说:"我想去天上,去把圣诞老人的糖果都拿走,但圣诞老人的糖果是拿不完的,除非住在天上。"然后查看那包糖果,无情地指出:"里面还有我在幼儿园里得的虾糖!"

我本以为他是半真半假,可是,事情到此地步,他应该是完全看穿圣诞礼物的真相了吧。我正这么想,他剥了一粒椰子糖,塞进嘴里,说:"这才是过圣诞节。"

目睹他的表演,啾啾叹道:"我的天,太复杂了!"

五岁的圣诞节，他想要好吃的点心。附近有一家味多美，我在那里买了一盒他特别爱吃的豆沙卷，放在圣诞树下。晚上，他从圣诞树下拿到，吃得很开心，笑着说："味多美可能是圣诞老人的专卖店。"

六岁的圣诞节，他许愿要在澳洲吃过的一种比萨糖。这给我们出了难题，上网查，居然有，买了两大袋，但不是澳洲产的，很便宜，显然是垃圾食品。顾不了这么多，让宝贝高兴一下再说，他未必会多吃。晚上，他在圣诞树下拿到比萨糖，发出欢呼。他要送一些给他的好朋友辰辰，我陪他去。返回的路上，我问他，辰辰要什么圣诞礼物，他说要的是一套数学书和一个足球。他和辰辰在同一所小学上一年级，他告诉我，辰辰功课很好，数学特别棒。他的口气是赞美的，但没有任何自惭的意思。回到家，我对红说起这段谈话，他补充说："我还想让圣诞老人给我一百分的卷子呢。"我和红都笑了。我们的宝贝，真是天真未凿啊。

从七岁开始，每年的圣诞节，叩叩几乎都给圣诞老人写信，一直到十一岁。这是他上小学二至六年级的时段，他语文成绩不好，讨厌写作文，可是，这些自发写的信写得真好。开始时，许多字不会写，他就用拼音代替，即使后来，也会有错别字。我在

叩叩

后文抄录这些信时，为了阅读方便，就把拼音改成汉字，订正了错别字，其余皆保持原貌。

我在这里要请叩叩原谅，每次的信，他都是不准我们看的，相信或者似乎相信圣诞老人会把信取走。现在我要告诉他，实际上是我把它们珍藏了起来。我相信，如果真有圣诞老人，仁慈的圣诞老人也一定会赞许我这样做，不会同意让这么珍贵的印记消失的。

对于是否真有圣诞老人，孩子们往往有从坚信不疑到将信将疑再到完全不信这样一个过程。叩叩比较特别，他很早就抱一种似信非信的态度，可是，后来写这些信的时候，他却又非常认真，对圣诞老人一片信任，敞开胸怀。我的感觉是，对于这出合谋的戏剧，他始终心照不宣，心甘情愿地配合。因为入戏很深，他常常也就忘记这是戏了。

七岁的圣诞节快到了，他惦着买贺卡，我带他去一家文具店，他选购了一些。回到家里，他立即挑出最贵的那个贺卡，认真做一件事。在这之前，他剪裁了一张绿色的纸，在上面给圣诞老人写了一封信，现在他把这封信抄在贺卡上，装入信封，插在圣诞树上。我这才明白，他之所以急于买贺卡，是要让这封给圣诞老人的信庄重而有品味，增加节日的气氛。

信的全文如下——

圣诞老人您好！我是叩叩。谢谢您上一年的礼物。虽然我今年真正的愿望是一只小精灵，可是我知道您不能完成我这个愿望。不过我有个您可以送我的礼物，是一条哈利·波特的领带和一件哈利·波特的内衣。
谢谢！

语言流畅，字迹挺拔。实在太可爱了。

平安夜，我们外出用晚餐。去餐馆前，他在圣诞树下的纸袋里发现了哈利·波特的衬衣，发出惊喜的叫声。遗憾的是，红没有买到小领带。从餐馆回，他直奔那个纸袋，我已偷偷把家里一条新的大领带放在纸袋里，他拿到了，照例是惊喜欢喊。纸袋里还放了两盒他喜欢的那种巧克力，他赞叹："圣诞老人还知道我喜欢这个品牌！"

红正在屋里翻寻羚羊清肺药丸，他立即向圣诞老人许愿，为妈妈要这个药，然后说："妈妈，一会儿纸袋里有羚羊清肺丸，你可别奇怪。"好在红自己找到了，没有难为圣诞老人。

这个二年级小学生仍是一派天真。晚上，他站在床上，没来由地大笑，然后问自己："为什么没有人说我是中国最幸福的孩

叩叩

子呢?"

八岁的圣诞节,他没有写信,这是五年里唯一的一次空缺。不过,家里最盼望圣诞节的是他,早早就让妈妈订购了圣诞树,把写了心愿的小卡片挂在树上,让我们每人也照办。他的心愿是要一件隐身衣,如果不能,就要一件国王的衣裳。

平安夜,他非常激动。他在琢磨圣诞老人是怎么把礼物送到每户人家的,结论是用魔法,只要一指,就能接收心愿卡,送来礼物,他强调说:"否则早就露馅了。"晚饭后,他禁止我们到客厅,怕圣诞老人会因此不送来礼物。其实最按捺不住的是他自己,一再偷偷去看。终于看到了,圣诞树下有一个大纸袋,取出里面的东西,是一件漂亮的西式小大衣。我和红惊呼:"是王子的衣裳!"给他穿上,神气极了,他穿西装太有气质了。我们也都得到了衣服,是红当天在新世界商场买的。从那些纸袋里掉出了一串发票,他大笑,说:"难道还要我们付钱吗?"

第二天早晨,他在床上问:"今天会不会还有礼物?"我赶紧找了两个新钱包,各装一张一百元新币,放到圣诞树下。他起床后看见了,大喜,评论说:"圣诞老人变幽默了,还送钱,昨天还给我们寄账单。"接着提出疑问:"为什么他不收走心愿卡?"

九岁的圣诞节,他早就在谈论礼物,但想不好到底要什么。平安夜,红以圣诞老人的名义给他写了一封信,加一盒巧克力,放在圣诞树下。他看信,发现是一张便笺,把上面印的上海某酒店的字读了出来。尽管如此,他还是回了信,是几张大小不一的纸,用不干胶粘在一起。两张大纸是主要的信。

　　第一封有标题《COCO给圣诞老人的道歉信》,文字为:

　　对不起,圣诞老人!我不应该不给您写信的,我看到了您给我的巧克力,谢谢。我的信您有可能不看了,可是,明年我一定会给世上第一好的圣诞老人写信的。圣诞老人,我爱你[①]!

第二封的文字为:

　　1. 我想要一克高锰酸钾,如果有的话,我可以有一点儿。2. 我想让妈妈做的爸爸的公众号微信平台2017年过150万粉丝。其他的由您说了算!谢谢您的(图:礼物)!

[①] 按照规范统一原则,这里应为"您"。为保持信件原貌,不做更改。

叩叩

两张小纸，分别写：

对不起，我信写晚了。
圣诞老人是什么颜色？长什么样？我好奇！

他把信插在圣诞树上，就去卧室了。我去找他，推开门，看见他俯躺在小床上，头埋在枕下。我问："你在干什么？"他答："在想问题。"我问："在想什么？"他答："胡思乱想。"我说："我们可以讨论一下你想的事。"他说："我不和你讨论。"继续按原来的姿势躺着。

我离开，回客厅，偷看了他的信，知道了原委。我找到一个别致的盒书《小盒子里的爸爸》，用圣诞老人的口吻给他写信，放在里面，内容为：这本小书送给你，我很喜欢，希望你也喜欢；天上没有高锰酸钾，我给不了，很抱歉；但我答应你，会把你妈妈做的公众号粉丝涨到150万。第二天早晨，红找到一板高锰酸钾片剂。我赶紧补写一封信，告诉他，在地球上另一个小朋友那里看见高锰酸钾，要了一板给他。

起床后，他在圣诞树下发现了礼物和信，显得十分高兴。他从那个盒书里抽出一册朗读，让我也看一册，说："圣诞老人说自己喜欢，说明一定看过了，自己喜欢才送人。"他向妈妈报喜，祝贺粉丝会涨到 150 万。他发表议论，说圣诞老人汉字写得不太好。他对天上没有高锰酸钾表示理解，把那板片剂从药盒中抽出，发现空缺几片，他也表示理解，当然是那个小朋友用掉了。他向我强调，真正的圣诞老人是别人看不见的，画片上常见的那个形象不能算是圣诞老人。在他的这些谈论中，我没有看到他有任何怀疑的迹象，但仍感觉到他不是真正相信，只是在有意无意地配合演戏。

十岁的圣诞节，他仍想不好要什么礼物。啾啾给他买了一张苹果手机二百元的充值卡，他在圣诞树下拿到这张卡，对妈妈说："圣诞老人真搞笑，送我一张苹果手机的充值卡，可我的手机是华为手机。"

事后发现，他写了一封给圣诞老人的信，全文如下——

圣诞老人，您好！我们已经相处了很多年，所以我在此向您表示感谢！

每年的圣诞节我都得到了很多礼物，所以今年像往年一样也想得到一点儿礼物。因为我现在一时想不出要什么礼物，我就要游戏里的一点儿石，但这不是实体，所以我要一盒巧克力，谢谢！

叩叩

十一岁的圣诞节,叩叩的信《致圣诞老人》——

圣诞老人,您好!谢谢您在这么多年的关照!

我听我姐姐说,一过十二岁我不会再得到圣诞礼物了,是这样吗?真希望还能过。

还有,我想问您一个问题:上个圣诞节您给过我一张苹果充值卡,但好像没有购买记录,是您偷的吗?

这次,我想要一种好吃的,一个叫你吃了不能停的山药酥,不知是否可以?

写得真好,还顺便幽默了一下。他得到了想要的食品。他问我们:"听说父母就是圣诞老人,是这样吗?"秘密揭穿了,在这之后,圣诞老人没有再来我们家。

画蜗牛

布是桌子的梳子，
水是衣服的梳子，
手是钢琴的梳子，
风是树的梳子。

叩叩一两岁的时候，看见我写字，就说我在画蜗牛。我在一个句子的末尾点了一个句号，他看见了，惊喜地喊道："这么小的小蜗牛！"他模仿我，用笔在稿纸上涂，涂得很认真，每个方格里涂一团密集的线条，为自己画了许多蜗牛而欢呼。他是用签字笔涂的，有一回不小心涂到了手上，他看着手上的墨迹批评道："蜗牛淘气。"

在我们的院子里，经常可以看见蜗牛。他喜欢蜗牛，每见必惊喜，有时捉几只玩，然后放生。他把蜗牛与写字绘画联系起来，也许是表达了他最初对写字绘画的同样惊喜的心情吧，在他看来，写出的字、画出的画也是活的。在整个儿童期，他都喜欢绘画，我就把他绘画统称为画蜗牛。

他一两岁就喜欢绘画，基本上是涂一些只有他自己看得懂的

叩叩

线条，代表他想象中的事物。他在纸上边涂边解说，他画的是蚂蚱、蜗牛、狗等，我为他助兴，就说他还画了搅拌车、大货车、滑梯等。他一律认可，兴高采烈地顺着往下编故事：蚂蚱滑梯，狗狗开搅拌车，蜗牛睡觉……他当真相信，他画出了他心里想的东西。他给我画自行车，在纸上涂了几笔，欢呼道："爸爸有自行车了！"他画酒，让我喝，我喝得如痴如醉。

有一回，他在纸上涂画，边画边解说：樱桃、大乌鸦、火。画的火令我吃惊，是燃烧的线条。笔迹越出了纸的边缘，在下面一张纸上涂了一小截线条，解释说："这里溅到了一点点。"这个"溅"字传神。

上幼儿园之后，他正式绘画了。幼儿园有绘画课，我见过那位女老师一面，很会教，鼓励孩子的想象力。她告诉我，叩叩的画是班上最好的。

四岁时，一天回到家，他拿给我看他的作品，是一幅群猫图，姿态表情各异，都非常生动，是他绘画水平的一个飞跃。我立即把画装进了镜框，挂在墙上。

在家里他也经常画，是即兴的硬笔画，随心所欲，想到什么画什么。一天傍晚，他在餐桌旁埋头绘画，画了两幅街景：楼房、花园、红绿灯、路灯、汽车。汽车是我家的，他不会写字，让我替他写上我家的车牌号。我去小屋躺着看报,他仍在画,画两只小猫钓鱼,听见我翻报纸的声音,加上了一只看报小猫。他画的小猫极可爱,我赞不绝口。他说:"我决定要比姐姐画得好。"然后气势十足地命令道:"来人,拿纸来!"我应道:"是,老爷。"他纠正:"应该是大王。"

他画了一幅又一幅,我都放在一个大抽屉里,他大言不惭地说:"我以后当画家,画多得没地方放了。"我说:"我给宝贝建一个画的仓库。"他概括说:"画仓。"

五岁那年,中央美术学院美术馆举办儿童画展,他的一幅画被选上参展,颁发了证书。这是用稚拙的粗线条画的一只猫头鹰,近乎抽象画,但栩栩如生,憨态可掬。现在看,即使算上他后来的全部作品,它仍然是最好的作品之一。我们带他去美术馆参观,看见自己的画展出,他很高兴,问妈妈:"为什么大家都喜欢这张画?"但他不怎么看展出的画,一直在馆里到处跑。

这幅画是在幼儿园里画的。幼儿园的老师都知道他绘画好,有一回,他画了一张画,另一个班的老师看见了,很喜欢,拿走了。他向红报告了这件事。红说:"你再画一张。"他说:"我画不了那样的了。"接着说:"我只能画一张更好的。"我们终归舍不得,红给那个老师送几本我的书,把那幅画换了回来。一个朋友听说此事，开玩笑说："还是得有一个伟大的爸爸。"我补充说："以及一个狡猾的妈妈。"

他在绘画上越来越自信了。带他看一个画展，红赞不绝口，他露出不以为然的神情，说："我给你画一个不就得了吧。"回到家里，仿照那个画家的抽象风格，他真的画了一幅很棒的画。客人来家里，经常看见的情景是，他坐在大茶几前绘画，头也不抬，客人说他耍大牌。

五岁这一年，他画了许多硬笔画，笔法轻松流畅，画的多是想象中的事物，各种特征夸张的人，奇异的怪兽，等等。他还用画写了一首诗，题为《梳子》，边画边吟诵："布是桌子的梳子，水是衣服的梳子，手是钢琴的梳子，风是树的梳子。"他在墙上画线条，红阻止，说："妈妈给你买很好的纸，很好的笔。"他补充："还要买很好的墙壁。"

现在他相信自己将来一定是一个成功的大画家了。他对妈妈的一个同事说："我长大了买个房子，在所有的墙上画上画，然后再买个房子。"对我说："我以后是很有名的画家，要开十个画廊，还让人给我建没有隔断的长房子，墙上全画上画。"他慷慨地答应妈妈："你老了，可以免费看我的画展。"亲切地吩咐我："以后你写书需要插画，跟我说就行了。"

满六岁时，是幼儿园最后一个学期。连续几天，他在幼儿园里画一幅水彩画。老师在大班选了两个孩子，他是其中之一，作品要参加全国比赛。他感冒了，有点儿发烧，劝他在家休息一天，没想到他一反不爱去幼儿园的常态，坚决要去。画快完成了，只剩下涂色，这天他早早地醒来，催妈妈送他去。他叹道："今天要涂三件衣服、五条裤子、十只鞋子的颜色！"我问为什么是三件衣服，他说那两件已经涂了。傍晚红去接他，画已完成，画的是五个跑步的人，红照了相，画得真好。老师告诉红，完全是他自己确定题材和完成画作的，最难得的是人物的身体是一笔画成的，叹息他太有天赋，和别的孩子不一样，应该好好培养。这出乎我的意料，我原先以为是老师给了提示甚至画了参照图的。这幅画的色彩感觉也非常好，我夸他，他自豪地说："是独一无二的！"想了想，纠正说："什么画都是独一无二的，再画就不一样。"我赞同，认为他说出了一个哲理。他参加的是全国"飞天杯"儿童画比赛，获得了银奖。

他在绘画课上佳作不断，吸满了阳光的向日葵，萌态十足的幼狮，诸如此类。老师对他说："等你像爸爸这么大的时候，再看这些画就会想，我小时候画得多好啊。"他想了想爸爸的年龄，回答说："可是像爸爸这么大要过多少年啊！"

画家杨珺邀我们去他的画室，那里环境极好，临湖，湖边芦

叩叩

苇，湖上莲叶，湖中游鱼。他给叩叩宣纸和笔墨，叩叩便站在大画桌旁挥毫，一会儿就画了两幅很棒的墨笔画，众多稚拙的小人儿，布局完整，有装饰风格。杨珺把它们粘在磁板上，走时我取下带走，他似乎有些遗憾，再粘上拍照，说他本来想拿他的画换的。他擅长水墨画，画的人物很特别。可是，我的想法是，叩叩的画对于我们是更宝贵的，而我们也不该轻易拿走他的画。

夏天，自驾游去内蒙古。离家前，他整理小书包，放进绘画用的笔和本子，说："我就怕农村的人把我的画都买光。"到达后，东道主招待我们吃饭，他不吃，拿出本子绘画，说："不画画我难受死了。"到了宾馆，接着画，合上本子后，又打开，说："怎么办？我又有灵感了。"在宾馆大院里，他爬上一棵树，坐在树杈上，发愁地说："我画画好，将来要做画家，可是我爬树也好，是个爬树家，怎么办？"

上小学了，美术课上，他的画仍是老师经常举给全班同学看的范本。一幅蜡笔写生尤其精彩，他画一棵老槐树，用笔自信，画出了生命，你会觉得树是活的。他的随手涂鸦也很可爱。一张英语卷子，其中有一组题目，是让用图画表达单词的含义。在 daddy 下面，他画一个爸爸，脸上有一个大伤疤。当时我因车祸受伤，脸颊上刚动了手术。

望京有一个儿童课外绘画学校,叫卡拉美术,是一对年轻夫妇办的,口碑很好,红决定带叩叩去看看。小两口是我的热心读者,听说他是我的儿子,惊叫起来。他当天试画了一幅风景油画:海和天空,一截栈桥,棒极了,根本不像是第一次画油画。

有画家朋友叮嘱我们,不要让他跟任何人学绘画,一学就不对了,就让他自己画。可是,我们还是决定让他上这个学校,他自己也愿意。小两口的方法很好,引导孩子画自己有感觉的题材,鼓励自由发挥。从八岁开始,他原则上每周去学画一次。不过他贪玩,缺课是经常的事。

开头几次,他就连续带回让我惊喜的作品。一只特立独行的猫,极生动,对鱼和老鼠不屑一顾。一幅毕加索立体风格的人像油画,它告诉我,孩子和毕加索是心灵相通的,令人想起毕加索的名言:"我能够用很短时间画得像一个大师,却要用一生去学习画得像一个孩子。"绘本《我喜欢》,一个折叠小型水墨长卷,极简的笔触,画出一个个天真可爱的场景。每幅画有文字:我喜欢在下午吃一个凉凉的 ice cream;我喜欢爸爸叫我小叩叩,我叫他老爸爸;我喜欢带着自己的行李箱去旅游;我喜欢做蒸汽朋克机器人;我喜欢油画凸出来的感觉;我也喜欢在雨中跑步。非常真实,的确都是他喜欢的。在家里,我常常不由自主地喊他:"爸爸的小叩叩!"而他也用同样的声调回应:"叩叩的老爸爸!"

叩叩

没想到他把这个情节也编了进去。

暑假里,卡拉学校组织孩子们到敦煌观摩和绘画。参观莫高窟后,他在泥板上画了一幅《飞天》,很拙朴的飘逸,色彩斑驳,古风十足。一位画家朋友看了,说不可思议。回北京后,卡拉学校组织孩子们参观墨西哥一位当代画家的画展,叩叩告诉我,这位画家的名言是:一幅名画,你可以用自己的风格去画它。孩子们现场画解构名作的画,他解构的是达·芬奇的名画《抱银鼠的女子》,画得极好,笔法成熟,有画中女子的神情而形象迥异。这个天天和我生活在一起的小人儿竟有此天赋,我觉得神秘。好友芷渊是一个有灵气的姑娘,自幼习画,看了这幅画连呼不得了不得了,戏称他是新世代艺术大师。我向他转述,他听后的瞬间表情是难以置信、惊喜、自豪、害羞的混合。

叩叩九岁了。年初,卡拉学校出的画题是"1支笔,N种线",他用铅笔画了一个鹿头。老师对红说:"太喜欢了,耳朵、角、鼻、毛的线各不相同,带有质感。"鹿的眼神无比善良,红感叹:"他心里有多丰富。"我发在朋友圈,附言:"终于又等来儿子一幅画,他画得少,每画几乎都令我惊喜,这头小鹿是有魂的。"韩美林的助手留言:"有故事的表情。"建萍转达韩美林的评价:"鹿画得有味儿。"

应建萍邀请，我们一家四口到通州韩府做客。美林质朴随和，建萍热情爽朗，真喜欢这一对侠侣。参观艺术馆，看韩美林充满童趣和想象力的作品，你无法相信他经历过巨大苦难。一个多小时里，叩叩一直兴奋而又严肃地观看，用手机拍了许多照片，这是以前参观画展时从未有过的情形。回到家，他问妈妈："将来我能像韩美林那么棒吗？"

第二天，在卡拉学校，他画了一头醒狮，极有力量，老师说自己被震撼了。红告诉我，他绘画时平静从容，一边还和老师聊天，问老师："一个人从早到晚画画有意思吗？"我发在朋友圈，附言："我的感觉是，他身体里仿佛也有什么东西醒了。"建萍留言："真是醒了！"

此后的日子里，他还画了好几幅佳作。公园写生，他取俯瞰的角度，看到的是不一样的风景。两幅油画，《星空》和《鹰》，色彩都很特别，打破了常规。建萍转告：美林说色彩感强。画家、策展人田野看了，说："不得了，这哪儿是儿童画，他就是艺术家！"

八月，他用三天时间完成了一幅大尺寸工笔画，是根据图片临摹永乐宫壁画，笔触细腻，人物神采、姿态和画面比例都抓得很准。红给我看当时拍的照片，他趴在地板上，专心致志，一笔笔描，一点点上色。我佩服他的耐心和毅力，而这同一个小孩，

叩叩

在做学校布置的作业时是多么不耐烦。

他有时会和我谈绘画的体会。他说："画什么都不要画得太像，那样会影响想象力的。"又说："我积累了不同种类的笑容，画画时会用上。比如那幅解构达·芬奇的画，我画她的眼睛，画了第一笔，就知道要用这一种笑容。"我心中惊奇，他不只是凭感觉，而且是有自己的思考的。我曾建议他用画写日记，他立刻画了三幅，向我解释："我设计一个人，这个圆头永远是我，别人是长头。"可惜的是，这个日记本上只有这三幅画，后来没有再画。

十岁那年，他在卡拉学校有两幅佳作，都是六月份画的。其一是到机车博物馆写生，他画了一幅水墨画，是毛泽东专车的局部。他告诉我，别人都画整列火车，他怕麻烦，就只画一个局部，接着说："画着画着，我想，哎，我怎么画得这么独特。"的确独特，正如画家刘彦所说："叩叩的火车无限长！"其二题为《爆炸》。那天我送他去画室，老师说今天无主题，自由创作。我心中充满好奇，不知他会画出什么。两个多小时后，红去接他，看到了这幅画。画得实在好，黑夜里一朵正在上升和爆炸的蘑菇云，色彩斑驳又统一。发在朋友圈，许多人表示要买。一个学艺术的德国朋友很认真，称赞他有才华，强调德国人不说假话，他真心要买。我说坚决不卖,小钱迷问我:"六十万你卖不卖?"

我不能免俗,叩叩每有佳作,我就晒在朋友圈上,总是赚得一片赞扬,纷纷惊为天才。有的评论很中肯,比如说他的心里一直都好有底子,所有的画面都是有态度的,说看他画中体现的内心世界,有一种超越年龄的成熟。他听到赞扬当然喜悦,可是,有一回,朋友聚会,谈及朋友圈上的赞誉,我注意到,他坐在那里,毫无喜色,毋宁说表情是冷峻的,眼睛望着远处,心也仿佛在别处。

在画了那幅《爆炸》之后,他再没有画新的作品,也再没有去卡拉学校。据红说,原因是把他升到了高级班,而高级班是正规教技法和素描之类的,他觉得无趣,极为抵触。据我分析,那以后他上小学四年级,在学习上备受打击,心情不好,恐怕也是一个原因。我相信,他身上的绘画才赋只是暂时休眠了,终有一天会以新的力量苏醒。

叩叩很久没有画蜗牛了。在我们的院子里,也是很久没有看见蜗牛了。

兴趣和毅力

人要做成一点儿事情，第一靠热情，第二靠毅力。首先要有热情，对所做的事情真正喜欢，以之为乐，全力以赴。但是，单有热情还不够，因为即使是喜欢做的事情，只要它足够大，其中就必包含艰苦、困难乃至枯燥，没有毅力是坚持不下去的。

对于自己喜欢做的事情，叩叩非常专注，有耐心，有毅力。

七岁时，有一些天，他痴迷于做手工，做各种模型。最花力气的是一个航空母舰模型，很复杂的组件，红感叹自己看不懂示意图。他能看懂，每天做一部分。我夸他会创造，他倒谦虚，纠正说："这不是创造，是照着图画做的。"

一天早晨，我起床，发现他已经在客厅里，正埋头组装这个模型。他伤风，不停流鼻涕，便在鼻孔里塞一团餐巾纸，用这个办法对付。我说真可爱，他说："那你还不发在微信上？妈妈每次一发，就有一堆赞。"我从命，拍下一个小人儿鼻孔里塞餐巾纸埋头工作的可爱模样，发在朋友圈上，果然一大堆赞。

一千多个小组件，分七十六个步骤，他的心思全扑在这项工作上面了。一周多的时间里，每天一有空就做，终于完成了这个一米长的航空母舰模型。

他先后做了四五个不同的大型模型。对于自己的作品,他万分爱惜,而最要防备的恰恰是他的好朋友辰辰。辰辰曾经把他的一个做到一半的模型弄坏,他哭得那么伤心。所以,有一天,航空母舰模型组装到一半的时候,他和辰辰在院子里玩,辰辰自己跑来我家。他飞速跟来,怒视他的这个好朋友,红的形容是眼睛冒火。辰辰示弱,说:"好吧,我去楼下。"

我一向认为,做手工对儿童的成长十分有益。做手工需要高度的专心、细心和耐心,这些品质是任何领域里的创造者所必须具备的。埋头做手工的时候,人的内心单纯、宁静、充实,排除了世俗的烦恼和焦虑,这是一种近乎神圣的心境。在我眼中,一个专心致志伏身在自己手艺上的匠人,乃是人世间最可敬的形象。

绘画也是一件培养心性的工作。我曾经提到他九岁时用三天时间画的永乐宫壁画,后来在一篇作文里,他自己叙述了画这幅画的过程,从中可以看到他多么细心、耐心、有毅力——

> 我先从老师备选壁画中选了打印好的一张一米多长、八十多厘米宽的永乐宫壁画照片,在它下面粘好复

叩叩

写纸,再把它们粘到画板上。我用铅笔把画上面的所有线条都认真地描了一遍。我画的这幅壁画上,有两个主要人物,每个人物都有上百条胡须,很难画。

之后,我用毛笔蘸墨把所有的线条又描了一遍,也就是说,我必须把那两个人物的上百条胡须重复描一遍。

终于,到了上色的环节了。第一次,我用矿物颜料加了很多水,在我的画板上上了第一道色。第二次,我又用颜料加了少量的水,在上面上了第二道色。第三次,我用纯色又在画上将部分颜料加深,突出了那些颜色。

我一共上了三道色。上完色,很多线条都被颜料盖住了,我用墨又把线条描了一遍。最后,我把沙子洒在了画上,用手搓了搓,让上面沾满了沙子。我又用砂纸在上面蹭,蹭出了许多划痕,让这幅画显得很古老。

从六岁到八岁,他学过两年围棋。起因是辰辰在学,他不甘心落后。围棋九段夫妇是我们的好友,他学围棋有得天独厚的条件。乃伟介绍了北京一个最好的道场,不料他反对,红说了许多这个道场的厉害,包括棋手把自己孩子送那里,培养出世界冠军,等等,效果不大。我说:"你知道吗,在那里学了以后,你一个人可以同时和少年宫围棋班十个人下,辰辰也在里面,你把他们一齐打败。"他开心大笑,同意了。

他学棋后,我在家里也经常和他下,我的一手臭棋对付他暂时还绰绰有余。为了让他有玩兴,我会偷偷让他。有一回,我故意少让他一些,互相厮杀得厉害一些,最后看上去平分秋色。在数子前,他很激动,说:"让妈妈、姐姐来看看,真正的围棋是什么样的!"数子的结果,我赢一子。他的神情有点儿遗憾,但并不沮丧,仍是兴奋的样子,是在为高水平的战斗而兴奋。他很重视他的成绩,每次下完,如果他得的子数比较高,就把这个数字记在小纸片上,藏在一个小盒里。

七岁时,来了一个新老师,叫杨乐,是一个出生在新疆的女生。她告诉我,我的书陪她度过了中学和大学时光。她喜欢叩叩,早晨赖床,也必须教棋,她丈夫说:"你想一想叩叩就有动力了。"叩叩也喜欢她,学棋的劲头大增。寒假里,他自己要求,连续去了三个整天。杨乐说,只有他一人如此,上午学生仅二三人,下午多,但多数孩子不好好听。老师在台上问:"谁最认真听?"所有的小手都指他。再问:"谁最不认真听?"有的小手指自己,有的小手指一个五岁小女孩,其实她棋艺很好,仅次于叩叩。他学棋的执着和毅力实在感人,有一天,他发烧了,仍坚持

叩叩

要去，红只好让杨乐打电话劝他，借口是自己也不去上课。

他的棋艺大有进步，在家里和我下，非常自信，问："我是有方法的，你没有吧？"对妈妈说："因为和我下，爸爸的棋艺进步了。"其实我仍是故意让他赢的。红把我俩下棋的照片发在微信里，对他一片赞扬，奚落我表情认真，遇到了对手。我留言："我容易吗，得琢磨怎么输给他，才能让他真正有成就感。"不过，他的确越下越好，有全局眼光了，我越来越需要认真对待。下棋时，他很活泼，时而自夸："我让你知道什么是大师的招法。"时而奚落我："你是我见过的下棋最慢的人。"围棋考级，他得了五级，红佩服地问他："你脑袋里装的什么？"他答："装的是实力。"

杨乐回新疆去了，他的学棋生涯也就打上了句号。在那之后，我在家里邀他下棋，皆遭拒绝。一件事情，他喜欢的时候，可以坚忍不拔，失去了兴趣的时候，就决不回头。

人要做成一点儿事情，第一靠热情，第二靠毅力。首先要有热情，对所做的事情真正喜欢，以之为乐，全力以赴。但是，单有热情还不够，因为即使是喜欢做的事情，只要它足够大，其中就必包含艰苦、困难乃至枯燥，没有毅力是坚持不下去的。

绘画和围棋，叩叩喜欢的时候，热情和毅力兼备，后来却都放弃了。如果说是失去了兴趣，为何会失去？是因为毅力不足吗？毅力有两个方面，一是勇于克服困难，二是肯于忍受枯燥。他不缺前者，缺后者，而问题恰恰在于，困难会激起好胜之心，增强兴趣，枯燥却会产生厌倦之心，减弱兴趣。万事勉强不得，我只希望他逐渐学会忍受枯燥，这是人生必须具备的一种能力。

生死之忧

那个真正的家,我们离开时把记忆都消除了,回到那里时可能会恢复。不过,在地球上是暂时的,不等于没有意义,就好像我们去一个地方旅游是暂时的,不等于没有意义一样。

五岁的一天,叩叩问红:"妈妈,我去世的时候是什么感觉?"红以为自己听错了,问:"宝贝说什么?去世?"他继续问:"人去世了还能活过来吗?我还想再活过来,还想变成人。"他还说:"我能够变成有生命的土就好了,就可以一直活着了。"

随后的几天,他老是哭,因为想到自己以后会去世。那天早上,红跟我说这个情况,他听见了,制止说:"不要说了,快起床画画,注意力就在别的事情上了。"可是,这时他眼中已经有了泪花,沮丧地说:"又开始想了。"我说:"画画是好办法,可以不去想。"起床后,他立即绘画,画了一个有三个脑袋、极长肢体和指甲的怪人。涂色到一半,他问我:"爸爸,我老想怎么办呀?"他的神情非常悲伤。我说:"爸爸小时候也想,姐姐小时候也想,没关系,慢慢会好的。"唉,我能给他一个什么好回答呢?

据红说,起因是卡尔维诺的《意大利童话》中有一篇,讲的是一个人寻找可以让自己不死的地方。听了这篇童话后,他对去世的苦恼就挥之不去了。他好像忌讳"死"这个词,只说"去世"。不过,我相信,即使不听这篇童话,仍会有别的契机让他想这个问题,这只是迟早的事。啾啾小时候想这个问题,差不多是在同样的年龄。

啾啾告诉我,他和她也谈这个问题。

其一,他说:"我不想当男人。"她问:"想当女人?"他说:"也不想当女人,我不想去世。"她说:"那就要当神。"他问:"怎么当神?死了就当神了?"她说:"死了就变成鬼了。"

其二,他说:"我要退回零岁,这样就又可以活一百岁了。"她反驳:"不是都可以活一百岁的,有的人在妈妈肚子里就死了。遇到灾难,不管什么年龄都得死。"他无语,表情是难过的。

其三,他问:"世上到底有没有魔法师?"她答:"有的,可能每个人都是,只是自己不知道。"他说:"如果我是魔法师,我就要用魔法让自己永远不死。"她说:"那有什么用,你喜欢的人都死了,你没有朋友了。"他说:"我可以交新的朋友。"

叩叩

家里养了三只兔子,其中一只因为跑得快,他命名为快速,那天晚上死了。它死得很蹊跷,上午还好好的,下午就蔫了,不进食,身体瘫了,脑袋耷拉下来。晚上,我们带叩叩在剧场,啾啾在电话里报告了噩耗。三只兔子中,它是最可爱的,漂亮、活泼,好几次从笼子里逃出,跑到院子里。一次被院子里一个男孩抱回家,男孩朝它身上浇水。另一次被保安送给胡同里一个人家,差点儿成为桌上菜。后来,它再逃跑,常能自己回来。

最伤心的是叩叩。听到噩耗,他坐在剧场大厅的地上,眼泪汪汪。回家后,他不停地哭泣。第二天上午,红和啾啾把快速埋在了菜园里,没让他去现场,但是,用红的说法,他依然逆流成河了。他说:"我觉得快速就是我自己。"很显然,他把快速的死与对自己会去世的忧思联系起来了。那些天他在学击剑,原定这天要去,看他这么伤心,红跟我商量,就不让他去了。刚说完,他欢呼了起来。红说:"原来是犯懒了。"我说:"孩子嘛,为兔死悲伤是真实的,为逃课高兴也是真实的。"

此后,我们去海南度假,他玩得挺高兴。返回,飞机落地后,他突然神情忧郁。我说:"宝贝在想什么?说出来,我们一起解决。"他说:"你解决不了,只有神能够解决。"他想的是:如果快速能复活就好了。

不久,另一只兔子死,红带他去把死去的兔子埋入土中,他似乎并不悲伤,还幽默地问:"不会长出许多新的小兔子吧?"

六七岁时,他对死的忧思似乎有一个休止期,说得不多。

他着眼于活得长久。看电视,他告诉我:"乌龟能活一万年。"接着说:"我也想当乌龟。"我问:"假如人能活一百年,乌龟能活一万年,苍蝇能活十万年,你愿意当什么?"他毫不犹豫地回答:"苍蝇。"我再问:"假如沙子能活一百万年呢?"他答:"我不当沙子,因为沙子没有生命,当了也没用。"

我带他去影院看电影《驯龙高手2》,美国大片,英雄斗恶魔,争夺对龙族的控制,穿插爱情,很概念,却征服了全世界的孩子。他看得很开心。我问:"让你在这些龙中生活,你愿意吗?"他快乐地"嗯"了一声。我又问:"让你自己变成这样一条龙,你愿意吗?"他问:"活得比人长吗?"我说:"就假定活得比人长。"他答:"愿意。"

一天夜晚,他入睡了,红来向我"贡献"他的话。他说:"以后我的画放在博物馆里,我会有很多很多粉丝。"接着说:"等我老死后,我还活在我的画里。知道可以活在画里,我对死就不那么害怕了。"她说:"对,因为画是你创造的。"他说:"人死后就活在他创造的东西里。"很精辟,我想起了圣埃克苏佩里。可是,这么高大上的话,我怀疑是红诱导的。

叩叩

八岁时,一天早晨,有一场精彩的对话。

因为受了我批评,红不太高兴,说:"下辈子不嫁有名的老公。"他说:"你自己有名,不就可以嫁有名的老公了吗?"她说:"我嫁一个没名的老公,他可以帮我做事。"他说:"他干吗是老公,不就是你公司的一个员工吗?"她说:"我让他在家里帮我做事。"他说:"他不就成保姆了吗?是员工加保姆。"我听了笑个不停。

我离开一会儿,再回卧室,红转述他后来说的话:"你下辈子还嫁周国平吧,要不就没有我和姐姐了。"此时他正依在她怀里,眼睛望着遥远的某处,仿佛自语似的,一连问了三个大问题:真有下辈子吗?他们会感受到吗?有记忆吗?都问到了点子上。我心中感动又悲伤。

九岁时,新一轮的忧思浪潮汹涌来袭。

一次在列车上,我俩玩摄影比赛,拍窗外的风景,玩得很高兴,他突然沉默,然后说:"人死了会怎样?我不想死!"痛哭起来,接着说:"我也不想让爸爸妈妈死!我想要长生不老的药。"边说边扑进妈妈怀里。红说:"爸爸妈妈不死,就成老不死了。"他说:"老不死我也喜欢。"我无语,心中悲哀。

此后一些天里,他一次次痛哭,一次次发出呼喊:"死了怎么办,现在的一切不是都没有了,不是什么都没有了!"玩耍时,临睡前,任何情形下,他会突然想起,一天说好几次,涕泗横流。他自己说:"我像有病似的,这个病又发作了。"

有一回,当他哭诉死了怎么办的时候,红劝慰他,说:"人的意识还在。"他说:"可是现在的一切全忘了。"红说:"死后可能去别的星球。"他说:"可是我要我们家在一起。"听红转述,我看到,他对死的恐惧落在关键点上:经历化为乌有,意识不能延续,亲人永远隔绝。因此,无人能真正安慰他。

他责问红:"你们大人怎么不想这问题,总是快快乐乐的?"当时她的劝词是:"你老的时候,妈妈一定早死了,你死了可以来天堂又给妈妈当宝贝了。"她觉得这个安慰起了一点儿作用,我知道不会。我指出,应该告诉他,大人也想,也痛苦,需要的是共同面对。

一天晚上,红在客厅里喊我。我到客厅,看见他坐在沙发上,正哭得伤心。我知道,病又发作了。他不停地哭诉:"死了怎么办!"他的神情绝望、痛苦、无助。

红试图安慰他,说:"科学家说还有别的时空。"

"可是到了那里不知道这一世了。"

"你还没有到那里,怎么知道到了那里不知道?"我试图在

叩叩

逻辑上驳倒他。

"这一世就不知道上一世。"在逻辑上成功地抵挡住了我的反驳。

"我知道宝贝的意思,宝贝要的是生命的延续性,没有延续性,有再多世也没有意义。"

他点头。对话过程中,他一直在哭。

我试图换一个角度劝他,说:"你想一想,十年前你在哪里?你能为十年前你不存在而伤心吗?而且你完全可能不出生,你的这一世也是赚的。"

"没有这一世,我还不用想这个问题了!"他的意思是没有这一世更好。这个回答出乎我的意料,他比我彻底,为了解脱老病死之苦,宁愿不要生。

"有的哲学家说,人人都和你一样,都会死,你有什么可委屈的?"

"可是为什么人人都要死啊!"哭得更伤心了。

"宝贝真棒,只有聪明人才想这个问题,许多人糊里糊涂活,从来不想这个问题。"然后给他讲释迦牟尼和耶稣,正是为了解决死了怎么办这个问题,才有哲学和宗教。

他仍然绝望,不停地哭喊:"死了怎么办!"痛苦地说:"我忘不了这个问题。"他为这个问题痛苦,也为自己不能忘记这个问题痛苦。宝贝是真恐惧、真绝望。宝贝多么无助。

他去卧室后,红对我说:"你讲的那些道理没用。"我说:"不会马上有用,但会让他拓展思路的。"

我们吃晚饭,他不吃,说吃不下,靠在沙发上流泪,仍是在想那个问题。我告诉他,姐姐小时候也想,我拿出一本《宝贝,宝贝》,要给他念里面有关的内容。他说:"如果是关于死,就不用念了,我想得到的。"他认定这个问题无解,拒绝一切说教。

一天临睡前,他为这个问题流泪,红对他说:"你不能生活在过去,也不能生活在未来,只能生活在现在。未来怎么样还不知道呢,重要的是现在要快乐,为什么要让未来的事使得现在不快乐?"据她说,他听后沉默良久,然后说:"妈妈,我觉得你说得有道理。"

浪潮似乎在消退。有一天,他平静地对我说:"我发现想死的事,几天里老想,然后就不想了,好像忘了。"又说:"想到死,我出冷汗,当时憋一泡尿,出冷汗也可能因为憋一泡尿。"他对红说:"现在也想死的事,但不痛苦了,死就是一个词了。"把感觉说得很准确:痛苦是灵魂在想,不痛苦是灵魂休眠了,只是脑子在想。

323

叩叩

他自己在寻找答案。我们的一次对话——

他问:"活着有什么意义?"

我:"其实我也不知道。也许没有意义。"

他:"没有意义我也不想死。只有上学我才想死。是不是来地球走一趟,死才是真正回家?"

我:"很可能。那个真正的家,我们离开时把记忆都消除了,回到那里时可能会恢复。不过,在地球上是暂时的,不等于没有意义,就好像我们去一个地方旅游是暂时的,不等于没有意义一样。"

他点头,然后自问道:"我在别的星球的时候(指投生之前),是不是也想死的问题?"

他好像找到了一个思路。若干天后,我要出差,他对我说:"爸爸,我想了一个不怕死的理由,我就是灵魂来旅行了,住在租的房子里,死就是回家。"然后告诉我:"我为什么会这么想?因为你明天出差,我们旅行,从哪里来,还要回哪里去。"

进入十岁之后,他谈死比较少了。红说,原因是他找到了一个解释——人是时间旅行者,有点儿想通了。其实不然,问题并未解决,忧思一直在。

他问:"人死了去哪里?"红随口答:"人死了就是没了。"

他流泪，问："有没有人不死的？"我说："没有，不死的是神。"他说："我想成为神。"我说："你成为神，就和这个家没有一点儿关系了。"他说："没关系。"我问："你没有一点儿遗憾吗？"他说："我想让我们家一直到最早的老祖宗都成为神。"我笑了，说："那倒用不着，最早的老祖宗就算了吧。"

我们说起当年顶着计生的压力，留住了他，实在太赚了。他立即说："我没赚。"我问为什么，他答："生出来也是要死的。"我说："总比没有生出来好吧。"他说："不好，不生出来就没有这个忧伤。"

说起要过中秋节了，他问："能过几次？"红说："每年都有。"他说："人会死的。"语调低沉，然后不再说什么。

郊区别墅的院子里，他坐在秋千上，头顶是蓝天，周围是花和树。他突然说："看见这些，我就想到死，因为死了就看不见这一切了。"

他发表惊人之言："灵魂把生命当儿戏，地球在宇宙里是微不足道的，人类更是。""人都很愚蠢，明知必死还到这个世界上来，这是人最大的错误。"

他对啾啾说："当我觉得必死的时候就很淡定，但要是有一点儿生的希望，就会一点儿不淡定，特别想活。"啾啾评论："他很会反思。"

325

叩叩

他仍然在寻找答案,说:"人为什么活?因为有使命。"我问:"是什么使命?"他答:"一边活,一边才会知道是什么使命。"试图举例,说:"让地球变得更好,比如发明电灯。"我说:"爱迪生当年也不知道他的使命是做发明家。"他说:"使命在暗处,不容易发现,多数人浪费掉了。"我称赞他说得好,说:"所以,要让自己有好的素质,还要努力,使命才会显现。"

不去想死后,着重思考活着时的意义,这个思路其实很无奈,但比较积极。现在我问他:"你愿意做人活一百年,还是愿意做乌龟活一千年?"他回答:"做人,因为做乌龟活着没有意义。"我说:"对,意义比活得长短重要。"他说:"最好是活得长又有意义。"我说:"对。"

世上有许多人是并不真正想死的问题的,但是,有一种人一旦想这个问题,就会想一辈子。我是这种人,我觉得我的儿子可能也是这种人。

个性和见解

他问:"男爵死了,你们准备怎么给它办葬礼?"我反问:"地球毁灭了,你准备怎么给地球办葬礼?"他回答得干脆:"我不为我死后的事着想。"

这里记录的是叩叩上小学以后的片言只语。如果只看分数,他不是好学生,但是,我喜欢他能够独立思考,有自己的个性和见解。

我在准备一个二十分钟的演讲,议论说,讲两小时容易,讲二十分钟就很难。他问为什么,我正要解释,他出主意说:"大概地说些次要的内容,细致地说些主要的内容。"我叹服,他毫无经验,却说得这么在理,可见头脑之清楚。

雯娟请我们看雯丽的话剧,我们聊起这个话题。我说:"话剧最能体现艺术水平。"他立即说:"因为它一次到位,电影可以剪裁。"很懂行啊。

他看电视,向我叙说情节。我顺口问:"是好人坏人?"他反问:"能说好人坏人吗?在敌方看来是坏人,在自己看来就是

叩叩

好人。"我顿时觉得自己脑残。

我在柜顶发现一些好纸,叹息道:"太可惜了。"他问:"它们还在,不是没有了,为什么可惜?"我说:"因为它们被遗忘了。"他说:"如果没有遗忘,人的脑子会乱成什么样?如果你都记得你的祖先的死,你该痛苦死了。"

玩射箭,两支射在靶上,一支落在靶后面的玻璃门上。他说后者:"就它最有想象力。"

他诉说头晕,我问晕是什么感觉,是不是好像转圈之后,感到天旋地转。他说不是,想了一想,找到了表达,说:"好像转圈之后,除去天旋地转,那剩下的感觉。"

红埋怨说:"你不觉得妈妈漂亮,妈妈很伤心。"他答:"我没有觉得谁漂亮,每个人都是他自己的样子。"

红说:"梅兰芳演女人,比女人更像女人。"他反驳:"像不像女人,女人是标准,怎么可以说比女人更像女人?"一个逻辑问题。

学校的广播里,一个老师教导说:"少年时脑子像海绵,要多多吸收。"他觉得不对,给我讲福尔摩斯的观点:"脑的容量有限,应该排除无用的东西,腾出空间。"我大大赞同。

他的一些话很有哲理。

他画了一幅雪景，画毕，忽有所感，问道："会不会在神仙看来，我们的生活就是一幅画？"我叹为精辟，告诉他，我们也可以像神仙那样看自己的生活，看成一幅画。

餐桌上，谈起人能不能变成另一个人，他说："你可以和他做一样的事情，可是你永远不是他，只能是你自己。"

他对我说："我画画是蒙的，你写书也是蒙的。"我一惊，问："什么意思？"他愈加出语惊人，说："人也是蒙的。"很哲学啊，人来到世上纯属偶然，岂不是蒙的？

他说："上帝是灵魂作家，我们一辈子做的每件事，说的每句话，它都已经写好。"

我和红出差，预定第三天夜里回来。临行，红对他说："我们回来的时候，你这个夜猫子肯定还没有睡。"他说："你这句话是实话。"红质问："我哪句话不是实话？"他说："你这句话就不是实话。"

我们讨论问题，他常有精辟的见解。

根据《列子》，我给他编一个故事：一个樵夫每天白天砍柴，很辛苦，每天夜里梦见自己是国王，很享福；与此同时，那个国王每天白天理朝政，大权在握，每天夜里梦见自己是樵夫，苦不堪言。问他："你愿意做谁？"他毫不犹豫地回答："樵夫，因为

叩叩

他有盼头，很快乐，国王反差大，太痛苦。"

晚饭后，一家人在餐厅里聊天，话题围绕幸福。我说起一个有名的思想实验：让你生活在一种装置里，接通电极，就能产生各种快乐体验，问你是否愿意。他指出，有两个选项，即永远在装置里和从不在装置里，与有三个选项，即加上暂时在装置里，回答是完全不同的。有道理，指出了关键。我再问："让你完全变成达·芬奇，失去自己的一切记忆，愿意吗？"他回答："不愿意，这和我变成男爵有什么区别？"又抓住了要害，自我的存在是前提，拥有达·芬奇的才华对我才有意义。

男爵是我们家一条小泰迪狗的名字，那天早晨叫个不停，如呜咽和抱怨。终于停止了，他调侃说："它觉得没希望了，它想，希望是什么东西，能吃吗？"我说："狗脑子是没有词语的，没有希望这个词。"他说："你怎么知道？也许和我们不一样，它的词语是气味。"很棒，提出了一个哲学问题。他问："男爵死了，你们准备怎么给它办葬礼？"我反问："地球毁灭了，你准备怎么给地球办葬礼？"他回答得干脆："我不为我死后的事着想。"

他善于提出道德难题。

他问红："妈妈，如果两个孩子必须死一个，你让谁死？"红回答："我都不让，我自己死算了。"他追问："如果大人死没用呢?"红无语。我想起了《苏菲的选择》。

他多次问:"一只狗你养了二十年,一个人你不认识,必须有一个死,你让谁死?"我答:"让狗死。"问:"为什么?"答:"人命更宝贵。"问:"为什么更宝贵?"答:"因为人有意识。"问:"如果是个白痴呢?"我无以回答。他说:"我让人死,反正每天总有许多人死。"

他问:"有歹徒拿刀要杀一个人,你和那个人素不相识,歹徒让你交出全部财产,否则就杀那个人,你交出吗?"我的回答是交出,他觉得难以决定。

他问:"如果让你杀一个人,可以拯救全人类,你杀吗?"这是一个典型的两难选择,在哲学书里常设计类似的例子,其实质是:是否可以用不道德的手段(在这里是杀一个无辜的人)达到一个合乎道德的目的(在这里是拯救全人类)。让我惊讶的是,他完全不读哲学书,自己在琢磨这样深刻的问题。

他依然富于幽默感,很会调侃。

在车里,我看手机,红发来一个短信,发错了,应该是给别人的。她说:"幸亏不是情书。"我说:"如果是情书⋯⋯"正琢磨开一句什么玩笑,后座上响起他洪亮而故作严厉的嗓音:"明天法院见!"我们都大笑。

叩叩

餐桌闲聊,说到婚礼,他问:"离婚为什么不办仪式?"有理。如何办?我们七嘴八舌说,互相打一巴掌,互相归还戒子,等等。红问他,如果爸爸妈妈离婚,各人再婚,他怎么喊她的新丈夫,他答:"叔叔。"我的新妻子呢?答:"老大妈。"

我和红发生争论,他大喊:"你们俩都不要说了!"我说:"你的嗓音比我俩都大。"他说:"我不大声嚷嚷,你就无法无天了。"我笑道:"真是我们的家长,喊你爹,不,喊你爷吧。"

开车去某地,路途有点儿长,他不耐烦,红斥责说:"你再闹,把你扔出车外。"他说:"你把我扔出去,我就在别人家当牛做马。"

红开了一个小公司,他调侃说:"你看上去是个普通人,谁知道你是个小老板啊。"

我俩的对话——

他自问自答:"狗狗为什么走一段路撒一点儿尿?是因为闻着气味可以知道回家的路。"

我问:"你看到的?"

他答:"是的。"

我说:"书上也这样写。"

他说:"这就是作家和他儿子的差距,作家是从书上看的,他儿子是真的看见的。"我大笑。

红说起他前一晚上是怎么看书的，版权页看了一个晚上。问他："今天晚上你该看目录了吧？"他欣喜地回答："是啊，你怎么知道的？"

我问："宝贝，你爸爸妈妈都喜欢读书，姐姐也喜欢读书，你一直不喜欢读书，是不是有点儿奇怪？"他答："这个历史在我这里改变。"我一愣，大笑。

他问："爸爸从什么时候开始有钱的？"红回答："爸爸现在也不算太有钱。"他继续问："爸爸从什么时候开始像现在这样不算太有钱的？"

过年了，他说："我把小名改叫新年，这样就会有许多人祝我快乐了。"夜十二时，许愿，他对我许的愿是："祝你的儿女发财。"言罢，他笑瘫在地上。

冲绳之旅，在海滩上，他陶醉地筑防波堤。离开后，一路伤心地哭，说："再也见不到了。"红安慰他说，我们可以再来，他说："再来不是它了。"哲学的悲伤啊，为无常落泪。我想起了赫拉克利特的名言："人不能两次踏进同一条河流。"

在一所旧宅检搜物品，找到妞妞的几幅制成塑板的照片。我告诉他，这是妞妞，那时候眼睛已经坏了。他说："是的，有一只眼睛是白的。"问："你哭吗？"我说："哭了无数次。"问：

叩叩

"现在你会哭吗?"我说:"不。"他又问:"你带走吗?"我说:"当然。"他叮嘱说:"你要放好,不要让自己常常看见。"

这个孩子温和,善良,有内涵,我太喜欢他了。

黑米和男爵

自己养狗,才会知道你的狗和别的狗是不同的,有它自己的长相和性格。

叩叩太想有一只小狗,九岁时,这个愿望得到实现。那是某流浪狗收养者收养的一只小黑狗,模样很可爱,红把它领回了家。叩叩高兴极了,给它取名黑米,摸着它说:"这是我第一次摸我自己的小狗狗。"

家里有一只宠物狗,在我也是生平头一回。狗天然亲近人、依恋人,这让人感动。倘若家里只有我,黑米就紧紧跟随我,我进卫生间,它在门外不停地叫。当然,第一主人是叩叩。叩叩做作业,它趴在他脚下,寸步不离。夜里,它在大卧室,与母子俩为伴,屋里散发着尿臊味。叩叩上学,出门时,它咬他的裤脚,依依不舍。傍晚,我到家,它在我身边转一下,又回到门口等叩叩。有一回,叩叩回来,直接进了卧室内的小卫生间。它跑进卧室,扒在小床边缘看,没看见,扒在大床边缘看,也没看见,来

叩叩

回奔跑，重复多次，一副焦急的样子。我赶紧示意它到卫生间门口，它从门下方的栅栏缝朝里面看，看见了，于是坐下来等候。

一天晚上，叩叩冲到我面前，眼中含着惊恐和泪水，给我看左手小臂，上面有一道浅淡的伤痕。他说，他蹲着逗小狗，小狗转头的时候，牙齿刮着了他。打不打狂犬病疫苗？伤这么轻，也许不该打。但不好说，此事赌不得。一旦发病，百分之百死亡。现在打了，百分之百不发病。两相权衡，红还是带他去医院打了疫苗。事发后，黑米蔫了。它不可能知道自己犯了错，应该是感染了举家紧张的气氛。

我们去大湖做客，叩叩把黑米带去了。在那里，黑米在沙发上拉屎撒尿，不断咬主人的裤脚。主人断定它是柴狗，劝我们弃养。柴狗生活习性比较野，的确不适合养在城里，我们听从了。在和我们做伴两个多月之后，红把黑米寄养到了我们认识的大兴的一户农家了。送走前，叩叩哭了好几回。

若干天后，叩叩写了一篇作文，是他自己在课堂上写的，得到了老师的夸奖，我一看，的确好，称得上真实而简洁。标题是《又见黑米》，全文如下——

五月一日那天，是国际劳动节，放假三天。

我的狗狗黑米，已经和我分开两个星期了。我们到大兴去看它，我看到它时，我们都笑了，因为黑米变样子了，它变大了，变得又瘦又高了，还有它的毛居然变短了。

黑米看到我非常高兴，我看到它也很高兴。它不停地摇尾巴，还像以前一样，爱咬我的裤腿。我拿出准备好给它的酸奶，没想到，它不爱吃了。不知道是因为贪玩，还是不爱吃，也有可能是吃不惯，反正，它不爱吃了。它还变重了，我快抱不动它了。它也跑慢了，我想和以前一样和它跑步，可是它跑不动了。

"黑米，以后见！"

红决定给叩叩再找一只小狗。她在网上查到通州台湖镇一家狗店，我们带叩叩去，看中了一只博美纯白犬，毛茸茸的，很可爱，花了六千元。出狗店，一人引我们去附近一家宠物医院，给小狗做体检。那人说，如果当天查出某两种病，可更换，第二天就不可，所以必须去查。所谓宠物医院，是一条破街上的一个破门脸，我心知上当，断定狗店与之有勾结。果然，挖一点儿狗屎，显微镜下看一下，一分钟，收费五百元。好心情一下子没了，我不是心疼钱，是一种受骗的窝囊感觉。

叩叩

　　小狗带回家，很快发病，诊断是狗瘟，几天后死了。红为此掉了许多眼泪。上网查才知，台湖镇有几个黑狗场，名称不断变，互相串通，专售瘟犬，上当者不计其数。其手段是廉价买进瘟犬，注射球蛋白，使之兴奋如正常犬，高价卖出，一般皆在一周内发病死亡，被称作"星期犬"。网上群情激愤，纷纷向镇政府举报，但皆无回应。

　　我对养狗已灰心，红不罢休，在家附近一家宠物店订购了一只小狗。彩红刚来我家工作，红带着她和叩叩一起去选，唯独瞒着我，怕我反对。两周后，小狗领回家。这是一只出生一个月的棕毛泰迪，叩叩取名为男爵。男爵迄今已在我家生活五年多了，人人喜欢它，成了不可缺少的家庭一员。

　　自己养狗，才会知道你的狗和别的狗是不同的，有它自己的长相和性格。男爵真是可爱，来我家的客人都说它漂亮。它望着你的时候，眼神温柔而聪明，似乎能听懂你说的话，也似乎在对你说着什么。我喜欢把它抱在怀里，在屋里散步，一边不停地对它絮叨。每看见这个情景，叩叩就会奚落我说："以前是谁反对养小狗的？现在又是谁最爱男爵？"他当然也爱男爵，但功课太忙，自顾不暇，而我在家里时最闲，就和男爵逗玩得最多。去年因为疫情，我们在美国滞留七个月，那些日子里，最想念男爵的却是叩叩,经常想念得眼泪汪汪。

男爵和家里每个人都亲。有时候,家里无人,它闷坏了,我们回家,它绕着每个人转圈跳舞。去郊区别墅,带着它进屋,一家四口散开,它依次跑到每个人面前,个个都照顾到。每次叩叩下楼玩了回来,它听到动静,必定跑到门口吠叫,因为知道叩叩没有钥匙,催促我们开门。

它能听懂一些话,比如家里每人的称呼,爸爸、妈妈、姐姐、哥哥、阿姨,让它去谁那里,它就会去。我们出门,他会抬头眼巴巴地望着你,期待你带它走,可是,只要说一声再见,它就立刻就地坐下,或者落寞地走向别处。彩红在院子里溜它,我出门遇见,它必定围着我欢跳,而只要我说"我有事,男爵跟阿姨",它就立刻跟彩红走了。

狗好像总是要认一个第一主人的。男爵的第一主人是红,也许是因为每天夜里它和红在同一个房间里睡觉。她每天回家,一进门,它在她周围欢跳,激动得必遗尿。如果她整天在家,它就追随左右,寸步不离。她在电脑前工作,它在旁目不转睛看着她,似乎担心她走。一次,柜子上红的手机响了,她不在场,它真着急,在屋子里到处跑,找她。它和红在床上,我推门进去,它必冲着我吠叫,如果我摆出要攻击红的样子,就吠叫得更凶,

叩叩

俨然以红的保护者自居。

我不嫉妒。我对红说:"它这么依恋你,叫人情何以堪。"她大笑。

每天我上班前,会给男爵半根香肠,那是它最幸福的时刻。在这之前,它就在等待了,和我寸步不离,看我拿起书包,就兴奋不已,围着我跳舞,不停地转圈。下班回家,必须立即给它另半根香肠,如果慢一些,它就冲着我吠叫。

一天晚上,我准备出门散步,它围着我跑跳,以为我会给它吃零食。我看见食盆里有许多狗粮,就厉声说:"吃狗粮!吃完狗粮才有奖励。"它居然听懂了,立即去食盆那里,埋头吃了起来。吃掉了大半,它转头看我,我说:"把狗粮吃完。"它又埋头吃,真的吃了个精光。当然,它该得奖励,我给了它零食。

此后我就经常这样训练它,命令它吃狗粮,然后用零食奖励。它有时会犹豫,但听从的时候多,吃一阵,抬头看我,再吃一阵,基本上会吃完。有一回,听了我的命令,它把头埋在食盆里,吃了一会儿,然后抬头一直看着我。我看食盆,里面的狗粮丝毫没有减少,原来它是假吃,居然会骗人了!有若干天,它拒绝吃狗粮,放在盆里的狗粮丝毫没有动。我们推测它可能是病了,说该去宠物店给它打针。正谈论着,我突然发现,它在埋头吃，居然听懂了，怕打针，把狗粮吃个精光。

我给它一块宠物饼干，若在平时，它会兴奋不已，迅速吃掉。现在，彩红正准备带它去溜，它犹豫了，把饼干放到地上，抬头看阿姨。阿姨说等它，它叼起饼干，又放下，如此再三，显然在做思想斗争。看它这样，阿姨说，回来再吃吧。门一开，它紧跟阿姨走了。我评论：它也是精神生活高于物质生活。

彩红负责照料它，它对阿姨的心情想必是矛盾的，又爱又恨。它喜欢她带它去户外溜，但极怕她给它洗澡。只要听见她说出"洗澡"二字，它就立即躲了起来，任你怎么说要给它吃零食，也不肯出来。

我溜男爵，才知道狗拉屎的姿势酷似人，两条后腿蹲下，脸上露出尴尬的表情，好玩极了。它知羞耻，懂卫生，从不拉在道路上，总是选择植物区的阶沿上，或者草丛里。

男爵一般不在屋里撒尿，偶尔也犯规，我们厉声教训它，它就走到一边，偷偷看你一眼，再偷偷看你一眼，仿佛知错，或者举起一条腿，向你求饶。有一次，它拉稀，糊一屁股屎，替它洗净后，它躲进柜子下，怎么叫它也不出来，它是为自己刚才的不洁而自卑。狗是有自尊心的，毛剪得不好看，也会自卑，整天垂着头，用怯生生的眼神看人。

叩叩

有一年冬天，我被电动车撞伤，左脚骨折，在家休养。那些日子里，男爵整天守着我。若在往常，只要红在家，它总是守着她的。它显然知道我出了问题，忧心忡忡，寸步不离。我练习撑拐杖走路，一开始，它害怕，躲得远远的。在它眼里，拐杖不啻是凶器。但它很快明白了，就跟随着我。它似乎知道我行走困难，需要有人照顾，看见彩红不在我旁边，它就着急，到厨房门口看看她，又回头看看我，用这个方式提醒她。

我们全家长久外出时，把男爵寄养在朋友小玲家里。离最后一次寄养有一年多了，小玲来我家，她一进门，它就扑向她，不离她的怀抱，亲极了。它最爱吃香肠，我用香肠逗引它，它也不肯下来。这么久不见了，仍情深不忘，真让人感动。

狗忠诚、聪明、重感情，的确是人类的好朋友。

第八章

教育让一个聪明孩子如此痛苦，一定是出了问题

叩叩语录

你们大人为什么不用上学？为什么你们大人这么幸福，我们小孩这么不幸福？

学校就是要让每个人都像普通人一样。

我以后可能是一个穷光蛋——做一个想得开的流浪汉。

世上为什么要有学校

我曾经劝他:"你应该和比你强的人比。"他回答:"我把比我弱的比下去,在我自己的排行榜上就永远第一了。"心态真好。

现在我要回过头来讲叩叩上学的事了。

我本来想让他上家门口的一所普通小学,我真的觉得,至少在小学阶段,是否重点校不重要,离家近比什么都好。听我这么说,他举起拳头,捶了我好几下。他态度坚决,一定要上姐姐以前上的那所小学,那是一所百年名校,他终于如愿以偿。

得到通知,红督促他练写自己的名字,说连名字也不会写,面试怎么通得过。他下功夫练,写得很好,稚朴而有力,自己给自己批了九十九万分。然而,终究有点儿不自信,问妈妈,也问姐姐:"我会是好学生吗?"

上小学前,我们对他完全是放养的,没有给他报任何学前班。我们曾经试图自己教他认字写字,他很抗拒,我们也就不勉强了。啾啾也没有上任何学前班和辅导班,但上学前自己已经

叩叩

认了许多字，能够轻松阅读《窗边的小豆豆》这样的书了。他不同，对文字明显没有兴趣，进小学时，认的字大约不超过二十个。不过，我心想，这么聪明的孩子，难道还对付不了小学功课？事实很快给了我迎头一击。

语文课，开始是学拼音，他就颇为吃力。红告诉我，他有几个辅音总记不住，拼音与汉字之间的对应更是常常弄错。第一个学期临结束，我带他复习这学期的四百个生字，发现他大约有四分之一的字不认识。遇见不认识的字，他敲自己脑袋，样子是惭愧而抱歉，真让我心疼。

背古诗古文，是学校增加的功课。从《三字经》开始，每天必须背一节，这成了他的噩梦。每次红催他背，他就浑身不自在，做出各种奇怪的姿势，以此拖延时间。他把自己埋在一个大靠垫下面，我问他怎么啦，他说："有一个小孩，他死了，因为背《三字经》！"背诵的时候，他含着泪花，发出的是哭音。他编了一个顺口溜，给我们大声朗诵："三字经，要人命，没人读，不出名。"我安慰他说："爸爸也背不了这个《三字经》，没关系，不说明你不聪明。"我的确认为，《三字经》基本上是糟粕，而那些人为压缩、涵义费解的句子，又岂是六岁孩子能够理解和喜欢的。

除语文课之外，他还怕英语课，总是记不住单词。每周一和周四有英语课，这是他最痛苦的日子，起床后必大哭一场。可是，这同一个小孩，和妈妈一起出行，妈妈在车里播放英文歌，他听多了，能够跟着唱好几曲。

在现行教学方式下，语文和英语主要靠死记硬背，他对此缺乏耐心，极为拒斥。因为这两门课成绩差，他经常被老师留下。每天放学，班上学生分两排出来，其中一排是问题学生，老师要和家长谈话的，而他常常在这一排里面。

他喜欢两门课——数学和美术。数学成绩优秀，绘画全班第一，可见逻辑思维和艺术感受都很好。

很小的时候，他就表现出对数字有浓厚的兴趣。我俩玩游戏，他为了炫耀自己的兵力，常常报出一个极言数量之多的长词组。我知道佛经上有许多类似的长词组，心想这小孩真是佛缘不浅。他一再对数的无穷感到惊奇，经常问：数字总得有个头吧？为什么数不到头？玩打仗，他总说他有无数兵力，"无数"就是数不到头的数，最大的数。有一回，我也说我的兵力有无数，他却宣布："'无数'可以代表数不清，全部；也可以代表没有数，零。所以，你是零。"我心想，很会利用语词的歧义啊。

玩游戏时，我会插进数学题，坐车无聊时，我也会和他玩数

347

叩叩

学游戏。上学前,大数字的四则运算,他心算已经相当轻松。他会找规律,比如9的乘法,从乘2到乘9,做了一遍之后,他告诉我,每次得出的数字,个位数都比前一次的少1,和十位数相加都是9。三年级时,我出心算题,从1的三至九位数,到9的三至九位数,计算每个数的平方,看其中有无规律。数字一大,我心算就糊涂了,而他始终清楚,算出了1、3、5、6、9三至九位数的平方都有规律,其余无规律。用计算器验证,完全正确。

可是,数学再好,他仍被当作差生。前不久,我俩闲聊,我聊起我中学时喜欢数学,考大学却报了文科,我说:"如果当时报数学专业,现在——"他立即接上:"会很穷。"我俩一起大笑。

我继续讲他上小学的受难经历。

每天做作业,他基本上如同受刑,能拖就拖。有时候,他脑袋朝下,脚朝上,把自己悬挂在单人沙发上;有时候,他做出扭曲的姿势,把身体横在沙发的两个扶手上;也有时候,他平躺在一张钢琴凳上,默默流泪。这都是为了拖延坐到书桌边的时间。因此,一旦看到他端坐着写作业,我简直像是看到奇迹一样感到惊喜。

他写作业的姿势千奇百怪。他不是坐着，而是身体悬空趴在椅子背上，进行惊险操作。红把照片发在微信上，受热捧。终于有一次摔伤，写作业会摔伤，也是奇闻。

作业量很大，每天要做到很晚。我发现，其中一大部分是改错。语文测试，问答题写错一字，必须把题目和答案全部抄一遍，听写题写错的字，必须抄许多遍。他错得多，当然就苦不堪言了。我对这种惩罚性的做法十分反感，也能体会到做大量这种反智的劳作有多么痛苦，结果只会使他更加厌恶学习，形成恶性循环。看他一边流眼泪一边抄写，我要求帮他抄，他坚决不肯，再痛苦也一定要自己完成。

有一回，数学测试改错，老师也要求抄题，我给他免掉了。我在试卷上给老师留言："是我让不抄题的，减轻负担，重在理解，谢谢老师。"他告诉我，老师在课上宣布，以后抄题自愿，可以抄，也可以不抄，同学们一片欢呼。我欣赏这位老师的从善如流。

叩叩性格开朗，他在学习上受了挫折，就用精神胜利法来让自己宽心。

第一次语文测试，这个法子就开了端倪。他只做对了一道题，指着这道题笑着对妈妈说："有的小朋友这个题也错了。"后

叨叨

来的测试，他的成绩在班上经常名列倒数，即使只有一个同学比他差，他也会快乐地向我们报出那个同学的分数，讥笑一番。

一次英语考试，他得了58分，兴高采烈地告诉我，关某某（一个休学半年的男生）只得了17分，不过老师给他机会，让他复习，可以再考一次。我问："58分以下有几个？"他大声答："全年级有七八个。"我问："你们班呢？"他降低声调答："就我们2个。"然后稍稍抬高声调说："老师说我不算差，关某某必须加紧复习！"

一次语文课听写，他得了61分，对此他好像没有太多感想。他向妈妈发表的感想是："上次全班有9个100分，这次只有3个。"接着说，曹某某只得了98。曹是班上第一学霸，经常满分。红奚落他："你61分，还好意思说98分低。"她的评论：很重视集体荣誉。我的解释：个人荣誉太遥远，就只好关心集体荣誉了。

我曾经劝他："你应该和比你强的人比。"他回答："我把比我弱的比下去，在我自己的排行榜上就永远第一了。"心态真好。

我当然知道，他用这种方式安慰自己，其实是无奈。孩子最看重荣誉，某篇作文得到了老师的表扬，某日得了两个小贴画，他都会非常高兴。可是，对他来说，这样的机会太少了。有一件小事给我印象很深。有一天，他兴奋地告诉我，老师宣布，字写得好，就可以用自动铅笔。自动铅笔的好处是只需装入笔芯，省去了用卷笔刀削铅笔的麻烦。许多天后，我问起此事，他说，全班只有两个同学不能用自动铅笔了，其中包括他，原因是他写的字斜上去。我说："你在家里用，老师又不会知道。"这个诚实的小孩立刻用生气的眼神看我。到了学期末，他终于获得此项权利，隆重地把它当作好消息向我报告。

某日，在车里，途经槐柏树幼儿园，他触景生情，说："我还是很怀念幼儿园的，上小学艰难多了。"

红说他的身体语言：送他上学，进学校时，他弓着腰，步子沉重；接他回家，出学校时，他跑得飞快，笑，做鬼脸。

他无数次发出他的天问："世上为什么要有学校？"他不平地责问："你们大人为什么不用上学？为什么你们大人这么幸福，我们小孩这么不幸福？"我说："我们小时候也上学，你长大了也不用上学。"他绝望地说："那要等多久呀。"

我问："天堂里有什么？"他答："我觉得是一片空白。"我问："没有什么？"他答："老师和学校。"我想起了斯威夫特。

玩手机游戏《我的世界》，他告诉我，群里有人建了一个学校，推开门是地狱。

我问："你们的同学都这样不喜欢上学吗？"他答："那些爱

叩叩

上学的同学都是儿童精神病患者。"我惊讶,问:"是你自己这么说的?"答:"好多男生都一起这么说。"

有人评论,中国的小学特别不适合男孩,信哉。男孩好动,自制力形成得晚,而他是一个多么典型的男孩。

无论如何,教育让一个聪明孩子如此痛苦,一定是出了问题。

语文课

有的题目,他应该是有一点儿自己的真实感受和想法的,但抓不住。我找到了一个帮他的方法,就是和他聊,引出他的兴奋点,作为写的要点。

人们也许不相信,一个所谓著名作家的儿子,竟然学不好语文,是班上的语文差生。问题出在哪里?

按照我的看法,语文课有两个使命,一是心智的培养,二是母语的训练。心智的培养,心是心灵的感受能力,智是头脑的思考能力。让学生拥有丰富的心灵和自由的头脑,这是整个教育的目标,而在基础教育阶段,语文课对此负有重要责任。母语的训练,包括读、听、说、写,读和听对应理解的能力,说和写对应口头和书面表达的能力。比较起来,心智培养更为根本,读写能力的训练诚然包含知识和技巧的成分,但是,唯有善感多思,阅读才会有积极的理解,写作才会有优质的内容。

据此分析,在语文学习上,叩叩有两个突出的长处:一是心智活泼,感受力好,爱思考;二是善于口头表达,叙述事情和想

叩叩

法准确、生动、有条理。他的短板是文字，许多字不认识，对阅读还没有产生兴趣，文字表达能力差。当然应该帮助他克服弱点，但这需要时间，急不了。现在最重要的是鼓励他，让他看到自己的长处，不因为成绩差而陷于自卑。

我问他："你觉得爸爸语文怎么样？"他说："你是作家，语文当然好。"我说："其实上小学时，我的语文成绩也很一般，许多同学比我好，我很羡慕他们。"他问："现在他们怎样？"我说："不知道，都没有联系了，不过好像没有人成了作家。爸爸是想告诉你，你将来怎样，和小学的成绩没关系，不用太在乎。"他点头。

我又说："语文就是语言表达能力，你口头表达能力很好，只是有些字不会写，以后会写了，作文可以写得很好的。"他听了高兴地说："老师也说我是全班最会表达的。"但马上神情黯然地补充说："那是一年级的时候。"我心想，后来就不善于表达了吗？当然不是，只因为语文成绩差，老师就不表扬他了。不但不表扬，实际上还会受歧视，这个曾经上课踊跃发言的小孩，后来就很少得到表达的机会了。

其实我明白，唯有改变差生地位，才能真正保护他的自信心和自尊心不被挫伤。我曾经为此努力，但只收到一时之效。

二年级下学期时，我问他："成绩在最后几名，心里是不是不好受？"他点头。我说："爸爸有信心让你提高到中上。"他面露欣慰之情，同意我给他上辅导课。正在学第五单元，我带他复习。单元测试，他觉得自己考得不错，我让红提前问老师，回复是80多分。他听了立即双手握拳，蹦跳欢呼，动作就像赢了球的足球运动员，然后奔到厨房去告诉阿姨。看他这么高兴，我心中感动，知道以前成绩差给他的压力有多大，他多么想翻身。是的，翻身，带他复习时，我就是这么对他说的："爸爸一定要让你翻身。"

此后一次测试，成绩又落到了全班倒数第四。他解释原因："因为爸爸出差了。"他承认我的辅导有用，使我很受鼓舞。期末考试前，连续多天，我每天在家里辅导他。当时在学最后一个单元，我带他复习，做了好几份卷子，接着又复习以前单元的。若在过去，他决不肯忍受这么大的学习量，现在他欣然同意，说："复习以前的也容易了，因为第八单元包含了前面的词。"我说："是啊，复习到最前面，就没有生词了，一下子就过了。"他由衷地笑，知道确是如此。我们合作顺利，他心情愉快，常是欢声笑语。我说："这样复习，你期末考试没问题。"他天真地问："能得95分吗？"事实是得了96分，他的史上最高分，老师也觉得意外。他谈感想："许多事我只要认真做，也能做得很好。

叩叩

平时我不做差的学生,做一般的学生,最后做好的学生,不就行了?"

是啊,能这样当然就行了,可惜后来的事实不是这样。三年级开始,他格外厌恶上学,抵触做作业,也不肯接受我的辅导了。平心而论,无论课文的内容,还是练习的方式,都相当无趣,他不可能真正喜欢,我也只是耐着性子勉为其难罢了。总之,翻身的目标没有达到,直到小学毕业,在语文课上,他仍是差生或准差生。

对叩叩来说,写作文是一件苦事。他的作文常常不符合要求,被退回重写。有时候,多次重写仍不过关,老师就会好心地代劳。他笑着给我看一份作文卷,老师划掉了一大半,我见了惊叹一声。他说:"你看第二页会吓一跳。"我翻到第二页,老师在那上面写了一大篇。他计算,他自己写的只剩一百八十字,老师写了六百字。全文抄一遍之后,老师在自己添加的句子下边连划了许多圈,予以赞赏。

面对一个题目,他往往想不出该写什么。那种高大上的题目,我也想不出该写什么,就让他随便对付好了。有的题目,他应该是有一点儿自己的真实感受和想法的,但抓不住。我找到了一个帮他的方法,就是和他聊,引出他的兴奋点,作为写的要点。举他二年级时的两篇读后感为例。

安徒生的《打火匣》,他已写了开头:"《打火匣》是安徒生童话的一个故事,我觉得它很有意思。"接下来叙述故事内容。我问他:"你觉得有意思的是什么?"他说:"三只狗的眼睛真大。这还叫眼睛吗?简直是怪物!"我说:"好,把这句话写上。"另一个有意思的点是打火匣的神奇,我让他就写这两点,别的都不写。他同意,把叙述故事内容已写的三行字擦掉,写成后,我俩都很满意。

《夏洛的网》,我和他聊,抓住他的两点生动感想,他写在了全文的最后两节。《〈夏洛的网〉读后感》全文如下——

这次我们读的是《夏洛的网》,我读后很感动。故事的主人公是一头叫威尔伯的小猪和一只叫夏洛的蜘蛛,故事讲的是它俩之间动人的友谊。

圣诞节快到了,有一天,威尔伯得到了一个坏消息。老羊告诉它,因为它已经很胖,所以主人要把它杀了做火腿肠。威尔伯听了大哭,喊道:"我不想死!我不想死!"

就在威尔伯的生死关头,夏洛对它说:"我能救你。"它在猪圈里织了一个巨大的网,中间织了三个大

叩叩

字：王牌猪。这是奇迹，威尔伯因此成了一头名猪，主人不但不杀它了，而且经常带它到市场表演。

每次去市场表演，夏洛都跟着去，为威尔伯织字。有一回织的是"光彩照人"四个字，我心想：如果不是夏洛救了威尔伯的命，就该是"美味可口"四个字了。

假如我有一个像夏洛这样的朋友，那该多好呀。可是我不愿意当威尔伯，因为它差点儿被杀死，太担惊受怕了！

也是二年级时，作文题是写身边的一个人，他和老师商量，决定写我，内容写我工作认真，每天很晚回家。我说："你没有看见爸爸工作，只写很晚回家，这篇作文就只有一句话了。"然后问他："你对爸爸印象最深的是什么？"他想了想，说："你第一有名，第二好玩。"好玩，一个好题材，我立即抓住，顺着这个思路和他讨论，最后在他笔下展开了一篇有趣的作文。标题《爸爸真好玩》是他自己拟的，全文如下——

我爸爸叫周国平，他是著名的作家，可是在我眼中，他只是一个好玩的爸爸。

我属狗，也爱狗。我三岁时，爸爸爱叫我小狗狗,我叫他大狗狗。我们俩常常在地上爬来爬去,还学狗叫。

现在爸爸还经常和我玩。有一个游戏是他装鬼魂,游戏规则是:我问他怕什么,他说怕某件事,我就做那件事,鬼魂就死了。爸爸很搞笑,比如有一回,我问他:"怕什么?"他说:"怕你拧妈妈的耳朵。"我真的去拧妈妈的耳朵了,他就哈哈大笑。

有一个好玩的爸爸,我觉得很开心。

这篇作文,他自己非常喜欢,并且得到了老师的隆重表扬。他告诉我,老师在课堂上播放了视频,朗读了全文,播放和朗读的时候,同学们三次大笑。他显然为此自豪。我心中有一种感动,在他一向自卑的语文上得到殊誉,他是多么欢欣啊。

这样引导他写作文,我觉得其乐无穷。在写作上,我最看重三点,即内容要真实,表达要准确,文字要简洁。我实际上是这样引导他的。我相信,在这个过程中,他会逐渐学会如何选择素材和把素材变成文字。

我家里最多的东西是书,但是,对叩叩来说,它们好像不存在,他从未对它们表现出兴趣。红挑选一些童话或者儿童文学经

叩叩

典读给他听,他倒也听得下去,可是要他自己看一本书,他就百般拖延,看得很慢很勉强。他这样排斥文字,红怀疑他有阅读障碍,而一位艺术家朋友则断定,这是他的天赋在自动屏蔽不良干扰。谁说得对?我当然希望后一种看法成立,但同时知道,把自己的儿子定位为某种天才,以此来解释他的弱点,不免有些异想天开。

六年级上学期,这个不爱读书的小学生突然宣布,他决定把中国四大古典名著全读一遍。他在电子阅读器上下载了《三国演义》和《水浒传》缩写本,用两个月读完。为了鼓励他,我把这两种书原著的纸质版找出来,和他同步读。他每天读一回,我也就读一回,答应不超他。有一天,我读了两回,他知道了,很着急,那天就读了三回。他读进去了,对其中的情节津津乐道。

接下来没有读另两部,觉得《西游记》的故事已很熟悉,读《红楼梦》则为时太早。他让妈妈推荐好玩的书,红曾经是武侠迷,就推荐了古龙和金庸。他在阅读器上读了古龙的主要作品,红买进整套《金庸作品集》纸质书,他把它们整齐地排在他床边的书柜里,用几个月时间读完。他读金庸很入迷,读得很快,有时候一天读完四百来页的一大本。正是小学毕业考前夕,他沉浸在武侠梦之中。邻居小伙伴来家里,我问:"你看不看金庸?"答:"金庸是啥?"我再问:"你看不看小说?"答了一本儿童读物的书名。他一笑，说："那还叫小说？"

小升初，新生到校，布置暑期作业，阅读选项有我的散文。他给我打电话说："爸爸，看来我只好读你的书了。"口气是无奈的。为了不让他觉得有负担，我找出我的书中最薄的一本，书名《侯家路》，是写我少儿时期经历的。整个暑期里，他如痴如醉地阅读，不是读我的书，是读一个网红作家的网络小说。他电子阅读器不离手，十几天读完了一个二百六十万字的长篇。我问他，和金庸比，更喜欢谁，回答是这个网红作家。我的那本薄薄的《侯家路》原封不动地放在他的书桌上，几乎不曾翻开过。他对我说："这本书就不用看了，无非是写你小时候的囧事。"在儿子面前，我被网红作家彻底打败。我心想，儿子不读父亲的书，恐怕是天经地义的吧。

在暑期作业中，读我的散文是选项，可以不读，但有的是必读的，比如鲁迅的《朝花夕拾》，而且规定要写读后感。他也读不进去，直到快开学了才拿起来，读了四页就放下，蜷缩到床上，把一个枕头捂在头上。红发现了，把枕头拽下来，问他怎么了，他痛苦地说："鲁迅可真叫个深刻啊！"

我在各种场合主张阅读经典，这个主张在我的儿子那里行不通，我估计在大多数与他同龄的男孩子那里也行不通。有一个东西叫时代氛围，这个东西比父母强大得多。他这一代人，尤其是

叩叩

男孩子,是在动漫、电游、网络小说构成的氛围中成长的,其中贯穿着相同的逻辑,包括虚拟、悬疑、夸张的数字和力量等,这逻辑也支配了他们的阅读趣味。现在我用两个理由来劝解自己。第一,这只是成长中的一个阶段,以后会变;第二,不管阅读的是什么文本,在阅读中培养的专注力和理解力,以后在读别的作品时会发生积极的作用。好吧,但愿如此。

校园孤独

为什么不能让每一个孩子都因为自己的优点享有荣耀，拥有快乐和自信，从而成为最好的自己呢？

叩叩是一个阳光小孩，善交往，乐于助人。刚进小学时，他的这个性格表现得很鲜明，在师生中人缘很好。

数学课上，老师奖励回答问题积极的学生，发小星星，十颗可以换一个奖品。开学第一周，他得了三颗，许多同学比他多，他开心地讲述这件事，没有丝毫嫉妒。红问他："老师提问，你没有举手吗？"他说："举了，但是老师没有叫我回答。"有一个女生得了十颗星星，要换奖品，不知道数学教研室在哪里，他带她去了那里。问他怎么知道的，他说是问英语老师知道的。

班主任发现了他的这个能力，就经常让他办事，给别的老师送文件之类，他成了班主任的得力助手。班主任告诉红，同班有两个教工的孩子，不知道教研室在哪里，他却知道，问他怎么知道的，他说因为看见老师进进出出。他头脑清楚，注意观察，倘

叩叩

若不知道某个教研室在哪里,他就一路问遇到的老师,和人打交道落落大方。有一回,班主任让找东西,派了一个队委去,没找到,又派了一个队委去,还没找到,班主任就让他去,他一去就找到了。他说:"从此以后,老师就只让我去。"别班一个老师看见他,形容他说:"你每天在校园的各个角落出现。"

他对妈妈说:"我虽然是班里最矮的,但老师说我特明白。"红奚落说:"哪儿跟哪儿呀。"意思是不搭界,可是孩子的思维自有其逻辑,矮就是小,而明白是大。

他看重荣誉。

班上同学轮流当值日班长,脖子上挂一块小牌子,可以站在全班面前评论大家的表现。一个周五轮到他了,他很兴奋,但周五只上半天学,他有点儿遗憾,说:"太短了。"按规定,这天要比别的同学早到学校,他早早就起床,到校后情况有变化,他的值日改在了下周一。这意味着可以当一整天班长,他喜出望外,小牌子传给他后,他当作宝物让我看,问:"这是什么?"

竞选队委,他选上当小队长,很自豪,给我看小队长标志。一次车上广播里有"小队长"这个词,唯有他听见,立即说:"我也是小队长。"我开玩笑说:"了不起,小队长是最大的。"他纠正:"是第三大。"又有了一个机会,竞选特长中队委,一个有钢琴考级证书的女生被选上，他落选。红替他准备了参选的材料，我问是什么，原来是拍了他爬门框的视频。这的确是百分之百的特长，在班上肯定独一无二，但是，用这个特长参选，落选是必然的，这母子俩可真浪漫也真可爱。

他其实挺适合当学生干部的，有责任心，也有办法。一次上课，班主任暂时离开，大家都说话，他的形容是："人山人海地说话。"班主任回来，说："刚才说话的同学站起来。"全班同学都站起来了。叙述到这里，他自豪地问："妈妈，我们班同学都很诚实吧？"班主任讽刺说："你们刚入队两天，就要给你们办退队仪式了。"不久，班主任再次离开教室，大家又说话，他到隔壁教室去，请那里上课的老师来管一管。

学校规定，午餐时要安静，但同学们仍大声说话。他嫌吵，就骗他们说，有一种针眼摄像头，可以摄声音，直接通到校长办公室。他告诉我，在这之后，同学们吃饭时都很安静了。

在老师面前，他又是敢于直言的。一次语文测试，老师宣布，这不是考试，是练习，不过成绩要记在手册上。他立即站起来问："这不就是考试吗？"

他真的心地光明，尽管盼望荣誉，但别人得到了他无缘领受的荣誉，他从来是由衷地为之喜悦，心里没有一丝嫉妒的阴影。

叨叨

选队委时,他说起班上一个男生,当选了大队长,然后说:"他不是大队长才怪呢,别人给自己投票,也只有一两票,他二十七票!"我问:"是不是因为功课好?"他答:"永远是九十八九十九分!"完全是赞赏的口气。

有一天,他在学校里被留到晚上九时,参加学校一个宣传片的拍摄。片子完成后,在学校网站上播放,他在手机上看,让我也看。可是,整个片子里,他的镜头一个也没有。我有点儿不平,嘟哝道,既然如此,何必让他这么辛苦地参加呢?他说:"也是,不该参加的。"但是,他仍然兴致勃勃地看。他同班的一个男生和一个女生出现频率极高,每次出现,他都欣喜地喊他们的名字。我的宝贝真是开朗而善良啊。

不过,宝贝无论多么善良,仍个性鲜明,绝不愚忠。上体育课,某男生是课代表,排在队尾,他排在队前。他告诉我:"他喊口令,声音小,每次我都要重喊。后来,我就跑到他那里说,我再也不想给你当扩音器了。"

在成为差生之后,他与各种微小的荣誉也渐行渐远了。课堂表达的机会少了,班主任不再让他当助手,他的热心失去了接受者,校园成了他的寂寞之地。

他的力量无处释放,便诉诸身体语言。据他自述,在班上,无人敢和他打架，因为谁冒犯他，他就快速把对方推一跤。一个高个子男生向他挑战，他迅速出拳，对方无回击之力。该男生欺负一个弱男生，弱男生向他求救，高个子男生立即逃跑。他是小个儿，有此威力，也是一奇。

他讲课间休息的情形："男生都不上厕所，不喝水，互相碰撞，我撞了二十多人！最后一分钟，赶紧去上厕所，然后挤成一团进教室。"我问："女生呢？"答："她们上厕所，喝水，然后坐在课桌前用功，真无聊！"他还说："我最能喝水，憋了一大泡尿，最后上厕所时，一个同学进来，我和他聊天，又一个同学进来，我也和他聊天，我这才尿完。"

有一回，全班同学在民族文化宫大剧院看儿艺的话剧，我陪他去。进剧院，看见同学们，他高兴极了。我这才发现，在同学中，他是突出的好动，跑来跑去，爬楼梯扶手，试图引人注目。他不断去惹不同的男生，但对方的反应皆冷淡。那个时刻，我心中一痛，感受到了他在同学中的孤独。

那次看剧，坐在我们左边的是一个女生和她的母亲。小姑娘比较瘦，她问他："谁带你来的？"他答："我爸爸。"问："在哪里？"他指我。她越过我，坐到他腿上。她回座位后，他悄悄对我说："我就知道她会坐在我腿上的。"这个小姑娘就是大名鼎鼎

叩叩

的淘气包小 A。

我说小 A 大名鼎鼎，是因为他经常说起她。他俩是同桌，老师曾经向他解释，之所以让他和小 A 同桌，是因为他明白，小 A 不明白，意思是他可以帮助她。不过，后来的结果是，两人成了全班三个差生中的两个。她比他更加一派天真。她上课时爱跷二郎腿，为此总挨老师批评。而她告诉他，她一岁就跷二郎腿了。她送他的生日礼物是一本书，告诉他，因为她不喜欢这本书，所以送给他。上美术课，她画几笔，说不对，换一张纸，又说不对，再换，就这样用掉一厚沓纸，仍没有画对。他警告她："你表现不好，我就不和你玩游戏了。"她求他："再给我一次机会吧。"他说以后他要和小 L 结婚，她听了，叹一口气，说："我只好和某某结婚了。"

在对结婚懵懂无知的年龄，他会为自己设定一个要结婚的对象，在幼儿园时是小晴，在小学低年级时是小 L。他告诉妈妈，他喜欢一个叫小 L 的女生，妈妈问："你跟她说过吗？"他答："跟她说了。"

他最不喜欢英语课，我开玩笑说："上英语课的时候，老师提问，你站起来，要飞出教室。"红接话："结果掉在小 A 头上，小 L 说这可不行。"他说："小 L 是不说话的。"红问："你怎么会喜欢一个不说话的女生？"他冷冷地回答："这干你什么事？"

一次放学，红看见了这个女生，他叫她，她没理睬。他解释说："她太忙了。"红讽刺说："是忙着走路。"他问："你觉得她漂亮吗？"红回答："还行。"问："可爱吗？"答："还行。"他不满地说："什么叫还行！"她只好说："挺漂亮的。"他欣喜地说："和我想的一样！"

他知道小L的生日，早早就惦记着，并且准备好了礼物，是用数学老师奖的小星星换的一个手环。啾啾问爸爸妈妈的生日，他答不出，姐姐把弟弟好一顿训。然后，有一天，他给小L写纸条："5时30分在名亭园门口见。"名亭园是陶然亭公园里的一个园中园。回到家，他告诉了红。红问："小L同意了吗？"他答："她说行。"小L家离公园远，红觉得不靠谱，打电话问她母亲，果然不能来。宝贝平生的第一次约会不幸落空。

三个差生中的另一个是男生杨豪，也是一个天真活泼的孩子。叩叩曾经向我这样评论学校："它就是要让每个人都像普通人一样。"接着说："杨豪没有。"我说："所以被认为是差生，是吗？"他点头。

一次年级运动会，他们班得了跑步接力赛冠军，他兴奋地向我讲述比赛的情况。他跑步很快，但只是啦啦队，而啦啦队里喊叫和跳跃得最起劲的人正是他和杨豪，他因此还把脚扭伤了。

叩叩

一天上午,他醒得晚,做了一个长长的梦,据他说做得累极了,从晚上一直做到白天醒来。当然,不可能这么长,但累的感觉是真实的。他梦见学校举办活动,在一座高楼的顶层,突然发生了一件事,必须马上疏散。他和杨豪负责通知全校,两人从二十一层跑到一层,在一层看见的都是不相干的大人。两人又从一层跑到二十一层,到了那里,发现楼已空,没有老师和同学了。可怜的宝贝,梦里也是和杨豪为伍,一对难兄难弟。这个梦喻示了现实中的情形:两人都热心集体的事情,两人在集体中都受到孤立。

品德课,老师让同学配对互相写信,寄到家里。他又是和杨豪配对。因为是班上两个最著名的差生吗?他惭愧地一笑,说:"其实许多同学愿意和我,但没有人愿意和他,他对我说:'我和你吧。'"我说:"挺好的,你们俩都聪明可爱。"

一个阳光灿烂的孩子,在校园里陷入了孤独,在同学中成了异类。因为贴上了差生的标签,有形无形的歧视无处不在。分数至上的评价体系威力无穷,同学们都会受其支配,自觉不自觉地歧视所谓差生。可是,我的宝贝怎么是差生了?他的善良、单纯、开朗、乐于助人不是宝贵的优点吗?他的数学和绘画禀赋都不算一回事吗?为什么不能让每一个孩子都因为自己的优点享有荣耀,拥有快乐和自信,从而成为最好的自己呢?

叩叩对上学越来越畏惧了，送他去学校的路上，他经常是眼泪汪汪。有时候红开车带他外出，不是上学，但要路过他的学校，他也会痛苦地要求绕道。他说他做的一个梦：进学校门摔了一跤，进教室门又摔了一跤，在课桌前坐下被磕了一下。学校成了他的梦魇之地，使他备受打击。

彩红每天送他去上学，她告诉我们，经常的情形是，进了电梯，他就说："我希望电梯一下子掉到底，把我摔死，可以不上学了。"她回答："可是我还想活呀。"

为了能够不去学校，他渴望让自己感冒发烧。他坐在地板上，脑袋紧挨风扇，使劲吹。他把自己关在小房间里，开足空调。这些措施无效，他气愤地说："我死了算了，就不用上学了！""生活太没有意思了""死了算了"这类哀叹出现得越来越频繁。他之痛恨上学，已超乎寻常。

我坐在工作室里，突然觉得仿佛附体在他身上了，感受到了他在学校里所受的煎熬。这个阳光男孩本应快乐地生活，现在却每日都受苦，我心如刀割。

一天放学回家，他告诉我："全校升旗仪式，带领的老师说到你了，是你说应该成为怎样的人，三个词。"我说："善良，丰富，高贵。"他点头，接着说："我们班的同学都看着我。"我心中莫名感动，想哭。

转校

这么可爱的孩子，只因为不能适应现行教育，在学校里如此受歧视，被孤立。难怪他这样怕去学校，常常表示宁愿死也不愿上学。

十二月的一天，我和红到国家博物馆参加一个活动。在馆内游荡时，两个小女孩走到我面前，其中之一问："您是周枰序的爸爸吗？"我心知是叩叩的同学。她们要求签名，把书包放在地上，蹲着找出小本子。两人的小本子是一样的，我签名时，那个主动发问的小女孩不停地叹息，说太激动了。应该是带她们来的家长认出了我，但没有露面。红拍了照片，发在家长群里。

第二天晚上，提起这件事，我问叩叩，那两个女生在学校里说了没有，他随口说没有，仿佛突然想起，立即改正，说她俩都说了，还在群里转了照片。我问："你们班同学建了群？"他答："是的。"我问："你加入了吗？"他答："没有。"我问："为什么？"他答："他们都不加我。"我再问："为什么？"他脸色一沉，语速很快声音很低地说："地位低呗。"我听了心里一沉，无比心疼他。

当天夜里，我通宵失眠，脑中始终响着宝贝的那句沮丧的"地位低呗"。他的两个同学在国博遇见我，和我合影，在他的班里成了新闻。他是我的儿子，和这个新闻应该最有关系，却被排除在外，这的确清楚地说明了他在班上的地位有多么低。这么可爱的孩子，只因为不能适应现行教育，在学校里如此受歧视，被孤立。难怪他这样怕去学校，常常表示宁愿死也不愿上学。也难怪他这样眷恋辰辰，因为他只有这一个朋友。

我充满自责，决心尽快让他脱离这个不友好的环境。

我可以有两个选择。一个是转到国际学校，我和红做了一点儿了解，发现不甚妥当。问题是他的英语太差，会有较长时间不能适应全英语教学，反而加重自卑感。另一个是转到别的公立学校，但要做出妥善安排，最好是有一位爱孩子、懂教育的老师做班主任，这也许是最有利于他重建自信心的办法。

我给校长写了一封信，发出求援的信号。这位校长为人朴实诚恳，我们之间多有交流，教育理念相当一致。校长很快回应，我们见面商量。他谈他曾经做的小班制试验，谈教师素质太差，实际上都是在谈问题的原因。他建议转到区内另一所小学，也是重点小学，但算不上名校，学习压力不会那么大。那里的校长

叩叩

是他的徒弟，会妥善安排。就这样决定了，我心中无比感激这位校长。

从四年级下学期起，叩叩就在这所学校上学了。上学第一天，我问他对新学校的印象，回答是饭不好吃，厕所太落后，然后补充说："老师表扬我了，说我坐姿好，大眼睛吸引人。"后来的情况表明，他的语文和英语成绩仍居下游，我们与班主任沟通，对他网开一面，尽量不给他压力。

在新的学校里，发生过一件好玩的事。

一天放学后，他给我打电话，带着哭音说："今天很不好。"上体育课，他和一个男生说话，老师罚他和那个男生写检讨，必须 800 字。那天是一个教乒乓球的老师上课。他委屈地告诉我，他只说了半句，那个男生说自己戴了隐形眼镜，他知道没有，说"你骗我"，就被逮住了。

傍晚，我回到家，看见他在网上找检讨的范文。据他说，检讨的字数有规定，小学低年级 300 字，高年级 800 字，中学 1500 字，我觉得挺荒唐的。他有作业要做，我心疼他，要替他抄写，他不肯，怕老师看出不是他的笔迹。可是，作业做到很晚，非常困倦了，只好同意我代劳。看他下载的所谓范文，都是搞笑的，夸张的沉痛，明显包含讽刺。我抄了开头，然后就自由发挥，强调主要错误是伤害了老师的自尊心。在我看来，体育课上偶尔说话，对正常上课没有丝毫影响，本不该这样小题大做，我是有意要让老师反省。

第二天放学回家，他有一点儿沮丧，告诉我，体育老师一眼就看出来了，说："大作家写的呀。"我说："我就是要让老师知道我的看法，这个结果很好。"看他仍紧锁愁眉，我说："好吧，我再写一份检讨，就检讨我不该代你写。"他一笑，说："这份检讨交给我。"开了个玩笑，他释怀。

新的学校对叩叩的最大吸引力是定向越野，因为定向越野，他喜欢上了这所学校。

在他进这所学校之前，我对定向越野一无所知。这是一个国际性的运动比赛项目，国内有专门机构组织相关赛事。学校里有一位姓刘的体育老师，组建学生运动队，自己当教练，参加这项运动已多年。我见过刘老师，像一个活泼调皮的大男孩，叩叩非常喜欢他。我发现，孩子往往因为喜欢老师而喜欢一门课，相反，如果老师毫无魅力，本来喜欢的课也会觉得索然无味。

定向越野一般选在郊区某个森林公园举行，每个周末或隔一个周末，红就驱车带他去那里。参赛者手持一张当地设定范围的地图和一个指北针，地图上标着各个目标点的位置和序号，必须

叩叩

按照序号到访所有的点，不可有颠倒或空缺，根据最后到达终点的时间计名次。这项运动对选手的考验是多方面的，包括智力素质，例如根据地图迅速判断方向和路线的能力；身体素质，即体能、耐力和跑步的速度；心理素质，例如迷路时的镇静和应变的灵活性。

叩叩是后来者，但很快就后来居上，评定的等级超过了许多比他早参加的孩子。到了六年级，他稳稳地成了全校定向越野第一人。十月份，北京全市定向越野年度比赛在亦庄公园举行，他的学校获得小学生组冠军，而他成绩最好，立了头功，代表学校上台领奖。翌年五月，西城区在西山国家森林公园举办全区定向越野比赛，他获得十二岁男生组个人冠军。自从有了定向越野，他惊喜不断。

有一天，他向我报告一个好消息：刘老师让他进了定向越野教导队，帮自己教学生。刘老师有一个规定，进教导队的人，英语成绩必须优秀。我猜想这个规定是专为他设的，目的是督促他学好英语。刘老师还曾经用激将法，在全队面前表示，越野成绩最好的那个人却不是教导队的，真是太遗憾了。现在刘老师终于让步，实际上废除了那个规定。叩叩就此对我发表感想："天下万物都是美中不足的。"洒脱得很啊。

叩叩从小方向感就很好,他在定向越野中表现优秀,我相信和这个能力是分不开的。

一岁时,有一天,一家人到我的工作室,出了电梯,他信心十足地走在最前面,在工作室门口停步,说:"是这个。"我太惊讶了,走廊两侧有长长两排门,样子一模一样,而他此前只来过两三次,竟还记得。另一天,在街上散步,红带啾啾进了一家书店,我带他继续朝前走。走了二十来米,他要找妈妈,我就带他往回走。沿街都是小店,门面看上去差不多,走到书店门口,他立即认出了,说:"在这里。"

七岁时,在巴黎,一众人游览凡尔赛官。他在大厅取了一张地图,每到一处,就蹲下摊在地上看,说是研究路线。出副官,走错了方向,到了无边的森林,好不容易走到皇后小村近旁,却隔着一道深沟,导游朋友也不知如何能绕过去。一筹莫展之际,他指了一个方向,大家将信将疑,朝那里走,结果证明他是对的。

当然,他的运动能力好,是更重要的因素。

运动能力不只是体力,灵巧也必不可少。灵巧是身心的合作,头脑灵,身体才会巧。我曾经提到他爬门框的绝技,住宾馆,门框很宽,他也能攀援,在我眼中是几乎不可能的事。我问

叩叩

他是怎么做到的,他淡定地说:"靠粘性和摩擦力。"很学术的语言。在幼儿园大班,他跑步全班最快,向妈妈解释原因,说:"我比别的小朋友跑步快,是因为我拐弯快。有的时候我一直练拐弯,绕着滑梯跑。"红叹息:"太有头脑了。"

这个浑身活力的小男孩,从来不甘于正常行走。在街上,他经常走在路栏的顶上,在家里,他在沙发的扶手上蹿跳。可是,有的事我们轻易能做,他却做不了,比如在厨房里,他必须搬一个凳子到吊柜旁,站上去才能取到一个杯子。这个对比让我觉得格外可爱。我发现后,便在下面碗柜抽屉里放两个杯子,供他专用。

在体育项目中,他先后学过跆拳道、击剑、滑旱冰、游泳、拳击等。我去看过他滑旱冰,滑得非常好,一个小人儿在冰场上自由穿梭,引来许多羡慕的眼光和赞叹。

转校之后,在最后一个学期,他加入了学校田径队。听他说原委,是因为体育课上他爱说话,老师罚他和田径队一起跑步,让他消耗体力,这样可以少说话。结果发现他跑得快,就让他正式加入了,他称之为尴尬的经历。

升入初中,开学不久,学校举办田径运动会,他报名参加200米赛跑和400米赛跑两个项目。他对我说,也就是走个场子而已，因为别人都比他高出一头。可是，比赛的结果是，他得了 400 米赛跑第二名。

现在他上初二。上个学期，学校运动会，1000 米长跑，他是年级冠军。他叙述，最后 250 米，一个同学冲刺，到了他前面，但剩 200 米时慢下来，他到了前面，听觉灵敏，听见那同学一直紧随其后。跑完，眼前发黑，觉得要昏倒。后两名都高出他一头多，没人想到他能夺冠，有同学惊讶地说，大作家的儿子跑这么快。这个学期，年级 700 米赛跑，某女生是全市女子冠军，窜到男生组来显摆，加入比赛。他超过了她，夺得第一。老师调侃说："你是全年级男生的脸。"

因为体育优秀，他在学校里有地位了，增添了自信心，也拓宽了交往，我真替他高兴。

教育之惑

我抵制应试体制下的被动学习，尽力保护他不受其损害，这没有错。可是，我主张兴趣引导下的主动学习，却并没有下功夫帮助他养成这个习惯，这不能不说是失责。

我写过一些文章，表达对教育问题的思考和见解，引起许多共鸣，俨然成了一个专家。现在我不得不承认，在我的儿子身上，我的见解遭到了挑战，我的困惑多于明白。

在孩子的教育上，我最看重的是爱和自由，强调要让孩子身心健康，快乐成长。啾啾和叩叩小时候，我都是按照这个想法做的，但结果好像大不同。

我们院子里，有好几个和叩叩年龄相近的孩子。放学后或者周末，他去找小伙伴玩，经常的情形是，那些孩子不是去上课外班了，就是要在家里复习功课，他只好扫兴而归。从幼儿园到小学，我们没有给他报任何课外班，他的小伙伴都很羡慕他。经常有孩子见了我或者红问道："你们家的人都这么宠他吗？"回答当然是肯定的。可是后来，当年的小伙伴不止一人成了学霸，而我们的放养方式则似乎结出了苦果。

我一直在问自己，对于叩叩的教育，我是否做错了什么。英国哲学家洛克认为，幼童不具有克制欲望的能力，因此儿童期教育应该以纪律为主，重点是让孩子养成好的习惯，随着孩子长大，则应该逐渐转变为以自由为主。另一个英国哲学家约翰·穆勒也认为，严格的纪律必不可少，可以让儿童养成专心用功的习惯，倘若片面强调学习的轻松和有趣，会使他们没有能力做自己不乐意做的事情。英国教育注重培养绅士，两位哲学家谈论的都是对男孩子的教育。他们促使我反省，男孩子缺乏自制力，如果不建立规则，爱会不会把他宠坏，自由会不会把他惯坏？倘若当初在学习上稍微强制一下，是否就短痛胜长痛，情况会好得多？

约翰·穆勒的早期教育是教育史上的一个著名案例。他是一个神童，他的父亲也是哲学家，对儿子施以严格的早期教育，让他在上学前就读遍了古今人文经典，而他后来成了比父亲更伟大的哲学家。这个案例对我没有丝毫触动，因为我不想让我的儿子童年这么辛苦，至于让他成为哲学家或别的什么家，更不在我的意图范围之内。让我自责的是，这么聪明的一个孩子，不求超常发展，至少不应该落到厌烦学习的地步。我抵制应试体制下的被动学习，尽力保护他不受其损害，这没有错。可是，我主张兴趣引导下的主动学习，却并没有下功夫帮助他养成这个习惯，这不

叩叩

能不说是失责。像我这样一个在自主学习上很有心得和方法的人，对自己的孩子怎么就没有给予一些有效的指导呢？

然而，我仍然疑惑。个性是一个秘密，成长中有许多不可知的因素。在很大程度上，教育是赌博，无人能预料结果是输是赢，或者，根本就无所谓输赢。

公正地说，我并非完全没有努力，但是，正因为做了努力，我明显地感觉到，他的天性强烈地抗拒某些东西。在一定意义上，我们的教育方式是互动的结果。

我实在太爱这个孩子，他性格好，开朗，温和，友善，有主见，讲道理。即使在学习上遭遇了很大的挫折，这些可贵的优点仍然完好无损，未尝不是得益于我们给他的宽松的家庭环境。倘若他在家里也不能放松，就非抑郁不可。如果要算总账，我宁愿他人格明亮学习成绩黯淡，而不是相反。

物有其时，每个孩子有自己的生长节奏。和同龄孩子相比，他似乎成熟得慢，直到现在仍天真而单纯。我们不逼迫他快速成熟，让他顺应自己的天性慢慢成长，也许是更适合于他的方式。

有一天，红跑步八公里，回到家里，自豪地说："我很佩服自己，五十多岁开始写作，开始跑步。"她说的写作，是指她发表在公众号"蓝袜子说"上的文章，的确写得好。我称赞说："一个新的人生。"他走来，说："拍妈妈马屁呀。"我说："我希望你给我一个机会，也拍你马屁。"他说："我离五十多岁远着呢。"红说："我可不是现在才努力的，我一直在学习。"我说："养成学习的习惯就好了，不学习就难受，而不是学习就难受。"我这个话当然蕴含了对他的批评。

他躺到沙发上，愣了一会儿，说："是啊，我学习就难受，背单词就困，上英语课就想睡觉，我根本就不应该活到这世界上来。"我心中震惊。前三句说的是事实，因此不像是抗辩，更像是自卑，那么最后一句就是真正的悲伤了。偷偷看他，神情也是悲伤的。我无比心疼。

爸爸、妈妈、姐姐学习都好，而他学习这么吃力，他自己对此也感到困惑。有一天，他对红说："我没你们优秀，我可能不是你们的孩子。"上初中后，他用学到的生物学知识来解释，对我说："我没有遗传你们，在我这里发生了变异。"

从小学、中学到大学，他的姐姐一直是学霸，且听这个学霸是怎么说的。

他上小学时，一次闲聊，他用崇拜的口吻说起班上的一个学霸。啾啾立即严肃地对他说："姐姐上小学时就像这个同学那样，

叩叩

但是姐姐羡慕你现在这样。他们之所以显得比较优秀，是因为先进了这个圈子，但圈子外面都是你的，你多么自由。"我心想：说得好。

他自己回忆，是从小学三年级开始自卑的，觉得自己不棒。啾啾对他说："宝贝，你和别人不一样，你是最酷的。我总跟我的朋友们说，我弟比我酷多了，将来肯定比我厉害。"我心想：也许说得对。

有一个问题不能不说，就是电游。

他是从四岁开始玩电游的，在 iPad 上玩《植物大战僵尸》，当时这个游戏很热。一天玩的时候，他去厕所，站着小便时也在大声唱歌，红说真是一个阳光小孩，他听见了，说："妈妈，你知道《植物大战僵尸》里谁给我们加钱吗？阳光。"另一天早晨，他刚醒来，对我说："爸爸，我告诉你一句话——昨天种的植物不摘出来会枯萎的。"据啾啾说，他一夜都想着这件事。请注意我记录的他的这两句话，已经点明了电游吸引孩子的两个主要方略。一是给你"加钱"，即挣积分换钱升级，这是虚拟赌博；二是"不摘出来会枯萎"，即逼迫你每天报到，这就完全是绑架了。

我们发现他有上瘾的苗头，就立规矩，规定一周只玩一次，他倒也听从。一天早晨醒来，一睁眼，他就笑，对妈妈说："今天有四件好事，第一，有小朋友过生日，可以吃蛋糕；第二，做值日；第三，跟妈妈睡；第四，玩 iPad。"这么一个可爱的阳光小孩，我们实在不忍心剥夺他适当玩电游的快乐。

可是，从幼儿园到小学，一年年下来，电游成了他生活中的必需，而开发商不断更新游戏的花样，设计越来越精细的致瘾策略，往往轻易就打败了我们立的规矩。许多年里，立规矩和破规矩成了一场漫长的拉锯式战斗。我确信电游是一个罪恶的发明，它是瓦解孩子的内驱力的利器，诱逼孩子把活泼的心智能量都消耗在弱智的活动上。

他七岁时，有两个月，我谎称 iPad 忘在郊区别墅里了。他催促我们去取，但慢慢适应了，那是他各方面状态最好的一段时间。自觉做作业，努力学围棋，专心组装航空母舰模型，都是在那个时候。经常的表情举止是安静自信，并且喜欢和家里每个人交流。看他表现这么好，我们多么愚蠢，竟然把 iPad 还给他，作为一个奖励，而这不啻是把他表现好的原因给撤除了，放任他回到不好的状态。

我们的朋友比我清醒。他四岁时，我们在上海，王小慧看见他玩 iPad，夺了过去，他怒目而视。小慧一直记得这个情景，最近见面时还提起。他六岁时，铸久和乃伟听说他爱玩电游，打电话抗议，说怎么能让他们的干儿子变傻。现在回想起来，我没

叩叩

有理由为自己辩护,只能承认我是一个很傻的家长。对于电游的危害,我的认识也很清醒,面对我的宝贝儿子却犯起了糊涂。

据我所见,今天的孩子恐怕没有不玩电游的,尤其男孩子,区别在于是否上瘾,而这个区别正是关键之所在。叩叩毕竟是一个温和讲道理的孩子,能够接受劝告,没有到太上瘾的地步。但是,电游造成的损害也是显著的,否则的话,他的心智发展会优秀得多。我对他说,你的成绩与你的智商是完全不匹配的,爸爸不要求你不玩电游,只要求你把主要兴趣放在有意义的事情上,让玩电游成为无害的消遣。他表示同意。好吧,儿子,愿我们合作愉快。

守护和祝福

他未来的路还长得很,我不做论断。也许未来某个时刻藏着一个奇迹,也是说不定的。如果他未来有一个平凡的人生,我坦然接受。

爸爸是你的童年的守护人(摘自一封春节家书)——

亲爱的儿子,我可爱的宝贝,快过年了,爸爸决定给你写一封信。上个月,你刚过了十二岁生日,这意味着你从童年进入了少年,现在给你写爸爸给儿子的第一封信,我觉得正是时候。

日子过得真快。十二年前,一个健康漂亮的小男孩来到世上,把我认作父亲,年过六十之后,我忽然儿女成双,当时的喜悦心情,依然在我心中回荡。十二年来,我们父子俩共度了许多快乐的时光。小时候,你喜欢在地上爬,我不由自主地学你的样,也在地上爬,当然爬得十分笨拙。我们俩一边爬,一边互相喊叫,我喊你小狗狗,你喊我大狗狗,喊声此起彼伏,屋子里一片欢腾。那个场景仿佛还在眼前,而不知不觉地,大狗狗和小狗狗忽然可以像两个男人那样进行有内容的谈话了。

叩叩

你现在上小学六年级,再过半年,就要上初中了。你和我都知道,你这个小学阶段过得相当艰难。你原是一个很阳光的孩子,活泼开朗,待人友善,日常说话也透着笑声。可是,自从上小学后,情况发生了变化,你的阳光的性格蒙上了越来越浓重的阴影。每天上学,你几乎都是流着眼泪去的。你经常发出责问:世界上为什么要有学校?你们大人为什么可以不上学?你甚至怨怪我们为什么要把你生出来,让你受上学的苦。这个情况使我很惊诧,因为你与当年姐姐上的是同一所学校,她上得很愉快,学习成绩在年级始终名列前茅。我了解到,你恐惧上学,主要原因是害怕语文课和英语课,这两门课的成绩在班上是倒数几名,因此成了一个所谓差生,经常被老师留下来训话。我和妈妈试图在家里给你补这两门课,发现你仍是抗拒,不耐烦死记硬背那些生词和课文,于是只好作罢。

说实话,我丝毫不认为小学阶段的学习成绩有多重要,因为我知道,一个人未来的成就与此毫无关联,而且我对现行的应试教育有自己清醒的认识。我面临的难题是,怎样保护你的身心健康,让你不受挫折的伤害,我的责任是做你的童年的守护人。你一定记得,爸爸从来没有为成绩差责备你,而总是鼓励你,夸奖你聪明,让你不要在乎分数。

事实上,你的确聪明。你喜欢绘画,你画得非常好,我有许多画家朋友，他们看了都说不可思议。你的数学能力不同一般，我们父子俩常在一起玩数学游戏，解数学趣味题，你往往比我棒。这并不简单，我读中学时也是数学尖子呢。当然，还有体育，你爱上了定向越野运动，这个运动需要体力、灵巧和头脑的清晰，你很快成了全校的最佳选手，在全市比赛中为学校拿了冠军。在我眼里，你的这些本领精彩无比。姐姐是全优生，我不会因此要求你也成为全优生，我才不这么愚蠢呢。有两个孩子，我发现，即使同父同母所生，孩子也会有很不同的个性，绝不可以用同一把尺子去要求和衡量。孩子不一样，生命真奇妙，我对此感到的是惊喜。中国的教育"一刀切"，从小学开始，人的价值就被分数估定，这是一种愚昧。正确的做法是，让每个孩子都因为自己的优点而获得荣耀，快乐自信。爸爸管不了学校里的事，但至少在家里要这样做，尽最大努力来消除学校评价体系给你罩上的阴影。

　　宝贝，爸爸立志做你的童年的守护人，你觉得爸爸这个使命执行得怎么样，你还满意吗？现在，你从童年进入了少年，我想给你提两点希望。第一，我希望你葆有一颗童心，依然纯真可爱，健康快乐，把童年的宝藏带入少年。第二，作为少年人，自我管理的能力变得重要了。你要明白，即使做自己感兴趣的事，要做出成绩，也必须有毅力，贵在坚持。何况人活在世上，常常

叩叩

还要做并无兴趣但必须做的事，比如进中学后，有的课程你未必喜欢，但作为基础教育，你必须学下来，那时候就更要靠毅力了。你要有一个决心，就是做自己学习的主人。今天做自己学习的主人，明天你才能成为自己人生的主人。希望你记住爸爸的这个嘱咐，在今后的学习和生活中，你会慢慢懂得它的意义的。

亲爱的宝贝，爸爸爱你，永远为你祝福。

初中是比较关键的时期，学习成绩会重新洗牌，并且大致奠定了以后的趋势。小学时成绩差的男生，仿佛从懵懂中醒来，后来居上，这样的情形并不少见。叩叩这么聪明，理应也是如此，我决心实实在在地帮助他。

我对红说，如果把应试教育譬作一座牢狱，那么，我们不能做狱卒，要做难友，与他一起受难，共同克服学习的困难。我说到做到，初中每个学年有八门课，我就把所有的课本都另买了一套，与红分工，她管英语、地理，我管其余，和他同步学习。认真看了这些课本，我发现编写的质量相差悬殊，比如生物很好，内容扎实有趣，我和他都学得兴致勃勃，历史很差，内容贫乏枯燥，我就把力气使在整理考点上，帮助他用最少时间对付考试。

这个做法效果显著，一方面，他不再是孤军奋战，心情比较愉快；另一方面，我们可以及时和具体地了解他的薄弱点，有的放矢地进行辅导。他的总成绩有了很大的提升,在班上居于中上水平。我管的六门课里,数学和物理本来就是他的强项,有一天我发现,不是我在辅导他,而是他在辅导我了。我毕竟是在半个多世纪前学的,现在重新捡起来,没有忘光就觉得很满意了。经常的情形是,他拿到一个数学难题,非常兴奋,自己解也让我解。难题总是在临睡前抛给我,其结果是我为解题而失眠。我有解出的,也有解不出的,第二天就虚心地听他讲解。

他的性格中有一个突出的因素,就是凡事只凭兴趣。他喜欢数学和物理,就可以非常投入地解难题。不喜欢的科目,在我们的要求下,现在他虽然也愿意稍做努力,争取好一点儿的成绩,但似乎是对我们的一种让步,他自己并不在乎。同时,他在总体上没有竞争心,倒是很有平常心,安于当下的状态,不与任何人争。他在体育上似乎有竞争心,拿到了名次,不过,那只是因为恰好处在一个他没有料到的境况之中,在比赛中已经领先,他并没有给自己树立这个目标。

有一回,我催他学习,他困惑地问:"你为什么总是焦虑?"我心生惭愧。还有一回,我说,有时得想一想人生的路怎么走,他回答:"车到山前必有路。"我若有所悟。

他班上有一个智障男生,一天聊到这个男生,他说:"像他

叩叩

这样没什么不好,老师提问,他回答不了,仍是快乐地笑。"

一天吃晚饭时,他说:"我以后可能是一个穷光蛋——做一个想得开的流浪汉。"

他小学高年级的一篇作文,大意是:二十年后,我是一个不成功的画家,过着贫困的生活,回想起小时候在爸爸妈妈身边的日子,那时多么快乐。真可爱,但老师不给分,认为不合格。

这些表达中已经有一种世界观,就是随遇而安,与世无争。据我分析,这种世界观的形成,诚然与小学时学习上的受挫经历有关,但更是他的天性的展现。他天性乐观阳光,又单纯善良,这个天性十分牢固,挫折不能把它扭曲,而只是使它降低姿态,演化出一种达观知足的人生哲学。

我完全想象不出,我这个儿子的未来会是怎样的。他未来的路还长得很,我不做论断。也许未来某个时刻藏着一个奇迹,也是说不定的。如果他未来有一个平凡的人生,我坦然接受。我相信,良好的天性是他的守护神,他仍会是幸福的。

© 中南博集天卷文化传媒有限公司。本书版权受法律保护。未经权利人许可，任何人不得以任何方式使用本书包括正文、插图、封面、版式等任何部分内容，违者将受到法律制裁。

图书在版编目（CIP）数据

叩叩 / 周国平著 . -- 长沙：湖南文艺出版社，2022.4
ISBN 978-7-5726-0635-9

Ⅰ . ①叩… Ⅱ . ①周… Ⅲ . ①散文－中国－当代 Ⅳ . ① I267

中国版本图书馆 CIP 数据核字（2022）第 045802 号

上架建议：畅销·名家散文

KOUKOU
叩叩

作　　者：周国平
出 版 人：曾赛丰
责任编辑：吕苗莉
监　　制：小博集
策划编辑：文赛峰
特约编辑：丁　玥
营销编辑：付　佳　杨　朔　付聪颖　周　然
封面设计：梁秋晨
版式设计：梁秋晨
版式排版：金锋工作室
出　　版：湖南文艺出版社
　　　　　（长沙市雨花区东二环一段 508 号　邮编：410014）
网　　址：www.hnwy.net
印　　刷：三河市中晟雅豪印务有限公司
经　　销：新华书店
开　　本：875 mm×1230 mm　1/32
字　　数：250 千字
印　　张：12.625
插　　页：8
版　　次：2022 年 4 月第 1 版
印　　次：2022 年 4 月第 1 次印刷
书　　号：ISBN 978-7-5726-0635-9
定　　价：59.80 元

若有质量问题，请致电质量监督电话：010-59096394
团购电话：010-59320018